講談社文庫

さよなら日和

行成 薫

JN018706

講談社

目次

さよなら日和
Un bon jour pour se dire au revoir.

1. 磯谷《いそや》洋二《ようじ》とジェットコースター

1

自分の部屋に閉じこもって小さな鏡に映った自分の顔を見つめていると、急に視界が薄暗くなった。オレは思わず、天井を見上げる。

「よう」

上を見たオレの目の前には、上下逆さまの人間の顔があった。ちょっと脂っぽくて、鼻の毛穴が開いている。朝イチだからか、口の隙間からもれる息がやたらクサい。兄貴だ。ヤベエ、と声を出す間もなく、兄貴がオレの椅子を引っぱり倒した。オレは椅子に座ったままバックドロップを食らったかのようにひっくり返り、床に投げ出されてゴロンと一回転する。

「痛《い》ってえな！」

「おい、ヨージてめえ、なに勝手に人のもん使ってんだよ」

怒鳴ってはみたが、ケンカになれば、三つ年上、高二の兄貴には勝てっこない。言い返すのは一言にしておいて、意地とプライドは保ちつつ、ケンカに発展しないように気を配る。

「いいじゃんか、別に」

「おまえな、こういうのドロボウだからな」

兄貴が返せ、と咆《ほ》えているのは、オレが小さな四角いケースに入った兄貴の整髪料を持ち出したからだ。こんな物でも一個買うのに結構なお金が必要で、オレの悲しいほど少ない小遣いでは買うのがキツい。兄貴のものがあるからいいやと洗面所からパクってきて使っていたのだが、いつもなら休日は昼過ぎまで寝ている兄貴が今日に限って早起きをしてきたせいで、見つかってしまったのだ。

「ちょっとじゃん、ケチくせえな」

「コソドロのくせに偉そうだな、おまえ」

床に転がったオレの背中に兄貴の足が飛んでくる。男兄弟のケンカに手加減という言葉は存在しない。ドン、という鈍い音がして、オレは一瞬、呼吸ができなくなった。泣きそうなほどの痛みをごまかすために、オレはムリヤリ息を吸い込んで、「痛ってえな！」と、もう一度怒鳴った。

「なに騒いでんの！」

「兄貴が蹴ってくるんだってば！」

リビングから母親の声が聞こえてきた。不機嫌なのが一発でわかる声だ。オレは卑《ひ》怯《きょう》と言われるのを覚悟で、自分だけ被害者ぶることにした。兄貴が少し焦った様子で「てめぇふざけんなよ」と囁《ささや》きながら、足でさらにオレの顔を小突く。オレはそのたび、思い切り大げさに「痛え！」と叫んだ。オレの策略は見事にハマり、引きずるようなスリッパの音が近づいてきた。ついに、母親が重い腰を上げたのだ。

「なにしてんの、あんたたち」

シミだらけの化粧っ気のない顔に、三分の二だけ茶色い髪の毛を頭の上で束ねた母親は、不機嫌さを隠そうともせずにオレの部屋の前で仁王立ちになった。母親は家族の中で一番の権力者だ。メシと小遣いという生命線を握られている以上、オレも兄貴も絶対に逆らえない。

「こいつがさ」

「兄貴がさ」

オレと兄貴がお互いを指さしたまま、同時に口を開く。

母親は一応両者の言い分を聞いた上で、一回分くらいなんてことないでしょ、と、兄貴に制裁のゲンコツを食らわし、ゆうゆうとリビングに戻って行った。つまり、オレの勝訴だ。

「だいたい、おまえの頭にワックスなんか意味ねえんだよ」

兄貴は敗北をごまかすように、オレの頭をなで始めた。なでるというよりは、なでているように見せかけて叩《たた》いている。やめろよ、と首を動かしてよけようとしても、しつこい。

「いいだろ、別に」

「なに、どっか出かけんの？」

「ああ、うん、まあ」

どこに？　という質問に答えるのは嫌だったが、オレは「ハイランドだけど」と渋々答えた。

「ハイランドって、星《ほし》が丘《おか》ハイランド？」

ハイランド、こと「星が丘ハイランドパーク」は、街の中心部から少し離れた小高い丘の上にある、複合レジャーランドとかいうやつだ。カーレース用のサーキットやゴルフ場、温泉とかなんとかいろいろあるらしいが、オレたちのような中学生はその辺のオトナ施設には興味がない。「星が丘ハイランド」、もしくは「ハイランド」と呼ぶときは、その中の遊園地のことを指している。

「そうだけど」

「へえ。誰と？」

「クラスのやつらと」

「珍しいじゃん」

うるさいよ、と、オレは兄貴の手を振りほどき、ひっくり返った椅子を起こして座り直した。

「女か？　女だろ」

「だから、うるせえって」

ガキのくせに色気づきやがって、と、兄貴は笑いながらオレの後頭部を引っぱたき、背後に回って、机の上に置いてあった鏡を覗《のぞ》き込《こ》んだ。鏡もまた、母親の化粧道具から勝手に持ってきたものだ。

「おまえな、ワックスの使い方も知らねえくせに偉そうなんだよ。ベタベタつけりゃいいってもんじゃねえんだぞ」

「うっせえな」

普段、学校に行くとき、オレは整髪料など使わない。水をつけて寝ぐせをなでつけ、そのまま家を飛び出していくだけだ。だがしかし、夏休み最後の日曜日である今日は、クラスのやつらとプライベートで遊びに行くのだ。面倒ではあるが、少しくらいカッコつけていかないとガキ臭いとバカにされてしまう。そう思って兄貴の整髪料を使ってみたのだが、どういうわけか、いつものオレと大して変わらない。もっと簡単にカッコよくキマるのかと思っていたのだが、あてが外れた。

オレは正直、整髪料を使ったことを後悔していた。やり直すなら一度シャワーで流さないといけないのだが、そんな時間などもうない。かといって失敗した頭で外に行くのも気分が乗らない。こうなったら、具合が悪くなったとうそをついて、予定をキャンセルしてしまおうかと思っていたところだ。

「おら、前向けよ、やってやっから」

「いいって、別に」

兄貴は、やめろ、と抵抗するオレの頭を強引に摑《つか》んで正面を向かせると、ヘアワックスを少し手に取り、両手を揉《も》み合わせた。そのまま手を後ろから回し、オレの前髪の生え際に差し込む。強引で、繊細さのカケラもない手つきだ。オレの頭が何度も後ろに持っていかれる。

「痛ててて、痛えって！　首が折れるだろ！」

「黙ってろ、バカ」

オレは兄貴の手を振り払うようにして、頭を起こした。なにすんだよ、と文句を言おうとしたのだが、鏡に映った自分を見て、言葉が出てこなくなった。鏡の中のオレの髪の毛は、後ろに向かって流れるように立ち上がっていて、毛先までつややかに、シャープになっているように見えた。普段はもっさりとした前髪に隠れている顔があらわになって、ワイルドになったような気がする。兄貴がオレの髪の毛をたった何回かかき上げただけで起きた変化は、今年一番の衝撃と言っても過言ではなかった。

兄貴は、手のひらをこすり合わせたり、指先でオレの毛をつまんだりしながら、器用に髪型を作っていく。いつのまにか、オレは完全に両腕を下ろし、されるがままになっていた。

「こうすっと、毛束感がでんだろ」

なんだよ毛束感て、と思いながらも、オレはオトナな感じになっていく自分の頭から目が離せずにいた。いつものタワシみたいな頭とはまるで違う。

「ホントはブローからやらねえとキマらねえんだけど、まあ、おまえの髪型じゃ元がダサいからな。どっちにしろ、これが限界だろ」

色気づきやがって、と、兄貴が同じ言葉を繰り返し、オレの頭を叩く。オレは言い返すこともせず、甘んじて攻撃を受けた。

「まあ、その、ありがとう」

「ケチらねえで、自分でワックスくらい買えよ」

「ああ、まあ、うん」

そうする、と、オレは素直に返事をした。ヘアワックスでこれほど髪型が変わるとは思ってもみなかった。二度、三度と、鏡の前で頭を動かし、角度を変えて自分の顔を確認する。顎を突き出してみたり、目つきを変えてみたり。眉を吊《つ》り上《あ》げたり、変顔をしたり。

いいじゃん。オレ。

急に、心にエンジンがかかって、オレはクローゼットから服を引っ張り出し、ベッドに並べた。自分の髪型に合う服がないものか、試行錯誤をしなければならない。

「ガキだと思ってたけど、女と遊び行くようになったのな、おまえも」

兄貴は前後逆になってオレの椅子に座り、奪い返した整髪料を手でもてあそびながら、支度をするオレの様子を半笑いで見ていた。用が済んだなら部屋を出て行け、とは思ったが、それでまたもめるのはごめんだ。とにかく、もう時間がない。

「ガキっていうなよ」

「ガキだろ。まだドーテーのくせに」

「ドーテーだとなんか悪いのかよ」

「だって、女とヤる時とか恥ずかしいだろ？　ヘタクソじゃさ」

ヤる、ってのは一体どういうことだ、と、オレはセットされたばかりの頭を手で抱えて潰しそうになった。いや、オレだって言葉の意味くらいはさすがにわかる。わかっているし、知っているのではあるが、あくまでもそれはオトナの世界の話であって、中学生である自分が生きているこの世界に起こること、という実感はない。

兄貴だって、ついこの間までオトナの世界になんかいなかった。オレと夕飯のおかずの取り合いをしたり、ゲームの勝ち負けでケンカしたりしていたはずなのに、いつの間に、違う世界に行ってしまったのだろう。

「やらねえって」

「だって、好きな子くんだろ？」

「こねえよ！」

こねえから、と、オレは繰り返す。兄貴はニヤつきを隠そうともせず、腕を伸ばしてオレの鼻をつまんだ。

「まあ、照れんなって。おまえの歳《とし》なら、彼女くらいみんないるだろ」

「みんなはうそだ」

「そんなことねえだろ。クラスに付き合ってるやつらいるだろ？」

いるだろ？　と言われても、知らない、と返すしかなかった。別にクラスの中で孤立しているわけではないが、誰かと誰かが付き合っているという話など、聞きたいとも思わない。

「興味ないし、知らねえよ」

「うそつけ。カッコつけんなよ」

「うるせえな。自分だって、中二んとき、彼女なんていなかっただろ」

「俺は、三人くらいはいたぜ」

「それ、ほんとに彼女なのかよ」

「ま、せっかく行くんだから、キスぐらいキメてこいよな」

「しねえっつうの。そういうんじゃねえって言ってんだろ」

「でもさ、女連れで大丈夫なのか？　おまえ」

兄貴は少し言葉を溜《た》め、いやらしく笑い、オレの肩に手を置いた。そして、今まさにオレが選んで着たばかりの服にワックスをさりげなく擦《なす》りつける。

「なにが」

「なにがって、ハイランド行くんだろ？」

「そうだよ」

「あそこ、あるじゃん、例の」

――ジェットコースターがさ。

2

「ねえ、話聞いてる？　イソタニさあ」

窓際の席でオレが外を眺めていると、梅野《うめの》俊秀《としひで》がわざとらしく話しかけてきた。ずっと「ヨージ」「トシ」と呼び合ってきたのに、最近トシは妙に大人ぶって、オレを苗字《みょうじ》で呼ぶようになった。しかも、わざと読み間違えるという雑なイジリを入れてくるから、余計に腹が立つ。

「イソタニ、じゃねえから。イソヤだから」

そんなのわかってるって、と、トシが笑う。

トシとは家が近所で、いわゆる幼馴染《おさななじみ》だ。幼稚園、小学校、中学校と、ずっと同じところに通っている。母親同士も仲がいい。小学校までは、背の高さも体型も、オレとトシはよく似ていた。だが、中学に入って急に背が伸び出してから、トシはどんどん調子づいている。ついこの間まで同じ床屋に行っていたくせに、最近は美容室に行っているらしい。背が伸びて髪型がちょっと変わると、それだけでなんとなくイケているように見えるのが悔しい。

トシはオレの席近くの机に腰かけ、同じクラスの吉貫亜美菜《よしぬきあみな》としゃべっている。対するオレは、騒がしい休み時間の教室から目を背け、窓の外を見ていた。なにも考えていないクラスのバカどもとくだらない話をして時間をつぶすより、空を見て、独りの世界に入るほうが何倍もいい、と、思っている。

窓に映るオレは、いつも通りの髪型、いつも通りの顔だ。素材は決して悪くないのだが、トシのように金をかけていない分、少しばかり子供っぽく見える。一昨日、美容室に行きたいと母親に交渉を持ちかけたのだが、そんな金はないと一蹴《いっしゅう》されたばかりだ。もうそろそろ近所の床屋は卒業しなければならない歳だというのに、わかってもらえない。

「で、なんだっけ」

「なんだよ、聞いてろよ。ハイランドの話」

「ハイランド?」

トシが亜美菜と話していたのは、夏休み最後の日曜日に星が丘ハイランドに行こう、という内容だ。オレは、なんだそりゃ、とでも言うように、ため息交じりで返事をしたが、実は全部、一言一句漏らさず聞き取っていた。聞き流しているフリをしたのは、あまり自分から食いつくのもカッコ悪いと思ったからだった。

「夏休みの終わりにさ、みんなで行こうって話してんだよ。ほんとは、山岡《やまおか》を誘ったんだけど、アイツは部活で無理っぽいからさ。どうせ、イソタニなら暇だろ?」

「なんだよ、どうせって。しかも山岡の補欠かよ」

トシが、細かいことは気にすんな、と笑った。本来なら真っ先に幼馴染であるオレを誘うべきなのに、他のやつを先に誘った挙句、ヘラヘラしているのが腹立たしい。行くかバカ、と笑いながら断ってやろうかと思ったが、なんとか我慢した。直前になっても予定のまったくない夏休みに予定ができるということについては、興味をそそられる。

「一応さ、男子二人、女子二人で行くから。男子は、俺とおまえな」

「そうなんだ。んで?　女子は?」

あたしー、と、目の前で亜美菜が手を挙げた。亜美菜はクラスでも目立つ部類の女子だ。デリカシーのなさは苦手だが、旺盛な行動力と愛くるしいルックスは、女子とは距離を置くタイプのオレでも認めざるを得ないところがある。

トシはともかくとして、夏の終わりに男子から人気のある亜美菜と一緒に出掛ける、という響きはなかなか悪くない。夏休みどこ行った？　ハイランドに行ったよ。誰と？　亜美菜たちと。マジ？　亜美菜と？　という会話の流れによって、オレはクラスのイケてる男子層に食い込むことができるに違いない。

行く！　と、すぐに手を挙げたいのはもちろんなのだが、あまりガツガツいくと、トシに弱みを握られる気がした。オレは、「嫌々行く」という感じは出しながらも、じゃあ別のやつを誘うわ、と言われないギリギリのラインをキープしなければならなかった。

「あとは、マユが行くよ」

「マユ、って、二組の？」

大村真由美《おおむらまゆみ》か、とオレは小さく呟《つぶや》いた。

途端に、胃がぐっと縮んで、声が裏返りそうになった。

「そそ。去年同じクラスだったみたいだし、イソタニも知らない子じゃないでしょ」

「イソヤだっつってんだろ」

亜美菜は、草生える、などと笑いながら、何度かイソタニ、とオレを呼んだ。トシは自分のネタがウケたと思っているのか、手柄を誇るかのようにニヤニヤしている。人の名前で遊ぶな、と文句を言ってやりたかったが、ぐっとこらえた。

「なんで二組のやつが来るんだよ」

「別にクラスとか関係ねえじゃん。夏休みだし。それにマユが言い出しっぺなんだよ」

「大村真由美が？」

「な、行くだろ？」

「待てって。行くかどうか、オレにだって選ぶ権利があるんだからな」

「じゃあ、行かねえのか」

「いや、まあ、夏休みの宿題とか終わってれば、行くかも」

「どっちだよ。今決めろよ」

「んー、行っても、いいけど」

「なんだよ、はっきりしねえな。答えはもちろんイエス、だろ？」

そんなこんながあったのが、夏休み前の話だ。

トシに押し切られる形でＯＫはしたものの、正直に言うと、オレはイマイチ気が乗らなかった。さらに正直に言うと、行きたいとは思ったものの、行くとなると気が滅《め》入《い》る、という面倒な心境になっていた。

原因は、大村真由美だ。

真由美とは、一年の時にクラスが同じだった。オレは小うるさい女子たちと話すのがあまり好きではなかったが、読書好きの真由美とは妙に話が合った。クラスでオレしか読んでいないだろうと思うような本も真由美は結構知っていて、話もよく通じた。そのうち本の貸し借りを頻繁にするようになり、二人でよくしゃべる、くらいの間柄になった。だが、二月の終わり頃に派手な口《くち》ゲンカをして、しゃべるのも気まずい感じになってしまったのだ。

ケンカの原因はつまらないことだった。オレが謝ればよかったのかもしれないが、意地を張って無視をしているうちに進級して二年になり、真由美とはクラスが分かれてしまった。同じクラスという繋《つな》がりがなくなると、思った以上に顔を見る機会がなくなる。以来、まともに話すこともないまま、真由美とは疎遠になった。糸がぐちゃぐちゃに絡まって固結びになったような関係は、どう解《ほど》けばいいのか見当もつかない。今さら遊びに行くことになっても、接し方がわからなかった。

真由美はどう思っているのだろうか。話しかけたら無視されるだろうか。それとも、何事もなかったように話しかけてくるだろうか。行ってみないと答えは出ないこともわかっているが、考えるほど憂鬱になって、行く気力が萎えてくる。せっかく髪型も決まったのに、変な緊張感のせいで、あまりテンションが上がらない。

オレは結局、時間ギリギリに家を出た。

外は雨が降っているが、トシからは、雨天決行、という連絡が来ていた。朝の情報番組で、「午後には止《や》む見込み」と言っていたが、空一面の雲からは、晴れそうな気配なんか感じない。どうせ外れるに決まっている。

オレの家からハイランドに行くためには、バスを二本乗り継がなければならない。最寄りのバス停には、トシが先に来ていた。オレが、よう、と手を上げると、トシも、よう、と手を上げた。

「女子は？」

「途中まで、亜美菜の親父《おやじ》が送っていくんだってさ。乗り継ぎの時に合流する感じ」

「そっか。じゃあ、そこまでは男二人旅だな」

トシは、たった三十分じゃん、と軽く笑った。

オレは傘を差したまま、トシの隣に並んだ。足元に段差があるわけでもないのに、少し見上げるような格好になる。隣に並んでみると、ほんのりと香水の匂いがした。生意気にシルバーのアクセサリーなんぞもつけていて、片耳には白いイヤホンを突っ込んだままだ。さも、それが当然のスタイル、と言わんばかりだ。

オレは、トシがいつもとは違う髪型のオレを見てイジってくるのではないかと思って身構えていた。が、トシは拍子抜けするほどなにも言わなかった。気づいていないのか、興味がないのかはわからない。不用意にからかわれるのも腹が立つが、一言も触れられないのも、それはそれでまたムカつく。

トシと合流してろくに会話もしないうちに、バスが水しぶきを上げながらやってきた。小学校の頃は二人でくだらないことをしゃべってゲラゲラ笑いながらバスに乗ったものだが、トシはオレが先に座った二人掛けの座席ではなく、一列前の一人掛けの席に独りで座った。そのまま、雨でろくに見えない外を見ながら、音楽を聴いている。

「おい」

バスに十五分ほど揺られた後、オレはトシの耳からにょきっと出ているイヤホンの先っぽをつまんで引っこ抜き、ついに話しかけることにした。意味のわからない沈黙に、堪えられなくなってきたのだ。

「なに？」

「なんで、ハイランドに行くことになったわけ？」

「マユが行きたいって言うからさ」

「真由美が？　もう、遊園地ってほどガキでもねえだろ、オレたち」

「なんか、最後だから行きたいんだってさ」

最後？　と聞き返したが、トシは答えることなく、再びイヤホンを耳に突っ込んだ。オレは意図を図りかねて、しかたなくスマートフォンを取り出した。「星が丘」「ハイランド」と入力し、検索する。月末で、通信制限がかかっているようだ。イライラするほどゆっくりと、検索結果が表示されていく。

大村真由美が言ったという「最後」の意味は、すぐにわかった。今日の営業を最後に、星が丘ハイランドは閉園するらしい。検索に引っかかったハイランドの公式ホームページには、「長年のご愛顧に感謝」という決まり文句が表示されていた。

最後って言ってもなあ、と、オレはバスの窓から外を見た。窓ガラスには、細かい水滴がいくつもついていて、街は雨で煙っている。こんな雨の日に遊園地なんかに行くやつが、オレたち以外にいるのだろうか。

「おい、トシ」

「だから、なんだよ」

「次だぞ、降りるの」

「わかってるよ。終点じゃんか」

オレに再びイヤホンを引っこ抜かれて、トシは「いちいち引っこ抜かなくても聞こえてっから」と、不機嫌そうな顔で振り返った。

「雨の中、遊園地行って、楽しいのかよ」

「さあ。でも、晴れるらしいぜ、午後から」

「ほんとかよ」

「晴れたら、頑張れよな、イソタニ」

「イソヤだっつってんだろ。頑張れって、なにをだよ」

「決まってんじゃん」

――ジェットコースター、乗るからな。

3

カタカタカタカタ、という不気味な音を響かせながら、ゆっくりと車体が空に向かって登って行く。時折、ガタン、と大きな音がして、故障するのではないかとはらはらさせられる。地上から離れていくにしたがって、目の前のレールが、細く、頼りないものに見えてくる。山なりになったレールの先には空しかない。どこに連れていかれるのかがわからない。怖い。無理だ。こんなの無理。

オレがジェットコースターに初めて乗ったのは、小学校三、四年くらいの頃だったと思う。それまで、家族で何度か星が丘ハイランドに遊びに行ったことがあったが、オレだけはジェットコースターに乗ったことがなかった。身長制限に引っかかって、いつも地上で待たされていたからだ。

その日、ようやく身長制限を突破したオレは、兄貴の後ろにくっついて意気揚々とジェットコースターに乗り込んだ。オトナの仲間入りをしたような気がして嬉《うれ》しかったし、もう、兄貴にガキとかチビとか言わせない、という気合いが入っていた。だが、無理に気合いを入れ過ぎたのが悪かったのか、いざコースターの座席につくと、急に体がおかしくなった。股のあたりがきゅっとなって手が震え出し、心臓がバクバクいい出す。なんかヤバい、と思ったときにはすでに、コースターが発車していた。

「ねえ、やっぱ、オレ、おりたい」

「なに言ってんだよバカ、もうおせえよ」

隣では、真っ黒に日焼けした兄貴が、くちゃくちゃと音を立てながらガムを嚙《か》み、レールの先を見つめていた。

「だって、ヤバいじゃん、これ」

「ヤバくねえよ、べつに。ビビんなよ」

オレは自分の体を固定しているセーフティーバーに手をやった。ほんの少しだけぐらぐらと動く。もっと、ピクリともしないほど完璧に固定してほしいのに、ほんのちょっと動くのが、どうしようもなく怖い。

「これ、ちゃんと、ガチッて、なってないし」

「そろそろだぜ！」

兄貴の声に合わせて、目の前の白い雲が、ふっと消えた。

真っ逆さまに落ちていく感覚に、一瞬、意識が遠のいた。そのまま気を失っていればよかったのに、腹の中身がひっくり返るような気持ち悪さで、すぐに目が覚める。あっという間に近づいてくる地面を見て、ぶつかる！　と悲鳴を上げると、今度はコースターが真上に向かって上っていく。もう、なにがなんだかさっぱりわからない。世界が、猛烈な勢いでぐるぐると回っていた。食べたばかりのカレーが喉までせり上がってきて、苦い液体が口の中に入ってくる。止めて！　と叫びたいのに、できない。口を開いたら、全部吐いてしまいそうだった。空が見えたと思うと、今度は右に左にひねりながら落ちていく。もしここでレールから外れてしまったら。体は強烈な力で引っ張られて、今にもどこかに飛んでいきそうだ。死ぬ。このままでは、死んでしまう。

「お、おろして！」

もう、目を開けていることもできなかった。バーにしがみつき、両足を突っ張って体がもっていかれないように力を込める。が、オレの努力をあざ笑うかのように、車体はありえないほどの角度で左右に傾く。オレは泣きながら、神様でも仏様でも誰でもいいから早く止めてください、と祈り続けた。隣から、「ヒャッホウ」という暢気《のんき》な兄貴の声が聞こえてきたが、腹を立てる余裕もなかった。

地獄は突然終わり、急に、がくん、とスピードが落ちた。狂ったように走っていたコースターはゆっくりと発着場所に戻っていく。オレの両手も両足も小刻みに震えていて、体中が冷や汗でびしょ濡《ぬ》れになっていた。

「おい、なんだよ、泣いてんじゃねえか、おまえ」

「泣いてない」

夏にもかかわらず、オレの体からは血の気が完全に引いていた。だが、一ヵ所だけ、じわりと熱を帯びている部分があった。

「あ、バカ、おまえ」

コースターが完全に停止して安全バーが上がってもなかなか立ち上がらないオレを見て、兄貴が大声で騒ぎだした。やめろ。だまれ。でも、声が出ない。

「お母さん、ヨージのやつ、ションベン漏らした！」

あの最悪の体験をして以来、オレはジェットコースターの類《たぐい》には一度も乗っていない。二度と乗るものか、と固く誓ったのだ。なのに。

ハイランド前の停留所でバスを降りると、見上げるような高さのレールが見えた。

「ギャラクシー・ループ・スライダー」という名前のジェットコースターだ。真っ赤に塗られた鉄のレールが、巨大な山を一つと大きな円を二つ描いている。ハイランドの中で一番の絶叫マシンであり、目玉アトラクションの一つだ。その姿を見た瞬間、オレの頭の中に過去の消し去りたい記憶がありありとよみがえってきた。ここに来る前までは、さすがに中学生にもなれば恐怖感も克服できるだろうと思っていたのだが、思った以上に無骨な赤いレールを見ているうちに、オレの手が小刻みに震えだした。どうやら、中学生になったくらいではトラウマから逃れられないらしい。

「せっかく来たのに、雨じゃんね」

亜美菜が、マジサイアク、などと品のない言葉を吐きながら、ビニールの傘を広げた。ショートパンツからすらりと伸びる足が、雨の中でもまぶしい。顔はしっかりメイクしていて、とても中学生には見えない。知らなかったら、高校生と言われても信じてしまいそうだ。

「最後くらい、ガッツリ晴れてくれればよかったのに」

「まあ、しょうがないよね、お天気だし」

亜美菜の隣には、大村真由美が立っている。

女子二人とは乗り継いだバスで合流したものの、男子女子で離れて座った。乗り換えの時間がろくになかったせいもあって、オレは真由美と一言も話さず、まともに顔も見ないまま、ハイランドまで来てしまっていた。

「マユは、ジェットコースター乗りたいんでしょ？」

「うん。昔、家族で来た時に怖くて乗れなかったから、リベンジする」

私服の真由美は、学校にいるときと雰囲気がまるで違う。

いつもの真由美は、校則通りに制服を着て、髪の毛を二つ結びにし、眼鏡をかけているようなタイプだ。なのに今日は、髪の毛を下ろし、ツバの広い帽子を被《かぶ》っていて、眼鏡もかけていない。制服姿よりもずっと大人っぽく見えた。靴底が厚めなせいか、身長も少し抜かれている。なんだか、オレ一人がガキのままで止まっているような気がした。

真由美と目が合いそうになって、オレは慌てて前を向いた。見てはいけないもののような気がしたのだ。そんな俺の様子に気づいているのかなんなのか、晴れるといいよなあ、などと薄い笑みを浮かべながら、トシが横目でちらりとオレを見てくる。オレと真由美が気まずくなっていることは、トシも知っていたはずだ。なのに、空気を読まずになぜ誘ってきたのかと、オレは自分が「行く」と答えたことを棚に上げてイラついていた。

オレは、トシに向かって「どうせ晴れねえよ」と言い捨てた。わざと、不機嫌そうな感じを出しながら。

4

――うっせえな、ブス！

言葉を放った瞬間、真由美の顔がひきつった。その表情の変化に驚いて、オレは周りを見回す。数名の女子が、オレを冷ややかな目で見ていた。

半年ほど前、中一の終わり頃のことだ。

ホームルームの時間、班ごとに集まってクラス会の出し物を考えていると、オレと真由美の意見がぶつかって、軽い言い合いになった。なかなか意見が出てこない中、オレがようやく出した意見に対して、真由美が「そんなのできっこない」と反対したからだ。じゃあ、おまえがなんか案を出せ、そんなにケンカ腰になることないじゃない、という言い合いがエスカレートして、オレはついに「ブス」という禁断の言葉を口にしてしまったのだった。

客観的に見て、真由美は「ブス」と言うほどブスではない。だが、クラスの男子が口をそろえて「カワイイ」と言うほどかわいくもない。背は高くもなく、低くもない。成績はそれなりにいい方だが、クラスで上位というわけでもない。要するに、どこまでもフツーな女だ。つまり、俺の言う「ブス」というのもつい口走ってしまっただけの悪態だったのだが、その威力は想像以上にスゴかった。真由美は一瞬青ざめたと思うと、すぐに顔を真っ赤にして、ぼろぼろと涙をこぼした。周囲の女子が、一大事、とばかりに真由美を取り囲む。こんなときの、あいつらのチームワークは本当にすさまじい。女子たちに囲まれた真由美は、両手で顔を覆い、肩を震わせていた。オレは、あっという間に「真由美を泣かせた大悪人」になっていた。

他の女子どもから、ぎゃんぎゃん嚙みつかれればまだよかったのだが、浴びせられた言葉は、「最低」という、ひどく冷たい一言だった。オレは反論も弁解も許されず、それからしばらくの間、クラスの女子全員に無視されるという刑に服するしかなかった。

「なんか、人いねえなあ」

トシの声で、我に返る。そうだな、と自然な感じを装いながら、生返事をする。真由美は特に不機嫌そうには見えなかったが、明らかにオレから少し距離を置いて歩いていた。亜美菜の後ろにぴったりとくっついていて、オレと直接話そうとはしない。

入場口でチケットを買い、十時の開園時間と同時に入ったものの、ジェットコースターのようなアトラクションはほとんどが雨で運行中止になっていた。乗れるのは子供だましのショボイ遊具ばかりで、客もまばらにしか歩いていない。ハイランドにとっては災難だろうが、オレにとっては救いの雨だ。とりあえず、朝っぱらからジェットコースターに乗る、という最悪の事態は避けることができた。

園内をふらふらと歩き回って乗れるものを探した結果、「ホイール・オブ・フォーチュン」という大観覧車に乗ることになった。本当なら一日の最後にシメとして乗るべきアトラクションだと思うのだが、他に乗るものが見当たらないのだから仕方がない。観覧車なら濡れずに済むし、座れるし、それなりに時間もつぶせる。あと、そこまで怖くない。

最大四人乗りのゴンドラにそのまま四人で乗り込むと、男子女子で向かい合わせに座った。オレの正面は真由美だ。歩いているときは真由美の前に出ていればよかったが、膝を突き合わせて座ると、真由美の姿を視界の外に追いやることはできない。目を見ないようにしようとしても、見るべき場所が見当たらなくて困る。視線を下げると胸元とか足を見ているような感じだし、亜美菜ばかりを見るのも不自然だ。トシを見るには体を結構捻《ひね》らなければならないし、第一、男の顔など見たくない。

迷った挙句、オレは外を見ることにした。どうやら、真由美も同じようなことを考えたのか、オレと同じようにゴンドラの窓から外の景色を見ていた。視界の端に、真由美の横顔がある。薄いピンク色のリップを塗った唇がうっすらと開いていて、白い歯が見える。朝に「キスぐらいキメてこい」と兄貴に言われたせいもあって、変に意識してしまう。そういうんじゃねえだろ、と、オレは自分に何度も言い聞かせた。

オレ、オレはさ。

真由美に向かって何度か口を開こうとして、そのたびに止めた。沈黙を破る勇気もなかったし、今までのわだかまりをチャラにするような気の利いたセリフも、全然思いつかない。

「うわ、結構ヤバいね、あれ」

亜美菜の甲高い声につられて視線を移すと、反対側の窓から、ジェットコースターのレールが見えた。ラクダの背のようになった山の頂上から奈落の底に向かって、赤いレールが真っ逆さまに落ちている。股の間から頭の上に悪寒が走った。そうなんだ。ヤバいんだアレは。

「トシは、絶叫系とか平気？」

「大したことねえだろ、あんなのさ」

「閉園するような遊園地だからって甘く見てたけど、結構怖そう」

「怖い方が楽しいじゃん」

「いやでもさあ、なんか、違う怖さみたいのあんじゃん」

「違う？」

「近くで見るとやっぱ古い感じするし、途中で脱線とかしたらヤバくない？」

亜美菜の心配をトシが笑い飛ばす。が、オレにはなぜ笑えるのかが理解できなかった。ああいう乗り物だって、過去に事故が起きたこともあるんじゃないのか。しかも、もう今日で閉園という遊園地だけに、もしかしたら整備なんかろくにやっていないかもしれない。

「やめてよ、亜美菜」

「マユも、ほんと絶叫系ダメだよね」

「でも、いいかげん慣れなきゃいけないんだよね。急降下とかさ」

なんでだよ、と声には出さずに心の中で叫んだ。急降下に慣れなければいけない理由など、オレには一つも見あたらない。

「イソタニは?」

亜美菜の矛先が、オレに向いた。三人の視線が一斉に集まる。

「大丈夫に決まってる。ガキじゃねえんだから」

トシがオレを見て、またにやりと笑った。

5

観覧車を降りると、オレたちは、パンフレットを頼りにイベントステージへと向かった。ヒーローショーが予定されていて、いい時間つぶしになるのではないか、という話になったのだ。けれど、出てきたのは見たことも聞いたこともないキャラクターで、ショーのレベルもひどく低い。小雨になってきたとはいえ、雨の中、傘を差してまで見るほどのものでもないので客もほとんど集まらず、盛り上がらないのを通り越して痛々しいほどだった。四人並んで見たくもないショーをみっちり鑑賞したが、時間の浪費としか言いようがなかった。

ヒーローショーが終わると、本格的にやることがなくなった。やることを探して無駄に歩き回るのもバカらしい。オレたちは、早めの昼飯を食うことにした。

「じゃあ、俺と亜美菜で食券買ってくるから、イソタニとマユで席取っててくれよ」

遊園地らしさがまったくない団地の定食屋のような食堂に入るなり、トシはオレと真由美に「席の確保をしろ」と言ってきた。けれど、食堂の中はガラガラで、テンションの低いカップルだとか、こんなところに来てまで携帯ゲーム機にかじりついているようなガキしかいない。席の確保どころか、荷物の心配すら必要なさそうだ。

「オレが？」

「そうそう。俺も亜美菜も結構迷うからさ。イソタニはカレー即決だろ、どうせ」

「なんだよ、どうせって。あと、イソヤだっつってんだろ。いい加減にしろよ」

トシはへらへらと笑うと、いいじゃんイソタニ、とオレの肩を叩いた。

「じゃ、別のもんにする?」

「いや、カレーでいいけど」

小学校の頃、オレとトシの関係は、今と少し違っていた。どちらかと言えばオレの立場が上で、トシは、オレの後をついてくるようなやつだった。当時のオレはトシよりも少しだけ、ほんの一、二センチ背が高かったのだが、それがオレとトシとの微妙な上下関係を作っていたように思う。

中学に上がってから、オレは文化系の部活を選んだが、トシは運動部に入った。半年ほどするとトシの身長が急に伸び始め、あっという間にクラスの人間のほとんどを追い抜いて行った。対するオレは、まだようやく百六十センチに届こうか、というくらいだ。女子にも負けている。

背が伸びるにつれて、少しずつトシの態度が変わってきた。物理的にも精神的にもオレを見下してしゃべるようになり、引っ込み思案だった性格はかなり社交的になった。最近は部活の連中とばかりつるんでいて、オレとはやや距離をとっている。

そんな状況にもかかわらず、トシがオレを誘った理由は。

あいつ、まさか。

オレがやらかした「ジェットコースター失禁事件」のことを、トシは知っている。口の軽い母親がトシの母親にベラベラしゃべったせいだ。つまりトシは、オレが絶叫マシンを苦手としていることを十分わかっているにもかかわらず、ハイランドに誘ってきたということだ。ようするに、トシはオレを引き立て役にするつもりなのだろう。ジェットコースターで無様に怖がるオレ。余裕の表情を見せるトシ。オレをイジっていれば、大したことないトシでもカッコよく見える、というわけだ。

ふざけやがって。

オレは券売機の前で亜美菜といちゃつくトシの背中に向かって、唾を吐いてやりたくなった。あいつの思い通りになどなってやるものか。イラつきながら外を見ると、明らかに雨は止みそうになっていて、落ちてくる雨粒の量も減っていた。ヒーローショーを見ている時点でうすうす感づいてはいたのだが、天気はどうやら回復に向かっている。午後は晴れる。天気図を指す気象予報士の憎たらしい顔を思い出した。このままでは、トシの思うツボだ。

オレが、スマホで「雨乞い」という単語を検索している間、真由美は一人で店の奥に並べられた展示物を観に行っていた。地元の小学生が描いたヘタクソな絵や素人が撮った写真、ハイランドの年表といったものが展示されている「閉園特設コーナー」

だ。どれも大して興味を引かれるようなものではないし、真由美は単純にオレと二人になる時間をなるべく減らしたかったんだろう。どいつもこいつも、と腹が立った。けれど、来なければよかったと後悔しても、もう遅い。

「なんか、面白いもんでもあった？」

戻ってきた真由美とは目を合わせずに、オレは今日初めて真由美に話しかけた。視界の端で捉えた真由美は、気まずそうに爪をいじっていた。

「んー、うん。すごいきれいな女の人の写真とかあった」

「きれいな？」

「おばさんなんだけど。でも、メリーゴーランドに乗ってて、笑顔がすごいかわいい写真」

へえ、と、オレは上っ面だけの返事をした。かわいいと言われても、おばさんの写真になど興味はまったく湧かない。

「おまえさ」

「うん？」

「オレのこと、避けてるよな」

「そんなつもりはないけど」

「まだ怒ってるわけ？」

「別に。なんとも思ってない」

「でもさ」

オレが口を開こうとしたところで、抜群に空気の読めないトシと亜美菜が、くすんだ色のトレーを抱えて戻ってきた。オレの前には、七百円とは思えない、レトルトに毛が生えたようなカレーライスが置かれた。コスパは最悪だ。

「なになに、二人で、なんの話してたの」

「あっちに、きれいな女の人の写真があったよ、って話」

「マジ？　見てこようかな」

おばさんの写真らしいぜ、と言うと、トシは「なんだよ、興味ねえわ」と笑いながら、割り箸を割った。

「今、亜美菜と話してたんだけどさ」

「うん？」

「飯食い終わったら、行ってみようぜ、メインイベント」

トシが、割り箸で窓を指す。雨は止んで、うっすらと陽《ひ》の光が差し込んでいた。

6

少し腹がこなれてからにしよう、というオレの提案は、全員に無視された。トシが先頭を切って、最もデカいアトラクションが集まるエリアに向かう。ようやく姿を現した太陽が、ここぞとばかりにギラギラと地面を照らしていた。たっぷりと水を吸ったコンクリートの地面から噴き上がってくる熱気がスゴい。まるでサウナみたいだ。

午後になって、客の数もだんだん増えてきたように感じる。そのせいか、「ギャラクシー・ループ・スライダー」の前には、まさかの行列ができていた。どうやら、晴れたし、コースターに乗ろう、などと同じことを考えた客が多かったらしい。コースターは運行開始に向けて調整をしていて、開始待ちの列ができているようだ。

「暑《あ》っちいなー」

トシが、ペットボトルのスポーツドリンクを飲みながら、どんどん青くまぶしくなっていく空を見上げた。

待機の列は、規則正しい二列縦隊になっている。トシはオレの前にいて、隣には亜美菜が立っていた。オレの横には真由美がいる。この並びのままコースターに乗り込むことになるのだろう。自然な流れのようだが、これもトシの巧妙な誘導によるものにちがいない。

食堂で真由美とした会話は、さらなる緊張を生んでしまった気がした。隣に並んでいても、どうも落ち着かない。見るのも気まずいし、背を向けるのも気が引ける。

「そういや、トイレとか大丈夫か？」

唐突に、トシが女子二人に向かって話しかけた。

「あ、そうそう、ちょっと行きたかったんだよね」

「行っといたほうがいいぜ。漏れたら大変だからな」

な、とトシがオレを見る。反射的に、おまえふざけんなよ、と言うところだったが、なんとかガマンした。

「マジでヤバいから、それ」

「二人で行ってくれば？　俺たちが並んでるからさ」

「どうする？　マユも行く？」

真由美が少し恥ずかしそうにしながら、じゃあ行ってこようかな、と頷《うなず》いた。

「暑いから、ゆっくり戻ってきなよ。列が進みそうならメッセージ送るから」

トシはキザったらしく笑いながら、手に持っているスマートフォンを振った。オレの使っている、ボロい「兄貴のおさがり」とは違う。最新機種だ。

「気が利くねー。じゃあ、お言葉に甘えて行ってくる」

「ありがとね」

女子二人は、口々に礼を言いながら列を出て、連れだって歩いていく。トシは軽く手を振りながら、離れていく二人を見送っていた。真由美の背中が遠ざかっていくと、少しだけ緊張が解けた気がした。

「悪《わり》ぃな、勝手に待ち組にして」

「あ、いや、別に、大丈夫」

おい、そういうの、やめろ。

オレは敗北感に包まれて、イラつきを抑えるのに苦労した。何事もなかったように立っているトシの頭を、思いっきり引っぱたいてやりたい。なんだよ今のは。ごく自然に、女子たちのトイレなんか気遣いやがって。つい何年か前まで、女っ気なんか一つもなかったのに。

「そういやさ、ほんとに大丈夫だよな？」

「なにが」

「ジェットコースター。小《ち》っちゃい時、ダメだったんだろ？」

「うるせえな。大丈夫に決まってるだろ」

だよな、と、トシが軽く流す。バカにするんじゃねえと言おうとしたところで、「ギャラクシー・ループ・スライダーの運行を開始します」といった趣旨のアナウンスが流れた。ゲートが開き、係員の誘導で列が進む。一歩進むごとに、腹の中の内臓がぎゅうぎゅうと悲鳴を上げた。死刑台に送られる死刑囚はこんな気持ちになるのだろうか、と大げさなことを考えてしまう。

「真由美は結構ビビってるから、ちゃんとフォローしてやれよな」

「あ？　なんだって？」

「聞いてろよ、人の話」

「っていうか、並び順はこれで決まりなのかよ」

「あー、うん。いいだろ？」

「なんだよ、おまえ、亜美菜のこと狙ってんのかよ」

トシは、はは、と軽く笑う。小バカにされているのかもしれない。

「狙ってるってわけじゃねえけど。でもまあ、いいよな、あいつ。付き合ってもいいかなとは思う。胸、結構でかいし」

「付き合う、って」

付き合うってなんだよ。そんなに簡単に言うんじゃねえよ。どうせ、学校から一緒に帰ったり、手をつないだり、そんな程度の関係でしかないくせに。オレは、そんな軽い関係なんかごめんだ。もっと、心の深いところで、お互いにわかり合えるような、そういう――。

「イソタニは彼女とか作らないの？」

「カノジョとか、別にいらねえよ、オレは」

どうしてだろう。

オレのほうが成熟した理想を持っているはずなのに、チャラいトシのほうが一段上にいるような感じがした。ちょっと見た目がいいだけの亜美菜と付き合って、なんになるんだ。なにをするつもりなんだ。付き合うって、どういうことなんだ。想像がつかない。実感もわかない。なのにトシは、さも当然のことであるかのように話す。

「彼女くらいいないと、学校行っても面白くないじゃん」

うるせえ。

うるせえ、うるせえ。

トシは、黙り込んだオレの様子などまったく気にかけずに、いつもと変わらない表情でメッセージを打っている。きっと、列が動き出したことを二人に知らせているのだろう。

　たった数年の間に、トシとオレの差を作ったものはなんだろう。トシだけじゃない。大人びたメイクの亜美菜。今日はオレよりも背の高い真由美。同じ学校に通い、同じ制服を着て、同じ勉強をし、ほぼ同じ年数を生きてきているはずなのに、みんな、オレよりもずっとオトナに見える。髪の毛をセットしたくらいでオトナになった気になって、バカみたいだ。

　カノジョとか、いらねえ。半分は本当の気持ちだ。カノジョができたって、なにをしていいのかわからない。悩みごとも増えそうだし、勉強が手につかなくなりそうなのもイヤだ。なにしろ、来年の今頃は受験勉強でいっぱいいっぱいになっているはずだ。けれど、正直に言えば、女子と並んで下校するクラスの男子を見ると焦りのようなものを感じる。オレは一生チビのドーテーのままで、一生オトナになれないんじゃないかと不安になるのだ。

「おまえは、学校になにしに行ってんだよ」

「一度きりしかない青春ってやつをオーカしに」

　トシが、また笑う。なんの気負いもない自然な笑顔だ。こいつはきっと心底そう思っていて、オレみたいに「オトナになろう」だなんて、思ってもいないに違いない。

オレが、同級生が読まないような本を読んだり、教室の端っこで外を見ながら哲学的なことを考えたりして懸命に覗き見ようとしているオトナの世界に、トシは、ひょいと片手を伸ばしている。

てめえのその、余裕しゃくしゃくな感じはなんなんだよ。

こっちは、そんな余裕なんかねえよ。

トシの余裕は、どこから来るのだろう。そして、オレにまったく余裕がないのはなぜなのだろう。行き所のないイラつきを胸にしまい込んだまま、乗客の悲鳴をまき散らしながらレールを滑り落ちていくコースターを見上げた。一瞬にしてイライラが吹き飛んで、腹がぎゅっと縮こまった。

アレのせいか。

空に向かって続く、真っ赤なレール。

ギャラクシー・ループ・スライダー。

トシの余裕の正体は、たぶん、自信だ。自分はこのままオトナになっていくんだということに、一つも疑いを持っていない。オレはなんで自信が持てないんだ？　いつまでも背が伸びないからか？　股の間に毛が生えてこないからか？　兄貴にドーテーとかバカにされたからか？

違う。

きっと、ジェットコースターのせいだ。いくらオトナぶっても、ジェットコースターにビビって漏らしたという情けない過去から、どうしても抜け出せずにいるんだ。ジェットコースターが怖いなんて次元を、トシはもう踏み越えている。ハイランドという空間から、精神的に卒業しているのだ。オレの一部分は小学校の頃に取り残されたまま、成長もせず、ずっとオレの足を引っ張り続けている。

だったら、ジェットコースターに乗れたら。オレは。

よし、と腹に力を入れる。今日こそ、汚名返上のいい機会だ。ジェットコースターを克服して、オレはオトナになる。

だが、下っ腹に力を入れすぎたのか、急にトイレに行きたくなった。カレーを食べたときに、ジュースや水を飲みすぎたかもしれない。マズい、と思ったと同時に、列がまた先に進んだ。次かその次くらいには、オレたちの番が回ってくる。トイレの方向を見ると、ちんたらと戻ってくる真由美と亜美菜の姿が見えた。これからトイレに行って戻ってくる時間はなさそうだ。

追い込まれたオレは、女子たちに向かって手を振るトシの横顔に、軽くパンチを入れた。そうでもしないと平静を保っていられない。トシは、笑顔を引きつらせながら、おいなにすんだよ、と当然の抗議をした。オレは理不尽にも、うるせえ、とだけ返した。

7

ミサイルのようなデザインのコースターに乗り込み、座席につく。すぐに、分厚いクッションに包まれたセーフティーバーが下ろされた。係員がさらりと状態を確認し、あっさりと去っていく。もっと安全を確認しろ、と泣きたくなった。

目の前には、赤いレールが一直線に空に向かって延びている。なんの冗談か、オレと真由美が座ったのは先頭座席だ。トシと亜美菜は、ちょうどひとつ前の回の最後尾に当たり、オレたちと分かれて乗ることになった。係員が順番を調整するか聞いてきたが、トシはあっさりと断った。一番スリルのある席は最後尾だから、そっちがいいのだという。どうせあいつは、亜美菜と二人で乗りたいだけだ。

先頭は最後尾ほど怖くない。トシは遠回しに「自分のほうが勇気があってスゴい」と言いたいのだろうが、到底納得がいかない。最前列の席からは、見たくもない景色が、遮るものもなく目の前に広がっている。落ちていくときも、オレが真っ先に落ちる。万が一、鳥かなんかが飛んで来たら、ぶつかるのはきっとオレだ。落ちていく最中にレールから外れたら、地面に最初に激突するのもオレ。事故が起こったときに、死ぬ確率が一番高いのは絶対オレなのだ。最後尾より、最前列のほうがキケンで恐ろしいに決まっている。

「やばい、怖いかも」

恐る恐る隣を見ると、まっすぐ前を見たまま、オレと同じようにセーフティーバーを握りしめる真由美がいた。暑さと興奮のせいか、ほっぺたが赤い。呼吸が浅くなっている。亜美菜よりは控えめな胸のふくらみが、小刻みに上下動を繰り返している。

「怖、くねえだろ、こんなの」

オレは声が震えるのを必死にごまかしながら、思い切り強がった。カッコ悪いところは見せられない。見せたくない。

「あー、ほんとに無理かも。降りたい」

「バカ、言うなって。もう、遅《おせ》えよ」

がくん、と車体が揺れて、ゆっくりと動き出した。カタカタという不気味な音ととともに、体が斜め上を向く。

「怖い怖い怖い、超怖い」

「怖くなんか、ねえって」

「ホントに？　イヤ、絶対無理、これ」

興奮しているせいで、真由美の口がよく回る。昨日までのわだかまりなど、最初からなにもなかったかのようだ。ろくにしゃべりもしなかったさっきまでの時間は、一体なんだったんだろう。

ずっと、謝りたかったのに。

ずっと、話をしたかったのに。

前を見ると、真っ青な空が見える。灰色の雨雲はもういない。白い綿菓子のような雲が、もくもくと立ち上っている。

「ねえ！　やっぱり無理！」

もうすぐ、車体はてっぺんに到達する。心臓は破裂しそうなほどばくばくと動いていて、口から勢いよく飛び出してしまいそうだった。真由美は小さな悲鳴をあげながら、無理無理無理、と何度も繰り返している。気持ちはよくわかる。オレだって、隣に真由美がいなければ、同じように騒ぎたい。無理だ、止めろ、降ろせ、と叫びたい。

「大丈夫だって、言ってんだろ！」

横を見ると、思ったよりずっと近くに真由美の顔があった。規則正しいリズムを刻みながら上がっていくコースターの音が響く中、オレと真由美の視線が、しっかりと交わった。真由美の目はほのかに潤んでいて、唇には力が入り、細く結ばれていた。風に揺れる真由美の髪の毛が、ゆっくりと動いているように見える。朝から、あっという間に過ぎ去っていた時間が、今だけ、ぎゅっと濃くなっている。

「隣に、オレが、いるだろうが」

オレは、十四年の人生で、一番カッコいいことを言ったと思った。

真由美は少し驚いたような表情を浮かべたが、すぐにほほ笑んで、二度三度、頷いた。いつの間にか、手足の震えも止まっていた。隣に守らなければいけない人間がいると、人は少し強くなれるのかもしれない。

オレは真由美に向かって、右手を差し出した。真由美は少し戸惑っていたように見えたが、コースターが、がくん、と揺れた瞬間、左手でオレの手を握り返した。柔らかい感触に驚いていると、真由美の指がオレの指と絡まり、ぎゅっと力がこもった。

オレもあわてて、力を込めた。

「やだ、無理、助けて、イソタニ！」

緊張と恐怖が一瞬遠のき、時間が止まった。手のひらを通して、真由美の存在が伝わってくる。絡まって、ぐちゃぐちゃになっていた固結びの糸が、ジェットコースターに引っ張られて、ぶちぶち引きちぎられていく。もう頭が真っ白で、なにがなんだかよくわからない。でも、いろいろ面倒臭くなったオレの人生を、ジェットコースターがシェイクして、ぶち壊してくれるような気がしていた。

真由美。

オレは、オレはさ。

オレは、おまえが。

ずっと。

「そろそろだぜ！」

オレは、まっすぐ前を見た。心臓はまだ少し暴れているが、それもまた楽しい。恐怖なんてもう感じない。止まっていた時間が堰《せき》を切ったように動き出す。もう、目の前には空しかなかった。

8

——あー。空が青いわ。そんで、雲が白いな。

「ねえ、大丈夫？」

オレは仰向けになったまま、大丈夫、と頷いた。太陽を遮るようにしてオレの顔を覗き込んだ真由美が、ゆっくりと唇を動かした。

う、そ、つ、け。

コースターが山から滑り落ちると同時に、オレの意識は一瞬遠のいた。握っていたはずの真由美の手を早々に振りほどき、セーフティーバーに爪を立ててしがみつく。そこから先は、あまり覚えていない。世界がめちゃくちゃにひっくり返って、上も下も、右も左もわからなくなった。胃袋の中からカレー風味の胃液が逆流してくるのを何度も押し戻しながら、オレはありったけの声で絶叫した。それはもう、自分でも信じられないほどの声が出た。

数分間の生き地獄が終わり、コースターが乗降位置に戻っても、オレは自力で立ち上がることができず、係員に抱えられるようにしてなんとかコースターを降りた。さすがに小便は漏らさずに済んだが、トイレに駆け込み、昼に食べたカレーを、きれいさっぱり、すべて便器にぶちまけることになった。

頭がぐるぐる回ってまっすぐ歩けない。全身の筋肉を緊張させて踏ん張ったせいで、体のあちこちが痛い。トイレを出たオレは真由美に連れられてヨロヨロと歩き、まだ若干湿っている木陰のベンチに転がされ、このザマだ。

虚無に包まれたまま空を見ていると、顔に冷たいものが被さってきて視界が閉ざされた。ほんのりいい香りのする、ハンカチ。真由美が濡らしてきてくれたようだ。具合が悪そうだから、という理由なのだろうが、もしかしたら、オレの情けない顔を隠してやろうという優しさなのかもしれない。

「イソタニ、ご臨終」

「イソヤ」

——だっつってんだろ、という言葉は、喉がひっくり返って続かなかった。真由美に「イソタニ」と呼ばれたことはかつてなかったのに、トシのせいで、真由美までオレの苗字イジリをするようになっていた。あの野郎、と思ったところで、トシも亜美菜もいないことに、オレはようやく気がついた。

「トシと、亜美菜は」

「メッセージ来てた。先に、別のアトラクションに並ぶって。海賊船がぶんぶん揺れるやつ。行く？」

オレは、無理、と何度か手を振った。今そんなものに乗ったら、今度こそ心臓が破裂して死んでしまう。

「こんなさ、ぶっ倒れるくらい苦手なら、最初から言ってよね」

「言えるかよ、そんなの、カッコ悪ぃ」

「言わないで後でバレる方がカッコ悪いって。イソタニはカッコつけすぎなんだよ。大してカッコよくもないくせに」

「うっせえな」

「変にプライド高いし。面倒臭い」

ケンカ売ってんのか、と買い言葉を吐きそうになる。

「おまえだって、そういうとこかわいくねえんだよ」

「おまえ、とか偉そうに言うのやめてよね」

嫌な空気が流れて、オレも真由美も、口を閉じた。違う、こういうことを言いたいんじゃない。こういう空気にしたいんじゃない。

視覚が閉ざされると、いろいろな音が耳に飛び込んできた。底抜けに陽気な音楽、しゃべり声、笑い声、子供の泣き声。風が吹く音、木の枝がざわめく音。真由美が呼吸する、かすかな音。オレは、そのリズムに自分の呼吸を合わせた。

「昔さ、家族で、ここに来たことがあるんだけど」

沈黙が気まずかったのか、真由美は静かに話を始めた。オレはざわついていた心を静め、一息、間をおいてから「おう」と返事をした。

「そん時、お父さんに無理やりジェットコースター乗せられてさ。めっちゃイヤだったのに。怖くて大泣きして、もう完全にトラウマ。あの、落ちる感覚がほんとに無理って感じで」

「あれな。わかる」

「それ以来、飛行機も乗れなくなっちゃって。飛行機ってさ、エアポケットとかあるじゃない？　気流のせいで、急にがくんて落ちるやつ。もうそんなの聞いたら、絶対無理って思って、家族旅行も、電車か車じゃないとイヤだって言って。海外旅行なんか、完全拒否。だから、さ」

イソタニの気持ちはわからないこともないよ、と、真由美はとてつもなくヘタクソなフォローを入れた。

「いらねえよ、そういう思いやり」

「でも、まあ、イソタニのおかげで、私はジェットコースター克服できたかも。飛行機も大丈夫そう」

「オレの？」

「隣で、あんなに泣き叫ばれたらさ、笑っちゃって怖いどころじゃなかったし。途中から、なんか面白くなっちゃって」

「なんだよ、結局、オレがダセえ、って話かよ」

「あー、うん」

そうじゃないよ、と、真由美がぽつんと呟いた。また、重苦しい沈黙の時間がやってきた。

「難しいよね、こうなると」

「なにが？」

「一回、距離が近くなると、こんがらがったときに、素直になるのが難しくなる」

「よくわかんねえけど」

「今回、トシくんがイソタニ誘おうぜ、って言ってくれたんだよね」

「なんだよ、オレは山岡の補欠って聞いたぞ」

「トシくんの冗談だよ、きっと。なんか、せっかく去年とか仲良くしてたのに、ああいうことになって、ずっと私がモヤってたの、わかってたみたいでさ」

「じゃあ、トシが今日、ずっと亜美菜とくっついてたのは？」

「たぶん、気を遣ってくれてたんだと思う。私とイソタニが話できるようにって」

オレは薄いハンカチの生地越しに空を見たまま、マジかよ、と、トボけたセリフを吐いた。

「あの時の、あの言い方は、よくなかった、私」

「お、おう」

違うだろ。おう、じゃねえんだよ。

オレは、自分に向かって舌打ちをした。たかがジェットコースターに乗ったくらいで吐いてぶっ倒れているのに、今更カッコつけてもしょうがない。オレは、カッコ悪い。超カッコ悪い。だから、カッコつける必要は、もうないんだ。少なくとも、カッコ悪いオレを目の当たりにした、真由美の前では。

「オレも、その、ずっと、謝ろうと思ってたんだけど」

「そう、なんだ」

「本気で、そう思って言ったわけじゃねえし」

真由美がブスと言われたのを思い出したのか、ああ、と気の抜けた声を出した。

「私も、あんなんで泣くつもりなかったんだけど。突然言われたから、びっくりしたっていうか。変に涙出ちゃって。全部イソタニが悪いみたいな感じになっちゃって、その」

オレは自分の胸に手を置いた。心臓はさっきまでのバカ騒ぎをやめ、規則正しく、どん、どん、と裏側から胸を打っている。オレはさらに落ち着かせようと、思い切り息を吸い込んで、ゆっくりと鼻から吐き出した。

「ごめん」

「悪かった」

胸に引っかかっていた言葉は、するん、と口から出ていった。こんな、なんでもない言葉を言えずに、オレはプライドだなんだとカッコつけてたのかよ、と自分が情けなくなった。

「謝れて、よかった」

「ああ、うん、オレも」

「私、イソタニが許してくれないんじゃないかと思ったんだけどね。でも、トシくんが、大丈夫だ、って言ってくれたからさ」

「トシが？」

「あいつは、そんなにバカじゃないよ、って」

くそ、とオレは心の中でまた舌打ちをした。カッコつけすぎだろ。オトナぶりやがって。ふざけんなって。

だけど、さっきまでみたいに、悔しい、とは思わなくなった。

「仲直り、しようよ」

「ああ、うん、そうだな」

「今までの、全部チャラ。お互い。オッケー？」

「オッケー」

オレが指でOKサインを作ると、真由美が噴き出して、ケラケラ笑った。ハンカチで顔を隠して、仰向けになったまま指で輪を作る自分の姿を想像すると、情けなくて、カッコ悪くて、笑いが込み上げてきた。気持ち悪いことに、オレと真由美は三十秒ほど、そのまましゃべりもせずに二人で笑った。

「トシくんに感謝だね」

真由美の手が舞い降りてきて、とんとん、と二度、オレの胸を軽く叩いた。まるで、心をノックするみたいに。せっかく落ち着いていた心臓が、また、ばくん、と脈打った。

今なら言える気がする。

ハズしたら、カッコ悪いと思って、言えなかった言葉。

オレは、オレはさ。

お前のことが。

好きだ。

大好きだ！

言うぞ、言うんだ、と思うほどに、喉がぎゅっと閉まる。心臓はもう、ばくばく、などというレベルを完全に超えていた。ジェットコースターが落ちる前の恐怖感など、今に比べたらたいしたことはないかもしれない。もっと高いところから飛び降りようとしている気分だ。なんちゃらの舞台から、みたいなやつ。

「あのさ、オレ」

「えっと、なんかさ」

オレの言葉と同時に、真由美も口を開いた。なに？　なんだよ。先に言っていいよ。いや、いいよ。といったやり取りがあって、オレは発言権を真由美に渡した。オレが言おうとした言葉は急ブレーキがかかってしまうと、再び発進するのに結構なエネルギーがいる。

「いや、たいしたことないんだけど。最後だし、よかったなと思って」

「最後？　ああ、閉園するんだってな、今日」

「うん。あ、でも、閉園って言うか、私がさ」

「真由美が？」

「え、もしかして、聞いてない？」

「なにを」

「転校するんだ、私」

は？　と、オレは思わず上体を起こした。あまりに急激に起き上がったせいか、立ちくらみで目が回る。顔に載っていたハンカチが、はらりと落ち、視界が開けた。

「聞いてねえぞ、そんなの」

「そっか、知ってると思ってた」

「二学期、どうすんの？」

「行かないよ、もう」

「ウソだろ？　どこに」

「アメリカ、の、くっそ田舎」

「はあ？　本気で言ってんの？」

「うん、そう。うちのお父さん、海外転勤になっちゃって。いつ帰ってこられるかわからないし、家族全員でついていくことになって。私が行く州は、九月の頭のホリデー明けが新学年スタートなんだって。だから、明日には飛行機に乗らなくちゃいけない。怖くて乗れないとか言ってられなくてさ」

先に言えよ、と、オレが文句を垂れる前に、遠くからでもよく通る亜美菜の甲高い声が聞こえてきた。明るさにまだ慣れていない目を細めると、小走りで駆け寄ってくる、例の二人の姿が見えた。

「なんだよ、来るかと思って待ってたのに」

「待ってたのに、じゃねえよ、トシ、おい」

トシは、さも当然、という顔で、亜美菜と手をつないでいる。オレが目を回して休んでいるたった数十分の間に、なにがどうなったらこの結果になるのか、理解が追いつかない。

「ああ、一応、付き合うことにしたわ、亜美菜と」

「おい、なんだよ、それ」

クソ、ふざけんなよ。なんだその余裕しゃくしゃくの感じは。結局こういうことじゃねえか。一瞬でも、トシの友情を感じたオレがバカだった。心の中で、猛烈な後悔が襲ってくる。

「そっちは？　仲直りできた？」

亜美菜がトシにぴったりくっつきながら、オレと真由美を交互に指さした。オレがあっけに取られていると、真由美が、にこやかに「うん、もうオッケー」などと言い出した。オッケー、じゃねえ。

「最後に仲直りもできたし、飛行機も、きっと大丈夫な気がする」

「よかったじゃん。じゃあもっかい乗ろうよ、ジェットコースター。超楽しかった」

好きだ。大好きだ。オレが、プライドをかなぐり捨てて言おうとした言葉は、腹の奥底まで引っ込んで、もう出てきそうになかった。今日という一日は、激しくアップダウンするジェットコースターのようだ。もうイヤだ。

「イソタニは大丈夫なわけ？　超絶叫してたし。下でトシとめちゃくちゃ笑ったんだけど」

「うるせえな、もう大丈夫だよ。慣れたっつうの」

今までなら、傷ついたプライドを抱えて、本気でイラついていたかもしれない。でも、今日はもうどうでもよかった。なにもかもめちゃくちゃすぎる。ジェットコースターに振り回されて、せっかくセットした髪の毛もぐっちゃぐちゃだ。カッコつけようにも、どうやったってカッコつかない。

じゃあいこいこ、と、亜美菜が飛び跳ねるようにトシの手を引く。真由美も立ち上がって、うん、と伸びをした。

「なあ、真由美」

「なに？」

「オレ、超カッコ悪いよな、今日」

なに言ってんの、と真由美がまた噴き出す。

うるせえな、とオレも笑いながら立ち上がる。

まだ頭がふらついている。膝から下が震えて、まっすぐに歩ける気がしない。もう一度あの恐怖を味わったら、今度こそ小便を漏らしてしまいそうだ。でも、少しだけオトナになれたかもしれない、とも思った。オレは、星が丘ハイランドで過ごす夏休み最後の日曜日を心から楽しんでいる。童心に返るってことは、ちょっとだけオトナの階段を上ったってことだろう。

「いつも超カッコ悪いよ、イソタニは」

「イソヤだっつってんだろ」

真由美の手が伸びてきて、オレの手を摑んだ。少し汗ばんだ手が、ふらつくオレを引っ張ってくれる。

よし、走ろう。

ずいぶん先に行ってしまったトシに、オレは追いつかないといけない。

さよなら遊園地（1）

「以上、朝の点検についての報告を終わります」

朝、八時半の朝礼。保守担当者の北山《きたやま》さんから、今朝の朝点検の報告があった。結果は、特に異常なし。これが、最後の朝点検の報告だ。本日をもって、星が丘ハイランドパークは閉園する。営業日に毎日行われてきた開園前の点検も、今日が最終日ということだ。

いつもなら、点検担当者は事務所のパソコンに点検データを入力し、日報を書いて夜点検の担当者に引き継ぎを行う。けれど、明日以降の保守の予定がない以上、データの記録はもう必要ない。今日は夜点検も行われないことになっているので、引き継ぎも不要だ。北山さんはトラブル対応のために昼過ぎまで事務所に残るが、おそらく、もうほとんど仕事はないだろう。

私は、「松永《まつなが》」という名札のついたスタッフ用のポロシャツにスラックスという出《い》で立《た》ちで、北山さんの最後の報告を眺めていた。私自身、遊園地スタッフとして仕事をするのは今日が最後だ。遊園地の開園当初から運営として携わり、運営元の会社を定年退職してからは嘱託社員として再雇用を受けて働いてきたが、それも、ついに最終日となった。

星が丘ハイランドの開園は、三十年前。時代はバブル景気の真っただ中で、日本中が熱に浮かされていた。ちょうど、総合保養地域整備法、通称・リゾート法なる法律が制定された頃で、リゾート施設は税制上の優遇を受けることができるようになった。好景気と法律の後押しもあって、あの頃は雨後の筍《たけのこ》のように、日本各地にリゾート施設やテーマパークが建設されていった。

星が丘のリゾート建設も、そんな時代の中で進んだ。

私のいた会社は、もともとホテル経営が事業の主軸であった。ホテル事業の拡大のため、地域に観光客を呼び込もうという目的で計画されたのが、星が丘の総合レジャー施設だ。当初はゴルフ場を作るだけの予定だったが、いつの間にか計画が膨らんで、遊園地にレーシングサーキット、人工降雪のスキー場とスケートリンク、テニスコートに温水プールと、とにかく流行《はや》り物のごった煮のようになった。会社は、星が丘リゾート全体で年間二百万人の集客という威勢のいい目標を掲げていたが、今思えば、見通しの甘い無茶な数字だ。私の会社もそうだが、バブル時代はどこの会社もイケイケドンドンになっていて、シビアな収益予測を立てているようなところは少なかったように思う。

私はホテルマンを志して入社したのだが、なぜかリゾート事業に回されて、遊園地の開園プロジェクトに参画した。開園後は企画営業として残り、最終的には事業部長を務めた。一時期、本社に戻って遊園地業務から離れることもあったが、私は開園から閉園まで、遊園地のほぼすべてを見てきた。閉園についてはいたしかたないとは思いつつも、やはり喪失感は小さくない。自分が作り上げたものが時代に淘汰《とうた》されていく姿を見るのは、なんとも忍びないものだ。

毎朝行われてきた朝礼。現・事業部長の葛岡《くずおか》が社員たちの前に立って、最後の挨拶をしている。彼は、かつての部下だ。

「事業部長になってから五年、経営再建に向けて懸命に努力してまいりましたが、その願いも叶《かな》わず、本日をもって閉園ということになりました。力足らず、慚愧《ざんき》に堪えないとは、正にこのことでございます」

葛岡はそう言って、社員、従業員に向かって、深々と頭を下げた。

確かに、ここ数年の遊園地の収益は酷いものだ。来客数も売り上げも右肩下がり。予算がないので広告も打てず、ますます人が来なくなる。もはや、抜け出せない負の螺旋《らせん》に呑《の》み込《こ》まれてしまったようだ。葛岡は有能な男だが、彼の力をもってしても、ハイランドの斜陽を食い止めることはできなかった。力不足と表現したが、彼の責任ではない。

時代が、この遊園地を必要としなくなった。

寂しいが、そういうことだ。

「では、最後に、元事業部長の松永さんから、ご挨拶を」

葛岡が急に私の名前を呼ぶ。ややぼんやりと朝礼に参加していた私に視線が集まった。挨拶をするなどとは聞いていなかったので、スピーチなどなにも用意していない。私は困惑しながら、葛岡に向かって「聞いてないよ」というゼスチャーを送った。葛岡は笑いながら、いいじゃないですか、と囁いた。

私が葛岡のいた場所に立つと、従業員たちが一斉に拍手をしてくれた。なにを話すか、ぱっとは思いつかない。えー、と唸《うな》ったまま、私は固まった。昔から知る何人かの社員が、くすくすと笑っているのが見えた。最盛期は二百人以上が並んだ朝礼も、今は随分スケールダウンした。自分が責任者の立場でここに立っていた時のことを思うと、寂しい風景だ。

「今日は、あいにくのお天気で」

事務所の窓から、グレイの空が見える。最後ぐらい、賑やかだったあの頃を思い出すような、お客さんでいっぱいのハイランドを見たかったが、どうやらそれも叶わぬ願いになりそうだ。遊園地の営業は、天気が集客に直結する。午後からは回復するという予報だが、どこまで信頼できるかわからない。

「本日、いらっしゃるお客さんの心に残るように、スタッフは一丸となって、おもてなしをしていただければと思います」

皆さんへの感謝、昔の思い出。話せば尽きないので、いろいろ話したくなる気持ちを抑え込み、短くまとめる。

「良《い》い一日にしましょう」

私がそう結ぶと、また拍手が起きた。不覚にも、鼻の奥がぐっと熱くなった。

私の、星が丘ハイランドでの最後の一日は、こうして始まったのである。

2. 三角《みすみ》彰吾《しょうご》とゴーカート

1

クラッチを切り、軽やかにシフトレバーを動かす。シフトアップと同時にアクセルを踏み込むと、エンジンが気持ちよさそうな声で噴き上がり、ぐんと加速する。細かなカーブが続くワインディングロードを、加速と減速を繰り返しながら、車はパワフルに上っていく。

天気はあいにくの雨だ。晴れていたらもう少し山の緑が美しく見えたに違いない。

俺はワイパーに弾《はじ》かれるフロントガラスの雨粒を見て、軽いため息をついた。せっかく数日前に洗車をしたばかりなのに、また洗いなおさなければならない。

「そんなのずっと見てて、酔わないのか」

「べつに、だいじょうぶ」

助手席には、今年十歳になる息子の世那《せな》が座っていた。行儀悪く両足をダッシュボードに引っかけ、首が辛《つら》くないのかと心配になるほどふんぞり返りながら、携帯ゲーム機をいじっている。父親と久々に外出しているというのに、楽しそうな様子はみじんも見せない。こちらが話しかけなければ一言もしゃべりかけてこないし、にこりともしない。

「面白いのか、そのゲーム」

「べつに。ふつう」

「なんだ、普通って」

「おもしろくもないけど、おもしろくなくもない」

「どっちなんだ」

「べつに、どっちでもないって」

べつに、ってのがお前の口癖だな、と俺は苦笑した。世那は返事もせずに手元のゲーム機を見続けている。ゲーム機のチンケなスピーカーから聞こえてくるひどい音質のBGMが、音量以上にやたらと耳に障る。いつもはこだわりの車載スピーカシステムでお気に入りのハードロックを聴いているのだが、今日は息子の「うるさいんだけど」の一言で消さざるを得なかった。

かわいくねえな、おい。

俺は世那に悟られないようにもう一度ため息をつくと、やや乱暴にアクセルを踏んだ。今度は、うおん、という不機嫌そうなエンジンの音が聞こえた。

自他ともに認める車好きの俺と違って、世那は車にあまり興味を示さない。男の子は、二、三歳くらいになれば、たいがい車やら電車やらにハマるものだと思っていたのだが、世那は違っていた。小さい頃から絵本やミニカーを買い与えても喜ばず、車に乗せてやっても退屈そうにしているだけだった。

俺が子供の頃は、テレビや雑誌で見るスーパーカーのカッコよさにワクワクしたものだ。親父が運転する車の助手席で、スーパーカーを駆る自分の姿を想像して、大きくなったら絶対にカッコいい車を買うのだ、と思っていた。十八になって免許を取得すると、俺はバイト代をはたいて中古のスポーツカーを購入し、あちこち改造して夜な夜な峠道を攻めた。いわゆる「走り屋」だ。当時は誰も通らないような田舎の峠道を占拠して、非合法な公道レースがよく行われていた。みな、バイト代のすべてをつぎ込んだ愛車に乗って毎晩走りに出かけ、危険なレースに明け暮れた。昔取った杵柄《きねづか》と言おうか、雀百《すずめ》までと言おうか、中年になってしまった今でも、細かいカーブの続く山道を走ると血が騒ぐ。

最近は車を欲しがる若者が減ったという。買うとしても、維持費が安い軽自動車や燃費のいいコンパクトカー、果てはエンジンすら載っていないEV車くらいで、走りを追求したスポーティーな車など見向きもされない。時代なのかもしれないが、自分のセンスが否定されているようで寂しい感じがする。

「ねえ」

「ん？　なんだ」

「今、なんキロ出てる？」

「今か？　軽く七十くらいだな」

「ここさ、四十キロって書いてあるけど」

警察に捕まんないでよね、と、世那がちくりと刺してきた。俺は、うるせえな、と言い返すと、バツの悪さを感じながら減速した。

「そういや、学校はどうなんだ」

「どうって？」

「楽しいか」

「たのしくもないけど、たのしくなくもない」

俺は、どっちなんだよ、とため息交じりに返事をする。意図したわけではないが、軽く舌打ちのような音が出てしまった。

「ママは元気か」

「うんまあ、ふつう」

「普通ってなんだよ」

「べつに、おれ、ママじゃないからわかんないよ」

元妻との離婚が成立したのは、半年ほど前のことだった。一応、円満離婚と言えるだろうか。切り出したのは向こうで、俺は争うことなくそれに応じた。一人息子である世那の親権は、セオリー通り、元妻が持った。息子と離れて暮らすのは辛かったが、よほどの事情がない限り、父親が親権を認められることはない、ということは聞き知っている。裁判に持ち込むだけ無駄だと思ったのだ。

別居中の世那とこうして話すのは、実にひと月ぶりだ。離れている間に出来上がる親子の溝は、なかなかに深い。いざしゃべろうと思っても、どこから会話を始めていいのかがわからないのだ。世那の考えていることも想像できないし、共通の話題も見当たらない。変に気を遣ってしまって、心を通わせるような会話はできないでいる。

俺の腰の引けた感じは、世那にも伝わっているかもしれない。

「世那は、将来なんになりたいの」

「なにそれ」

「あんだろう、男の子なんだからさ」

再び沈黙が訪れるのを恐れて、俺はあまり深く考えることもなく、ひどく陳腐な話題を世那に振った。適当な答えが返ってくれば、それでなんとか話がつながると思ったのだ。

「さあ。わかんない」

「なんだよ、将来の夢もないのか」

「べつに、夢とかないよ」

「夢くらい持てよ、子供のくせに」

「じゃあ、コームイン」

「公務員だぁ？」

「ママが、コームインになれば安心だから、そうしろってさ」

だぁ、と息を吐きながら、俺は右手で自分のこめかみを押さえた。アクセルを踏む足に力が入って、せっかく減速した車が、ぐんと加速する。

「やめとけ、バカ」

「なんで？」

「なんでって、別に公務員になるのが悪いわけじゃねえけどな、男が夢として語るには小せえだろうが」

「そうかな」

「もっとこうさ、あるだろ？　デカイ夢が」

俺は世那にも聞こえるように、大きなため息をついた。こんな小さなうちから母親に安定安定と言われていたら、大きく育つものも育たなくなる。非現実的だろうが、不安定だろうが、子供のうちに見る夢はデカイほどいいと俺は思っている。そりゃ、成長していく中で現実を見たり、壁にぶつかったりはするかもしれない。大人になって、公務員に落ち着くことだってあるだろう。けれど、最初から「公務員になれたらいいや」などと考えていたら、公務員にだってなれやしない。

思った以上に腹が立って、俺は口を閉じて黙った。スピードメーターを見ると、また七十キロに達しようとしている。左手でシフトノブを掴み、乱暴にシフトダウンする。車がまた、ううん、と不機嫌そうに呻《うめ》きながら、速度を落とす。

「でさ、どこ行くの、今日？」

俺の不機嫌そうな様子を察したのか、世那は器用に話題を変えた。その小器用なところが、また癪《しゃく》に障る。子供のくせに大人の顔色をうかがうようでは、将来どんな大人になるかわかったものではない。

「いいとこだよ、いいとこ」

「いいとこって、どうせ星が丘ハイランドなんでしょ？」

「おい、なんで知ってんだよ」

「ママからきいたし」

俺は、腹の奥からぐっとせり上がってくるものを抑え込むのに苦労した。ちょっとしたサプライズを仕掛けようという俺のささやかな気持ちは、全く理解されずに踏みにじられた。遊園地に到着して目を輝かせる息子の姿を期待していたのに、さっそく肩透かしを食らった格好だ。

「いいだろ、遊園地」

「あー、うん」

「なんだよ」

「べつに、たいして好きじゃないし」

そういうこと言うなよ、と、俺は何度目かわからないため息をついた。

――なるほどな。

2

星が丘ハイランドの園内に入って頭に浮かんだのは、なるほど、という言葉だった。ハイランドが経営難から閉園するという話は、少し前から知っていた。いまどき、目新しさのない遊園地など生き残ることはできないだろうとは思っていたが、実際に訪れてみて、さらにリアルな現実を目の当たりにした格好だ。

施設や設備は、俺の記憶にあるものよりもずっと古臭く、老朽化しているように見えた。雨のせいもあるだろうが、今日で閉園だというのに、園内には数えるほどしか人がいない。目の前には、やることを見失って途方に暮れた様子でとぼとぼと歩く中学生くらいの男女グループがいた。おおかた、遊園地が閉園するという話を聞いて来てみたのだろうが、あまりにも前時代的なセンスに戸惑っているのだろう。ハイランドの年間の来場者数は、十年前と比較して半分ほどになってしまっていると聞く。今は全国どこの遊園地でも似たようなものなのかもしれないが。

子供の目にこの空間はどう見えているのだろう。少し気になって、斜め後ろを歩く世那に目をやった。世那は特に表情を変えることもなく、小さな傘を背負って俺のあとをついて来ている。感動も落胆も見えない。近所の公園に散歩に来た、というくらいの感じだ。

普通の子供であったらまだまだ父親に甘えたい年頃のはずだが、世那は常に飄々《ひょうひょう》としていて、感情を表に出さない。騒ぎもしなければ、無邪気に振る舞うこともない。性格、と片付けてしまえば簡単だが、小さい頃からあまりかまってやれなかったことが原因かと思うと、少し胸が痛んだ。

「おー、見える見える」

俺はアトラクションには目もくれず、遊園地の敷地《しきち》の奥へと向かった。背の高いフェンスで区切られた遊園地の外の景色を見下ろす。少し低い位置に、まっすぐ延びる灰色の道路が見える。

「すごいだろ」

「なにが？」

「サーキットだよ。車とか、バイクのレースをやるところ」

それはしってるけど、と、世那は皮肉っぽい笑みを浮かべた。

星が丘ハイランドには、かつてモータースポーツ用のサーキットが併設されていた。遊園地を含む星が丘のリゾート施設ができたのは、ちょうど、F1《エフワン》グランプリが地上波で放送されるようになった頃だ。世界のトップドライバーがカリスマ的な人気を集め、モータースポーツがブームになっていた。若者の間ではスポーツカーでのデートが一種のステータスで、馬力があってスピードの出る車が俺たちの憧れだった。

当初、星が丘の開発はゴルフ場だけを造る予定だったらしい。だが、工事着工前にゴルフ会員権を売りまくったせいで、予定していたゴルフ場の開発資金をはるかに上回るカネが舞い込み、ついでに遊園地とレーシングサーキットも造ってしまった、という話を聞いたことがある。最終的には、バーベキュー場だの温水プールだのと次々施設が造られて、星が丘ハイランドは一大リゾート施設になった。バブルの時代らしい、無茶苦茶なカネの使い方だ。

だが、そのサーキットも施設の老朽化とモータースポーツ人気の陰りを受けて、昨年、遊園地に先んじてひっそりと営業を終了した。土地はすでに売却され、ほどなくすべて壊されてしまうらしい。遊園地も閉園が決まり、その他の施設もどんどんなくなって、結局、最終的に残るのはゴルフ場だけになるそうだ。

「パパも若い頃は、あそこを走ってたんだぞ」

「そうなんだ」

「あのメインストレートでな、二百キロ近くまで出すんだ」

「F1のレース？」

「F1、じゃあないけどさ。F1のマシンだったら、ホームストレートで三百キロ以上出すからな。新幹線並みだ」

「なんだ、ちがうんだ」

「なんだ、じゃねえよ。だいたいな、F1のドライバーってのは世界で一番なるのが難しい職業なんだぞ」

世那は、そうなの？と首を傾《かし》げた。

「そうだよ。グランプリ本戦に出られるドライバーなんか、世界で二十人くらいだからな。宇宙飛行士とか、全世界の現役の大統領より少ない」

「宇宙飛行士より？」

「そうだよ。すごいだろ」

ようやく世那が顔を上げたので、俺は得意げに胸を張った。

「べつに、パパはF1のドライバーじゃないじゃん」

「まあなあ。でも、このサーキットでは結構有名だったんだぞ」

「レーサーだったの？」

「その一歩手前ってところだな。一応、プロのレーサーにならないか？　って誘われたりはしたさ」

「うそだあ」

「嘘じゃない」

「じゃあ、なんでなんなかったの？」

「レーサーになるのは、すごい金がかかるんだ。パパはそこまで金持ちじゃなかったからな」

黄色い傘をくるくると回しながら、世那は、そっか、と呟いた。

3

ファイナルラップ、十二周目。

目の前、数十メートル先にトップの車。俺はすでに全開のアクセルを踏み込んだまま、猛然と後ろを追う。天候は雨、視界は最悪。先頭を行くのはこのクラスの大会ではほぼ常勝と言ってもいい元プロドライバーで、今まで一度も抜いたことのない相手だった。いつもなら、微妙な差を詰められないまま逃げ切られて終わっているところだが、その日は雨のせいでレースが荒れていた。なにかが起こる、という予感が漂っていた。

最終コーナー。周回遅れの一台がカーブを曲がり切れずにスピンし、先頭のマシンの進路を阻んだ。詰まったトップの車両が、カーブに進入するラインを修正するために、わずかだがアウトに膨らんだ。スピンしたマシンは、そのままスピンアウトしようと惰性に任せてコース外に向かっていく。その瞬間、俺の前にマシン一台分のラインがぽっかりと空いた。俺は迷うことなくアクセルを踏み込み、二台のマシンの間に滑り込んだ。下手をすれば、接触してしまいそうなギリギリのライン。縮みあがりそうになる心臓を抑え込みながら、神様がくれたわずかなラインをなぞった。

気がつくと、俺は見事なオーバーテイクを決めていた。トップだった車両をかわして先頭に躍り出て、そのままメインストレートを疾走し、一着でチェッカーを受けた。ウイニングランを終えて戻ると、駆け出してきたピットクルーたちにもみくちゃにされて、放心状態になったのを覚えている。

たぶんそれが、俺が人生で一番輝いた瞬間だ。

信じられないことに、あれからもう二十年以上経《た》つ。

「懐かしいよな、彰吾のあの伝説のオーバーテイク」

「伝説とかやめてくれよ」

「いや、あれは、本当に神業だった。今でも思い出して震える」

「俺は本当に、彰吾は天才だと思ったな、あの時」


――一年前、星が丘サーキットの営業最終日。

俺はかつてのレーシングチーム仲間と集まって、サーキットの最後を見届けていた。午前中は一般車でのサーキット走行会があり、みんなで過去を懐かしみつつ、ラストランを楽しんだ。午後は、プロドライバーの参加するレースが行われていた。

俺たちは人のまばらなスタンド席に横一列になってレースを見守りながら、ひとつの時代の終わりを感じていた。並んでセンチメンタルな思い出に浸る仲間たちは、みな高校で出会った同級生だ。仲良くなったきっかけは、もちろん、「車好き」だった。

十八歳になると、高校在学中にもかかわらず、俺たちは競うように免許を取得した。生まれ月の早いやつをみんなで羨んだものだ。免許を取得し、車を買ってしばらくは「走り屋」として峠道を走る毎日を過ごした。やがてレース場の走行会などに参加するようになって交友関係が広がると、人を集めてチームを作った。そこから、星が丘サーキットを中心に、アマチュアレースに参戦するようになったのだ。

俺たちが挑んだのは、市販車を改造した、いわゆる「ハコ車」のレースだ。排気量の少ないクラスならアマチュアの学生チームであっても比較的容易に参戦することができた。もちろん、容易とはいっても金はかかる。車両を買い、レース仕様に改造し、もろもろの経費を入れると、数百万円の金が必要だった。レース中に派手なクラッシュでもしてしまったら、目も当てられないことになる。マシンの修理もメンテナンスも、すべて自腹でやらなければならないからだ。

チームの運営費を捻出するために、俺はバイトに明け暮れた。大学の講義は数えるほどしか出席せず、とにかく寸暇を惜しんであらゆるバイトを掛け持ちした。大学に在学中でありながら、一般企業の営業としても働いた。当時の俺のトータル月収は、その辺のサラリーマンなど比べ物にならないほどの額だった。

「あのままやってたらさ、彰吾はプロになれてたんじゃないかな」

「そうかな。周りはみんな、ガキの頃から乗ってるやつばかりだったじゃないか」

「天性の勘みたいのがあったんだよ、彰吾にはさ。あの勘は、練習や経験だけじゃなかなか身につかないって」

稼いだ金は、ほぼすべてがレースに消えていく。それでも足りずに、借金をしたり、ローンを組んだりしてようやく、俺たちはチームを維持していた。そこからプロのレーサーを目指すとなると、さらなる資金が必要になる。当時の俺たちには到底工面できる額ではなかった。一線で活躍するレーサーの多くは、実家が裕福であったり、スポンサーがついていたり、なにかしらの資金力がある人間がほとんどなのだ。

俺たちは結局、大学卒業と同時にチームを解散し、それぞれがそれぞれの道を歩き出した。就職活動もろくにできなかった俺は学生時代にアルバイトをしていた車の輸入販売会社に拾ってもらい、そこから遮二無二働いた。大学卒業後の十年間は、大学時代に積み上げた借金の返済に費やした。後悔をしているわけではないが、人生のルートとして、違う道もあったかもしれないな、とは思う。

今は支店長を任される程度に出世して、あの頃よりも金銭的には裕福になった。今の俺が過去の俺に投資することができたなら、レーシングドライバーの俺が誕生しただろうか。そんな現実味のないことを、たまに考えることがある。

「あのな」

「うん?」

横でレースを眺めていた落合《おちあい》が、急に真剣な目で俺を見た。落合は高校の同級生の中でも一番の出世頭だ。車好きが高じて、車のカスタムやチューンナップを手掛けるショップを県内に二店舗持っている。地元の車界隈では知らない人がいないくらいの有名ショップだ。

「もう一回やらないか、彰吾」

「もう一回？」

「レースだよ。またチームを作ろうと思ってるんだ。ドライバーを探してる」

「ドライバーって、俺か？」

もちろん、と、落合は頷いた。俺は、バカ言うな、と鼻で笑った。

「金は、会社と、あと俺が個人でも出すつもりだ。スポンサーも何件かあてがある。まあ、それでも足りるかはわからないけどな」

「本気で言ってるのか？」

「もちろん。本気さ」

落合は陽気な性格ではあるが、あまり軽い冗談は言わない。悪戯《いたずら》っぽい顔でさらりと発言したことでも、腹の中では本気で情熱を燃やしている。落合が「本気だ」と言うなら、ただの気まぐれや思いつきではないだろう。おそらく、頭の中でかなり計画が進んでいて、ソロバンもしっかり弾いている。

夢にもいろいろな形があるが、落合は、実現するかしないか、ギリギリの夢を見ることが好きなやつだ。夢に向かってまっすぐ走って、実現する。そしてまた次の夢に向かって、アクセルを踏む。生きるスピードを緩めることなく、常に勝負をし続けている。ぽつぽつと、皮膚が粟立《あわだ》った。顔から全身に向かって寒気が走り、武者震いのような震えが起きた。大人になってから久しく感じたことのなかった感覚だ。落合の熱が伝わってきて、俺の体の奥底でくすぶっているものがチリチリといい出したのかもしれない。

「みんなでワイワイ楽しくやろう、ってことか?」

「まさか。どうせやるなら、目指すのはいつだって優勝だ」

「もうぼち、アラフィフだぞ、俺たち」

「そうだな」

「俺だって、昔みたいには走れない」

四十を過ぎると、若い頃のような緻密な走りはできなくなってくる。どうしても集中力が続かなくなるし、一瞬の判断が遅くなる。判断の遅れは、コンマ何秒を競うレーシングドライバーには命取りだ。

「でも、五十過ぎのプロだっているからな」

「さすがに、今からってのは、無理なんじゃねえかなあ」

無理？　と、落合が怪訝《けげん》そうな顔をした。

「らしくないな」

「らしく？」

「彰吾の口から、無理、なんて言葉を聞いたのは初めてだ」

突然、心臓を鷲摑《わしづか》みにされたような感覚があって、俺は言葉を失った。「無理」という言葉を今までに一度も使わなかった、なんてことはないだろう。けれど、落合の中の俺は「無理」なんて言わない男だったのかもしれない。

歳を取って、苦労して、結婚して、子供が生まれて。いつの間にか、俺は丸く、小さくすり減っていた。このままどんどん摩耗していって毒のない老人になり、そのままダレて死んでいくのだろうか。

落合の話を聞いていた仲間たちはみな、目を輝かせて身を乗り出し、俺を見ていた。きっと、やろう、と俺が言うのを待っている。いい歳になっても、大人になり切れずにいる。姿格好はちゃんとした大人になったが、心の一部は遊園地ではしゃぐ子供のままだ。

「オッサンだらけのプライベーターが勝ったら、絶対気持ちいいよな」

「そりゃそうだけど、そう簡単にいかないだろ」

「簡単じゃ面白くないじゃないか。難しいから面白い」

「難しいことを、おまえは簡単に言いすぎなんだよ」

全員が噴き出した。資本の少ないプライベート・チームの中年アマチュアドライバーが、大企業の運営するワークス・チームのプロドライバーに勝つ。そんなことが起きたら痛快だが、あまりにも漫画じみていて、現実味がない。ただ一人、落合だけが真剣に可能性を信じている。

いいな、それ。

心が揺れる。だが、並大抵の覚悟ではできないことだ。まだ息子も小さいし、安定志向の妻が許すわけがない。仕事を放り捨てるわけにもいかないし、現実的に、俺が落合のチームのドライバーを引き受けるのには、越えがたい壁がある。

「彰吾は、きっとまだまだ速くなるよ」

「なんでって、俺なんだよ。ちゃんとしたプロと契約したらいいじゃないか」

「なんでって、彰吾は俺たちの原点じゃないか」

覚えているだろ？　と、落合は俺の後ろを指さした。大きな観覧車と、ジェットコースターのレール。星が丘ハイランドパークの遊園地。

4

営業終了後、たった一年で半ば廃墟《はいきょ》のようになってしまった星が丘サーキットから目を離し、俺は世那に向き直った。一年前の出来事を思い出しているうちに、ほんの一瞬だけ、世那を連れてきていることを忘れていた。罪悪感をごまかすように、俺は世那の小さな頭に、ぽん、と手を置いた。

「そろそろ行くか」

「どこに？」

「どこにって、なんか乗りたいもんとかないのか」

「だって、雨じゃん」

まあそうだよな、と、俺は口をつぐむ。

ずいぶん小降りにはなったものの、まだ雨は降り続いている。子供が好きそうな乗り物系アトラクションは、軒並み運行中止だ。遊園地を楽しもうにも、ろくに遊べるものがない。

「ねえパパ、時間なくなるよ」

「わかってるよ」

腕時計にちらりと目を落とす。タイムリミットは、あと二時間だ。

俺には、月に一度だけ世那と面会する権利が与えられている。権利があるとはいえ、世那と過ごせる時間はたった数時間だ。泊りがけでどこかに行ったり、自分の家に泊めることは許されていない。

ハイランドに世那を連れてくるのも、ひと苦労だった。世那を迎えに行ってハイランドで過ごし、さらに家まで送り届けると、どうあがいても時間を超過してしまう。渋る元妻と何度か交渉した結果、近くに住む元妻の両親が、時間になったらわざわざ迎えに来ることになった。徹底しているな、と思わず苦笑する。元妻は、世那が俺に懐くことを恐れているのだ。面会自体を拒否することはできないが、極力、俺から世那を遠ざけようとしている。

「雨だもんなあ。ついてなかったな」

「しょうがないじゃん、天気だし」

「そういう、かわいくないこと言うなって」

「かわいくない？」

「子供なんだからさ、もっと子供らしいこと言えよな」

「だって、ママには、子供みたいなことをいうなっておこられる」

俺はまた、はあ、とため息をつく。元妻とはなにからなにまで考え方が合わない。

元妻と結婚したのは、本当に成り行きだ。知人を介して知り合い、何度か遊んでいるうちに子供ができてしまい、いろいろ考える間もなく結婚を余儀なくされた。式を挙げ、新居に引っ越し、落ち着く間もなく世那が生まれ、家族三人の生活が始まった。目まぐるしく変わっていく自分の人生に戸惑いながら、俺は十年間、夢中で走り続けてきた。

同居してすぐ、元妻とはお互いに「違う」と感じることが増えた。元々、性格が合わなかったのかもしれない。元妻の愛情は次第に世那に移っていったし、俺もただ、義務感で家庭を維持していた。妊娠発覚から結婚までのスピード感に、二人とも気持ちがついていかなかったのだ。愛情のない夫婦生活は、当然のように行き詰まった。

最終的に、俺と元妻は離婚を選択した。

世那には、申し訳ないと思っている。だが、心のどこかで、自由になった喜びも感じていた。落合のように、純粋にやりたいことだけをひたすらやる人生が俺には合っているのだろう。一度結婚したことで、俺は免罪符を与えられたような気持ちになっていた。ちゃんと社会に適合しようとはした。結婚し、子供を授かるという実績も得た。だが、上手《うま》くいかなかったのだから、仕方がない。

元妻と世那に対する経済的なフォローは、できる限りしているつもりだ。だから、ここから先の人生は自分の好きなように生きても文句を言われることはないだろうと思っている。

「ねえ、これは？」

世那が入場の時にもらったパンフレットを見て、地図上の一点を指さした。雨天時に運行中止になるアトラクションには雨のマークがついているが、世那の指すアトラクションには、雨のマークはない。

「ずぶ濡れになるぞ、でも」

「べつに、いいよ」

「義父《じい》ちゃんに怒られるだろ、俺が」

「べつに、いいじゃん、それくらい」

世那が指さしていたのは、ゴーカートだ。サーキットが併設されていたこともあって、ここではかなり本格的なカート体験が楽しめる。正直に言うと、俺は世那をカートに乗せてみたくて、ここまで連れてきたのだ。カーレースという自分のアイデンティティを、息子にも味わってもらいたかった。同じ経験をして、同じ感情を共有できたら、たとえ離れていてもつながっていられるのではないか、と思ったのだ。でも、雨の中でゴーカートを運転するなんて世那は嫌がるだろうと、俺は半ばあきらめていた。それが、世那自ら乗りたいと言ってきたのだから、異論があるはずもない。

「レーサーだったんでしょ？　パパ」

「まあ、アマチュアだけどな」

「じゃあさ、おれと勝負しようよ」

「勝負？　パパと？　世那がか？」

世那が、なにか文句でもあるのか、という様子で頷き、胸を張った。俺は思わず噴き出して、世那の頭に手を置いた。

「さすがに子供には負けないよ」

「じゃあ、おれが勝ったらどうする？」

「勝ったら、か。まあ、負けないからなあ」

「じゃあ、おれの言うことをなんでも一つ聞く」

いいよ、と笑うと、世那はにこりともせずに、じゃあいこう、と、俺の手を引いた。引っ張る力は、思ったよりも強かった。

5

――バカじゃないの？

元妻との別れが決定的になったのは、落合らと再会してしばらく経ってからのことだった。

俺は落合からレーシングチームに誘われたことを、珍しく妻に話した。いつもは、世那の学費の話や、保険だの生活費だのといった事務的な話をするだけで、あとはほぼお互い目も合わせない。そういう関係をどうにかしようと思ったわけではないが、俺は久しぶりに妻に向かって言葉を投げかけたのだ。

もちろん、落合の誘いに乗ろうとは思っていなかった。ただなんとなく、腹の中で消化できずにふわふわと漂っていた言葉を、誰かに聞いて欲しかっただけだ。俺はきっと、「すごいね」という言葉を聞きたかったのだと思う。まだそんな誘いがくるなんてすごいね、と笑ってもらえたら、それだけで満足できた。だが、返ってきたのは、「バカじゃないの？」という、冷え切った一言だけだった。俺ははっとして、シャツの袖ボタンを外す手を止めた。居間でコーヒーを飲む妻との間には少し距離があったが、俺は正面から思い切り平手で殴られたような感覚をおぼえた。

「バカは言いすぎだろ」

「もういい歳なんだから、子供みたいなこと言うの、やめてよね」

「子供みたいな？」

「それで、やるって言ってきたわけじゃないでしょうね」

「言ってねえよ」

「その、落合さんて人、あれでしょ？　独身の会社経営者の。そういう人なら、別に趣味で勝手にやってればいいと思うけど。正直、どうかと思うよ。もっと違うお金の使い道あるんじゃないの」

「おい、そんな言い方はねえだろ」

「趣味ならいっぱいあるじゃない。なのに、なんでわざわざ一番お金かかることしないといけないの？」

「レーシングチーム作ろうって言ってんだから、もうあいつは趣味でやろうってことじゃないさ。本気でやろうとしてんだよ」

「本気でって、あなたたちの歳からレースなんかやって、どうにかなるわけないじゃない。結局、お金持ちの道楽でしょ。そんなのに付き合ってらんないでしょ、うちは」

妻が言っていることは間違いではない。落合がやろうとしていることは無謀だし、周囲から「金持ちの道楽」と言われても仕方がないかもしれない。だが、少なくとも、落合自身は道楽でやろうとしているわけではないはずだ。落合の言葉には夢に向かう真剣さがあった。若い頃からずっと追いかけているものを、今も変わらず追いかけようとしている。それだけのことだ。

「ついでに言うけど、あなたのあの赤い車、もうそろそろ普通のに買い替えてもらえない？ 音も大きくて近所迷惑だし、ガソリンも食うし。正直、あなたの歳で真っ赤な車に乗ってるの、恥ずかしいよ」

「恥ずかしい？」

「世那と同じクラスの子の家も、みんな普通の車に乗って家族旅行とか行ってるんだけど。あなたの車じゃそもそも二人しか乗れないし、荷物も載らないから旅行になんか行けないじゃない。世那だって、中学から私立に通わせるならもう塾に行かせなきゃいけないのに、親が自分の趣味なんかのためにお金使ってる余裕ないと思う」

「その辺の同級生の父親よりは、金を入れてるだろ、俺は」

「そうだけど、でも、せっかく多くもらってる分を、ほとんど自分の車に使っちゃうじゃない。その分をもっと家族に使ってくれてもいいんじゃないの？」

それ以上、言うな。

俺は煮えくり返りそうになる腹に力を入れて、ぐっと我慢する。家族に不自由させないくらいの金は稼いでいて、家には十分に生活費を入れている。月の小遣いをやりくりして趣味に使っているだけだ。欲しいパーツはいくらでもあるが、我慢もしている。趣味を理解できないと言われるのはまだ我慢できるが、恥ずかしい、と言われる筋合いはない、と思った。

「文句を言われるようなことは、してないだろ」

妻の顔色が変わったのがわかった。思いのほか、俺の声は荒く、鋭くなっていた。心臓がゆっくりと拍動を速め、自然と拳を握っていた。

「文句を言われるようなことしてないって言うけど、じゃあ、前のテストで世那が何点とったか聞いた？　世那の好きな食べ物は？　友達の名前一人でも言える？」

「今の話と関係ないだろ」

「あるでしょ。あなたが、どれだけ家族のことを考えてるか、ってこと」

「それが言えるからなんなんだ？　その分、俺が外で稼いできてるから、私立受験なんて贅沢《ぜいたく》なことが言えるんだろうが」

「私だって、外で働いてるんですけど。じゃあ、私がもう少し稼いだら、あなたももう少し、世那のこと見てくれるわけ？」

「勝手なこと言うなよ。世那が小さいうちは働きたくないとか言って、家にいただろうが。ここ数年ちょこちょこ働きだしたからって、偉そうに言うな」

「今は働いてるんだから、偉そうとかじゃないでしょ？　家計にお金だって入れてるし、世那の洋服だって全部私が買ってる。だいたいあなた、ただでさえ家族のことなんて気にしないのに、今度はレース？　ふざけないでよ。父親としての自覚あるの？　世那のことがかわいそうだと思わないの？」

「じゃあ、おまえは俺のなんなんだ！」

リビングに、俺の声が響いた。食器棚の薄いガラスが音で震え、かすかに鳴った。それまで感情的に言葉を吐きだしていた妻が、おびえたような表情で俺を見ていた。

「は？」

「おまえは、世那の母親なんだろうよ。立派な。じゃあ、おまえは俺のなんなんだ？　俺は、おまえのなんなんだよ！」

「そんなの、夫婦にきまってるじゃない」

「夫婦？　おまえは、毎日毎日、世那世那世那世那世那！　じゃあ聞くけどな、俺が外でなんの仕事してるのか知ってるのか？　過去のレース戦歴は？　家族のために働いて、何不自由ない生活をさせてても、車一台乗ってることにすら文句を言われるのか？　俺は、俺の人生のすべてをお前たちに捧《ささ》げて、金だけ稼ぐ抜け殻みたいになれって言うのか？」

そこまで言ってない、と、妻は弱々しい声を出したが、俺の中で積もり積もっていたものは、もう止まらなかった。俺はソファに座る妻に近づいて上から見下ろすと、腹の底から大声を出した。

四十過ぎたら、夢を持つことも許されないのかよ！

6

世那の顔を見ていると、後ろにぼんやりと元妻の姿が見えてきて、少し嫌な気持ちになる。俺は一歩世那の前に出て手をつなぎ、引っ張るようにしてゴーカート場に向かった。さっきまで陰気に降り続いていた雨はずいぶん小降りになって、遠くの空にうっすらと光が見えてきている。だが相変わらず、園内にはほとんど人がいない。

ゴーカート場に着くと、暇を持て余していた大学生くらいのバイトと思《おぼ》しき係員が、嬉しそうに俺たちを出迎えた。雨の中でもいいと告げると、係員は俺と世那を交互に見て、「二人乗りにしますか？」と聞いてきた。

「勝負する」

「勝負って、お父さんと？」

「そうだよ。勝ったらなんでも言うこと聞いてくれるんだって」

世那は急に子供ぶった口調で係員に話しかけ、俺を見上げて鼻をつんと上向けた。どうやら、証人を確保したつもりらしい。世那はレースに勝って新しいゲームでも買ってもらう算段のようだが、俺は手加減をする気はなかった。子供相手とはいえ、勝負は勝負だ。係員が俺に向き直って、二台分乗で大丈夫か、と確認するような視線を寄こした。俺は、大丈夫、と頷いた。

ゴーカート、というのんびりしたアトラクション名にそぐわず、並べられているカートはなかなか本格的なものだ。カートレースに出場するようなマシンに比べれば最高速度は控えめだが、それでもかなりのスピードが出る。カートは地面からの高さが低い分、乗っている人間の体感速度は実速の何倍にもなるのだ。初めて乗る世那にしてみれば、レースカーに乗ったようなスピードに感じるだろう。

普通免許を持っていない世那は、簡単な運転講習を受ける必要があった。これがアクセル、これがブレーキ、という初歩的な説明の後、スラローム走行やカーブの曲がり方といった、簡易的な実習を十五分ほど受ける。受け終わるとカートライセンスが発行されて、一人用のカートでサーキットを走行することができるようになる。

俺は世那が走る様子を、コースの外からのんびりと眺めていた。子供というのはなかなか勘がいいもので、世那はあっという間にカートを乗りこなしていく。センスも悪くなさそうだ。案外面白い勝負になったりしてな、などと一人でほくそ笑んだ。

星が丘ハイランドができたのは、三十年ほど前、俺が高校に入ってすぐのことだ。なにしろ遊ぶところの少ない地方都市だ。遊園地ができるという話は、地元の中高生にとってセンセーショナルなニュースだった。

開園して間もない夏の日、俺は付き合い出したばかりの彼女とハイランドでデートをした。だが俺は、初めて乗ったカートにひどくハマって、彼女そっちのけで何周も乗り回してしまった。当然、彼女は激怒して帰ってしまい、翌日には別れることになった。申し訳なかったとは思っているが、しょうがないとも思っている。風を切る感覚、カーブのスリリングさ、エンジンの唸り。そのすべてが、恋愛なんかよりもずっと、俺の心をとらえてしまったのだ。

免許が取れる年齢になるまで、俺は落合ら高校の仲間を誘って頻繁にハイランドへとやってきた。ジェットコースターや観覧車なんかはどうでもいい。目的は、ゴーカートただ一つだ。土日は朝イチから並ぶのは当たり前、平日に学校をサボって一日中カートレースに明け暮れたこともあった。その時は学校にバレて、大目玉を食らうことになったが。

俺は、仲間内の誰よりも速かった。勉強も運動もそこそこという俺が、人生で初めて、人よりも優れているものを見つけたのだ。もちろん、プロドライバーを目指しているような人間にしてみたら、鼻で笑うくらいの実力だっただろう。だが、俺から見える範囲の世界の中では、俺がナンバーワンだったのだ。

ハイランドのゴーカートをきっかけに、俺はカーレースの世界に興味を持った。やがて、実車を使ったレースにのめり込むようになって今に至るわけだが、すべては、この小さな遊園地の端っこにあるゴーカート場が出発点だったのだ。

先頭を走る。俺より前に、誰もいない。

その瞬間、俺は生きている喜びを感じていた気がする。

「ねえ、パパ、勝負だよ」

いつの間にか、世那が俺の前まで戻ってきていた。小さな体に大きなヘルメットをかぶった世那は、俺をまっすぐに指さしながら、挑戦状を叩きつけるように言葉を放った。威勢だけいいのは母親譲りだな、と、俺は苦笑する。

係員に料金を渡し、貸し出されたヘルメットとグローブ、そして上下のレインコートを装着する。勝負は七周。先にゴールした方が勝ちとなるが、さすがにそれでは勝負にならないだろう。

「ハンデ二周やるよ」

「べつに、いらないよ」

「ないと相手になんないって」

「じゃあ、一周でいい」

世那はヘルメットのバイザーを下げると、緊張する様子もなく、平然とカートに向かって歩いていく。俺も世那の後に続いてカートに乗り込んだ。係員が背後に回ってエンジンをかけ、シートベルトの状態を確認する。二、三の注意事項を説明されたが、正直、話は耳に入っていなかった。たかがゴーカートとはいえ、久しぶりのレースだ。自然と気持ちが昂《たかぶ》る。

「ねえ、パパ」

「なに？」

俺の斜め前、ポールポジションに陣取った世那が、こちらに顔を向けた。

「おれが勝ったら、ほんとになんでもいうこと聞いてくれる？」

「ああ、勝ったらな。ゲームでもなんでも買ってやるよ」

「ほんとに？」

「約束だからな。嘘をついたりはしないさ」

ヘルメットの中の世那の表情は、俺には見えない。思い込みかもしれないが、世那はその瞬間、今日初めて笑ったような気がした。

目の前の、ちゃちなシグナルが点灯する。赤、黄、青。

最後に点《つ》いた、青のランプが消えた。

係員が、小さなフラッグを振る。同時に、世那が勢いよくスタートしていった。

7

世那が、予想以上に速い。

雨は小降りになったが、路面はまだスリッピーだ。俺は細心の注意を払いながらカーブに切れ込み、自分の体重をかけて、遠心力に抗《あらが》う。カートは理想的なラインをなぞりながらカーブに進入し、加速しながらストレートに入る。

なのに。

レース開始から、七周目。ファイナルラップに入ろうというのに、先を行く世那のマシンまでには、まだ少し距離がある。俺のほうが体重がある分、ストレートの加速が鈍いという難点もあったが、そのロス分を差し引いても、十分に追いつける計算だった。

スタート直後、俺は世那が一周回るのを待って、周回遅れでスタートした。二周する間に、俺は大人げなく世那のマシンをオーバーテイクし、前に躍り出た。残りの周回数の内に、俺がもう一度世那を抜けば、俺の勝ち、ということになる。

予定では、五周目くらいまでにはぴったりと後ろにつき、勝ちを譲るか、最後に抜き去って父親の威厳を見せるか、どちらが良いかをゆっくり考えるつもりだった。だが、俺が手加減なしで走っているにもかかわらず、世那との差はなかなか縮まらなくなった。

六周目に入る頃には、俺は完全に本気になっていた。世那は周回を重ねるごとにラップタイムを大幅に縮めている。信じがたいことだが、コーナーの外側から内側に向かって切り込み、また外側に抜けていくという、アウト・イン・アウトの基本がしっかりできている。コーナーに入る直前のブレーキングのタイミングも絶妙だ。たった何周か回っただけで、ここまで走れるようになるとは思ってもみなかった。

相手のマシンまで、約十五メートル。

いつの間にか、前を走っているのが世那だということが頭から抜け落ちていた。いかに速くコーナーを回るか。いかに最高速を保つか。ただ純粋にコース攻略のことだけを考えている。遊園地に響く陽気な音楽も、雑多なアナウンスの声も消えていた。聞こえてくるのは、芝刈り機のようなエンジンの音。時折、ヘルメットにあたる雨粒の音。

──もう、別れようか。

俺の集中を妨げようとするかのように、なぜか、元妻の言葉が頭の中に響いた。

元妻が俺に求めていたことはわかっていた。もっと現実を見て、夫として、父親として生きていくことを望んでいたのだろう。「夢を持つことも許されないのか」という俺の言葉は、随分、彼女を幻滅させたに違いない。

けれど、どうしようもないのだ。

俺は後ろから追いすがってくる現実世界のしがらみから逃げようと、アクセル全開でマシンを走らせる。スピードに身を任せていれば、いつだって嫌なものを振り切ることができたからだ。

走っているとわかる。俺の魂は、きっとまだサーキットに取り残されているのだ。歳を重ねて、社会的にも精神的にも大人になって、どうしようもない現実と毎日向き合うようになった今でも、かつて見た光景にしがみついている。かつて感じた興奮を追い求めてしまう。

俺は、怖かったのかもしれない。

自分が輝いたサーキットがなくなり、自分がモータースポーツに目覚めた遊園地がなくなる。世界は、俺が走るスピードよりもずっと速く全速力で回っていて、なにもかもが猛烈な勢いで変わっていく。俺が生きていたはずの世界はいつの間にか時代遅れになってしまっていて、若かった俺が抱き続けた夢は、いつの間にか古臭い中年のたわごとになっている。

それは、寂しい。いや、悔しい。

雑念に囚《とら》われたせいか、カーブに入る速度がわずかに速くなった。体が遠心力で持っていかれそうになる。危うくアウトに流れかけた車体を立て直そうと、俺は体重を反対側にかけて強引にカーブを曲がり切った。前輪がまだ濡れている路面から水を跳ね上げて飛沫《しぶき》が体に向かって飛んでくるが、構っている暇はない。思わず、くそっ、という言葉が漏れた。

最終ラップ、最後のコーナーに差しかかる手前で、俺はようやく世那の駆る赤いマシンの後ろについた。世那の小さな背中が見える。ゴーカートのコースは、星が丘サーキットを模して作られている。ミニチュアサイズではあるが、最終コーナーの入り方もよく似ていた。

勝ちを意識したせいか、コーナーに入る世那のマシンはブレーキングが甘く、わずかに速い。路面が乾いていれば強引に曲がり切れるかもしれないが、この状況だときっとアウトに膨らむ。仲間内から「伝説」とおだてられた初優勝の時の記憶がよみがえってきて、目の前の光景に重なった。前を走る、トップのマシン。雨に濡れたコース。奇跡のように現れた、イン側のライン。まさに、あの時の再現だ。

案の定、世那のマシンがコーナーの外側に少しだけ膨らんだ。わずかに空いた隙間に、俺はマシンの鼻先を突っ込もうとする。すぐ後ろに気配を感じた世那が、生意気にもラインを締めて、俺のオーバーテイクをブロックしようとする。

「甘《あめ》えんだよ！」

直線での張り合いになったら、加速の鈍い俺のマシンでは勝ち目がない。せっかくコーナーで並んでも、直線で抜き返される可能性がある。俺が勝つには、コーナーで競り勝ち、できるだけ早く加速し、アクセルを全開にして世那の前に出てブロックしなければならない。ひりひりするような感覚。前へ、前へ！　と、ヒステリックに俺の背中を押す感情。

そうか。

俺は、走りたい。まだ、走っていたいんだ。

現実の壁なんか突き抜けて、このまま、どこまでも。

俺のマシンがコーナーの内側に滑り込んで、世那のマシンのすぐ横に並ぶ。手の届きそうな距離に、世那の頭が見えた。俺の前には、世那をかわしてゴールに続くラインが見えている。体にかかる遠心力がふっと緩み、コーナーの攻略を確信させる。

ここしかない。本能が告げるタイミングで、俺はアクセルを踏み込んだ。

8

「もうそろそろ、おじいちゃんがむかえにくるって」

「ああ、そうか」

遊園地の食堂には、まだ人がまばらだ。俺は世那の前にラーメンの丼を置いた。六百円とは到底思えない低クオリティの醤油《しょうゆ》ラーメンだが、とにかく腹が減っている。今は、胃袋になにか入れられればそれでよかった。

世那は一丁前にスマートフォンを傍らに置きながら、例のごとく携帯ゲーム機をいじくっていた。ついさっきまで、その両手がゴーカートのステアリングを器用に操作していたとは思えない。あの白熱した7ラップの勝負が、夢だったのではないかと思えるほどだ。

「迎えがくる前に、食っちゃえよ、ラーメン」

「うん」

「ゲームはやめてさ」

「うん」

世那はしぶしぶといった様子で携帯ゲームを置き、箸でつまみ上げた数本の麺を、ちゅるり、とすすった。

「おまえさ」

「うん？」

「どこで覚えた？」

「どこで？」

「走り方」

世那のドライビングは、とても初めて乗った子供のものとは思えなかった。コーナーのライン取りといい、ブレーキングのタイミングといい、ゴーカートの域を超えている。普通にレーシングカートに乗せてみたら、結構いい走りをするかもしれない、とさえ思えた。

「どっかで乗ったことあるのか？」

「べつに、ないよ。今日初めて」

「初めてであんな走り方できないだろ」

「これ」

世那は箸を握ったまま、空いている手で携帯ゲーム機を差し出した。一時停止状態の画面には、サーキットらしき背景とレーシングカーらしき車が描かれていた。最近のゲームは、よくできていると驚く。まるで実写かと思うほどのクオリティだ。

「ゲーム?」

「うん。ゲームやってたから、なんとなくわかる」

「嘘だろ? ゲームで全部覚えたって言うのか?」

「うん。結構やりこんだから。レースゲー」

「レースゲー?」

「レースのゲームのこと」

俺が小さい頃は考えられなかったが、今のゲームの中には、車の挙動もきっちりと物理演算されていて、実車を操るのと極めて近い感覚で操作ができるものもあるらしい。ドライビングのセオリーも学べるし、実際に存在する世界中のコースを走ることができる。もはや、ゲームというよりシミュレーターの域に迫りつつある。とはいえ、あくまでもゲームはゲームだ。それを実際のカートで再現するためには相当なセンスが必要だろう。

「おまえ、天才かよ」

「べつに、天才じゃないよ」

「でも、なかなかできることじゃないんだぞ」

「だって、レーサーだったんでしょ？」

「レーサー？」

「そう。パパが。パパの子供だからじゃないの」

俺は言葉に詰まって、ラーメンを食う手を止めた。


最終コーナー、俺はインから世那を抜き去り、僅差で勝つはずだった。だが、勝ちを急いだせいか、アクセルを踏むタイミングが早くなってしまった。雨に濡れた路面で後輪がほんの少し空転し、マシンの鼻先がブレた。強引に抜けようとしたが、ダメだった。ゴーカートには衝撃吸収のためのゴムクッションが車体を囲むように取りつけられている。その分だけ、俺の感覚よりもラインに余裕がなかったのだ。

ごつん、という音がして、俺のマシンが世那のマシンの後部に接触した。すでにストレートに入ろうとしていた世那は耐えたが、アクセルを踏み込んだ瞬間に衝撃を受けた俺のマシンはリアがスライドし、なすすべもなくスピンした。

体勢を整えて再発進したものの、世那のマシンはすでに、ゴールラインを越えていた。係員の若者が興奮した様子でチェッカーフラッグを振り、世那は小さな拳を振り上げて、それに応えていた。

「約束だ。なんでも一つ、世那の言うことを聞く」

「でも、ハンデもらったから、いいよ」

「負けは負けだ。男の約束だからな」

「うん」

世那は丼に視線を落とし、二口、三口、と麺を口に運んだ。箸の持ち方も麺のすすり方もヘタクソだ。もっと早く気がついて教えてやれていればよかった、と思った。

「んー、やっぱいい」

「なんだよ、言えよ」

「じゃあさ、もう一回、ママと話し合いをしてよ」

「ママと？」

俺が素っ頓狂な声を上げると、世那は、無理ならいいよ、と呟いた。

「やり直せ、ってことか？」

「べつに、そういうことじゃないんだけど。でもさ、おれのせいなんでしょ？」

「おまえの？」

俺ははっとして、元妻とのやり取りを思い出した。夜遅い時間で世那は部屋で寝ていたはずだが、もしかしたら両親が言い争う声を聞いていたのかもしれない。連呼される自分の名を、世那はどういう気持ちで聞いていたのだろう。

「そういうわけじゃない」

「たまに、泣いてるんだ、ママ」

「ママがか」

「夜ね。おれにはかくしてるけど、パパと三人でとった写真とか見てるんだよね」

世那の口からそんな話を聞かされるとは夢にも思っていなかった俺は、動揺のあまり、レンゲをスープの中に落としてしまった。

「ほんとかよ」

「うん。ママも、いじっぱりだからさ。しっぱいしたなって、おもってんじゃないの」

「おまえな、そういうかわいくないこと言うなよ、子供なんだから」

「子供だから、いうんじゃん」

俺は混乱をごまかそうと、スープに沈んだレンゲをつまみ上げた。スープはそこまで熱くもなかったが、俺は大げさに熱がって見せる。世那は俺をちらりと見ると、またヘタクソな箸遣いで麺をつまみあげていた。

「うまいか？」

「べつに、ふつう」

「まあ、普通か」

「うん。うまくもないし、まずくもない」

「あー、おまえさ」

「なに」

「いや、いい。なんでもない」

「そう」

紙ナプキンで手を拭きつつ、俺は、世那のゲーム機に目をやった。

もしかして、おまえは。

今日、俺に勝つために、ずっとゲームで練習していたのか？

9

午後になると、午前中の雨が嘘のように青空が戻ってきた。太陽が夏らしく容赦のない熱線を浴びせかけてくる。ようやく夏らしい日差しが出てきたのに、俺と世那の時間は終わりを告げようとしていた。

俺は世那と連れだって、一旦遊園地のゲートから駐車場に出る。係員曰く、再入場も可能だという。俺は遊園地に残ってゴーカート場との最後の別れを惜しむことにした。この天気なら、乗りに来る客も増えるだろう。見ているだけで、きっと楽しい。

「晴れたし、今だったらパパが勝ってたな」

「そうかもね」

「でも、まあ、負けちまったからな」

俺は世那に向かって小指を差し出した。

「いいよ、そういうの」

「だから、かわいくないこと言うなって言ってるだろ」

強引に世那の手を取り、小指同士を絡める。世那は渋々といった様子で、絡めた小指に少し力を入れた。

「ママがなんて言うかはわからないけどな。とりあえず、話はしてみる」

「うん」

「約束だ」

嘘ついたら針千本な、と言いつつ、指を切る。ちょうど元妻の両親が乗るセダンが駐車場に滑り込んできた。白いセダンは、俺から少し距離を置いた位置で停車した。

気まずい空気を感じながらも、俺は車に向かって軽く頭を下げた。

「じゃあね」

「おう」

世那が俺の横から離れて、車に向かう。甘えることも、名残惜しそうにする様子もなかった。俺がいてもいなくても、世那はこのまま、逞《たくま》しく、したたかに育っていくだろうという気がした。

「世那」

「なに？」

世那がほんの少しだけ日焼けした顔を俺に向けた。小生意気でかわいげのない表情は、元妻にそっくりだ。だが、どこが、とはっきり言えるわけではないが、間違いなく自分の子供だと確信できるくらい、世那の佇《たたず》まいは俺とよく似ている。

「F1レーサーってのはどうだ」

「なにが？」

将来の夢に決まってるだろ、と、俺は笑った。世那は少し振り返って、ああ、と、かわいげのないリアクションをした。

「だって、世界一なれないんでしょ」

「才能はあると思うぞ。俺が言うんだから、間違いない」

「パパのいうことじゃなあ」

小学生に負けるし、と、世那が鼻をつんと突き上げた。

「今度は、ハンデなしで勝ちたいだろ？」

「べつに。だいたいさ、ママがダメっていうよ」

「まあ、ママはダメって言うだろうな」

「じゃあ、ダメじゃん」

「でも、世那がやりたいって言うなら、俺が絶対になんとかしてやる」

「レースなんてムダなことしないで、勉強しろっていわれる」

「ママの言うことがすべてじゃないぞ」

「まあ、そうだけど、おれはコームインでいいよ、べつに」

レーサーとか興味ないし。

世那はそう言いながら、うっすらと笑みを浮かべた。興味がないとは言ったものの、レーサーになることが「無理だ」とは言わなかった。俺の子だな、と笑いが込み上げてきた。

俺の能力など、世界のトップレーサーに比べたら、ちゃんちゃらおかしいというレベルでしかない。だが、仲間たちが言うように、俺に少しだけでも天性の才能《モノ》があったのだとしたら、それは世那にも受け継がれているかもしれない。

今の俺が、昔の俺に投資することができたら。そう考えたこともあった。もちろん現実的には無理な話だが、もし俺の遺伝子を半分受け継ぐ世那に、今から俺が投資をしたら？　カートレースに参加させたり、スクールに通わせたりしてみたら。小さな俺の半身は、どこまで大きく育つだろう。

世界は、全速力で回っている。俺はいつの間にかこんな歳になっていて、夢の終わりばかりを意識していた。夢を持ちたいと強く願っていたはずなのに、俺が一番、誰よりも、夢を持つことに対する引け目を感じていたのかもしれない。現実世界にも、まだまだ見るべき夢はあったのだ。なのに、俺は目を閉じて夢から目を背けていた。

「じゃあ、行くね」

「おう」

「またね」

世那が俺に向かって手を振り、小走りでセダンの後部座席に向かっていく。元義母が後方ドアを開くと、まっすぐ乗り込んでふんぞり返り、すぐに携帯ゲーム機を取り出した。元義母はちらりと俺を見たが、声をかけてくることはなく、ぷん、とそっぽを向いて助手席に乗り込んだ。やれやれ、と俺はため息を一つついた。

車が静かに走り出し、世那の姿が遠くなっていく。俺の目には最後のストレートを駆け抜けていく、赤いゴーカートに乗った世那の姿が、しっかりと焼きついていた。

世那は、ただまっすぐ、前だけしか見ていなかった。

さよなら遊園地（2）

朝礼が終わり、私が休憩室で仕事前の茶を飲んでいると、ちぃす、という、挨拶なのかなんなのかよくわからない声が聞こえてきた。私は思わず顔を上げる。低くて聞き取り難《づら》いが、耳に馴染《なじ》みのある声だ。

「あれ、モモハル君」

「あ、マツナガさん、おはよう―す」

私は、モモハル君、と呼んだが、正しくは「朋春《トモハル》」君だ。

夏休みの期間中、星が丘ハイランドでは短期のアルバイトを募集する。モモハル君は、そんな短期アルバイトの一人だ。二十歳の専門学生だそうで、将来、建設関連の家業を継ぐために、工学系の技術を学んでいるらしい。

初めてのアルバイトの日、みんなの前で自己紹介をすることになった彼は、緊張してしまったのか、口をもごもごとさせながら名乗った。それが「トモハル」ではなく「モモハル」に聞こえてしまい、以来、彼はモモハル君と呼ばれることに相成った。

髪の毛は派手で、肌も浅黒く、ややヤンチャな雰囲気の男の子であるが、話してみれば気の優しい青年だ。あまりしつけの厳しい家庭に育ってはこなかったのか、言葉が軽いのが玉に瑕《きず》ではあるが。

「どうしたの？　今日、出勤予定はないはずだよね」

「どうしたもこうしたもねえすよ、マツナガさん」

「え、どういうことだろう」

「今日、最終日じゃないすか、ここ」

「そうだね」

「そんな日に、来んな、つうのもあんまりじゃないですかね？」

遊園地の業務量は天気の影響を受けやすい。園内のアトラクション操作や客整理を担当しているモモハル君の場合、雨の日はアトラクションが運行停止になるせいで、ほぼ仕事がない。さすがに、仕事がない人間に時給を払うほど財政的に潤っているわけでもないので、天気が悪い日は、アルバイトさんの勤務時間の短縮や、場合によってはお休みをお願いすることがままある。モモハル君も、今日は出勤不要との連絡を受けていたはずだった。

「それは、まあ、そうだよね。バイト代も出なくなっちゃうし、モモハル君には辛いよね」

そうじゃねえんすよマツナガさん、と、モモハル君は大げさに手で額を押さえ、体全体で「違う」ということを私に伝えようと試みる。

「オレはね、別にバイト代とかはいいんすよ、この際」

「え、そうなの？」

「カネのためにバイトするなんて、悲しすぎじゃないすか」

「いや、アルバイトはお金のためにするもんじゃないかね」

モモハル君は、違う、とまた大げさに嘆いて見せ、くたくたのリュックを傍らに置き、テーブルを挟んで私の向かい側に座った。

「いいすか、言ったじゃないすか、オレ」

――志望理由は、恩返しっす！

彼が「星が丘ハイランド」でのアルバイトを希望したのは、お金のためではなく、「恩返しがしたかった」という理由だということは、面接のときに聞いていた。とはいえ、そんな理由でアルバイトに応募してきた人間は、私の知る限りモモハル君ただ一人だ。

彼はもともと県外の生まれで、小学校の頃、親の仕事の都合で引っ越してきたのだそうだ。今では想像もつかないことだが、当時の彼はひどい人見知りで、新しいクラスにも馴染めず、なかなか友達もできなかった。危うく不登校になりかけたところで、何気なく休み時間に披露した「星が丘ハイランドのＣＭのモノマネ」が、どうしたことか大ウケし、彼はクラスの人気者に成り上がることができたのだという。それからは学校生活もうまくいくようになり、友達もたくさんできたそうだ。

モモハル君は以来ずっと星が丘ハイランドに恩義を感じてくれていたようだが、遊びに来る機会もないまま成長し、そのうちに閉園が決まってしまった。最後くらいは恩返ししたい、と思い立ってアルバイトに応募し、今夏はスタッフとしてほぼ毎日出勤してくれていた。

「いや、確かに聞いたけどね」

「オレはもうここの一員だと思ってんすよ。マツナガさんはずっといたんすよね、ここに」

「そうだね。立ち上げの頃からずっと携わっていたよ」

「オレだってね、たかが夏の短期バイトっすけど、気持ちだけはマツナガさんにも負けてねえと思うんですよね。思い入れとか、なんとかかんとか」

「そう、なのかな」

「そうなんすよ。なのに最後の最後でハブられるとか、マジでありえないんすよ」

私が、ハブられる？　と聞くと、モモハル君は丁寧に「仲間外れにされる、的な」と、若者言葉を解説してくれた。

「でも、実際問題として、仕事なさそうだしね」

休憩室の窓から見る外の風景は、相変わらずの雨だ。閉園日とはいえ、この天気では集客も見込めない。今日で最後という日に寂しい限りではあるが、スタッフ総出で大忙し、という状況にはなりそうになかった。

「なんかないすか、仕事」

「仕事ねえ。あればいいんだけど、私も今は嘱託社員だから、そういう権限はないからね」

「オレ、ハイランドのメンバーとしてね、今日一日、遊園地とキッチリさよならしたいだけなんすよ。だから、バイト代もいいっす。タダ働きでも全然、文句ないっす」

「とはいえねえ。さすがにそういうわけにもいかないし、困ったね」

モモハル君は、お願いします、とばかり、柄にもなく私に向かって頭を下げた。これほどまでにハイランドを愛してくれているモモハル君の気持ちを聞くと、まるで我がことのように心が震えた。遊園地が存在していたことにも意味があったのだと思えるからだ。

「社員さんと、交渉はしてみるよ」

「ほんとすか」

「せっかくだから、私の手伝いをしてもらおうかなあ」

私の仕事は、園内を巡回してお客さんのフォローをすること、アトラクションの操作をするスタッフの補助をしたり、安全面のチェックを行ったりすることだ。空き時間には事務所に戻り、売り上げの計算やアルバイトスタッフの管理の手伝い。一応、「総合管理マネージャー」というたいそうな肩書をいただいているが、要はなんでも屋だ。コストの面から、運営は正社員の数を極力削っている。今は、正社員は事務所に五名。遊園地を動かしているのは、契約社員やベテランのアルバイトスタッフだ。私のような「元社員」は、業務全般を把握しているので酷使——、重宝される。

「手伝い、ですか」

「そう。ちょっと、今日、やりたいことがあってね」

通常の業務だけならば、モモハル君に手伝ってもらうほどの仕事ではない。けれど、私には一つ、どうしてもやりたいことがあった。

「もちろん、なんでもやりますよ！」

モモハル君は立ち上がり、意味もなく上着を脱いで、黒々と日焼けした逞しい体を披露した。私はちょうど休憩室に入ってきた人事担当の社員を捉《つか》まえて、モモハル君の仕事の交渉に入ることにした。

3. 守《もり》里《さと》佳《か》絵《え》とコーヒーカップ

1

ねえ、怒ってんの？　と後ろからシーナののんびりとした声が聞こえてくる。怒ってる？　もちろん怒っている。怒ってるにきまっている。反射的に答えそうになるけれど、なんとか言葉を抑え込んで、無視をする。

アタシは、シーナから三メートルくらい前をつかつか歩く。シーナが歩くスピードを上げてアタシの前に回り込むか、なにか興味を引くような一言を発してくれるかしないと、アタシはこのままシーナの前を歩き続けて、さよなら、と言わなければならなくなる。もちろん、ただの意地だ。本当は早く止めてほしいと思っている。

今日は、十一時半に駅前の銅像近くで待ち合わせをして、星が丘ハイランドでデートをする予定だった。言い出しっぺはシーナだ。社会人三年目、後輩も入ってきて仕事量が一気に増えたアタシは、休日出勤などを入れられることがないように、先週か

ーデのりぶし久、けだれそ。だん臨に日今で勢態の全万、しなこを事仕とりかっしら

ートを楽しみにしていたのだ。なのに、シーナは四十五分も遅刻してきた。それだけで

もまあまあ許せないのだけれど、シーナは待たせたことを謝りもせず、何事もなかっ

たかのようにするっとデートを開始した。遊園地に到着してからも特にフォローをす

ることもなく、ずっと林檎《りんご》のマークのスマートフォンであちこちを撮影している。ア

タシなんか、いてもいなくても同じ。まるで空気のような扱いだ。

シーナがマイペースなのは、出会った頃からずっと変わらない。半ば諦めていて、

かなり慣れてはきたけれど、さすがに今日の扱いは堪えられなかった。アタシは抗議

の意思を示すべく、シーナに「帰る！」の一言を叩きつけて、出口に向かってずかず

かと歩いている。さっさと追いかけてこい、と思いながら。

「ねえ、お腹《なか》空かない？」

アタシが不機嫌になると、シーナは一応、機嫌を取ろうとする。だいたいは、アタ

シにエサを与えるという手段に出るのだけど、食べれば機嫌が直るんでしょ？　とで

も言いたげで、ずいぶんバカにされている気がするし、納得がいかない。でも体は正

直なもので、シーナが「お腹空かない？」と言うと、その瞬間からお腹が鳴り出して

しまう。まるで、チリンチリンとベルを鳴らすとヨダレをダラダラ垂らす犬のよう。

恥ずかしいったらない。

「空かない！」

「ウソ、ほんとに？」

シーナは足を止めて振り返ったアタシに向かって軽い笑顔を見せると、またスマホで写真を撮りだした。アタシを怒らせたことに対する反省の態度は依然として見られない。耳の先が熱くなって、顔の筋肉がぎゅっと縮む。きっとアタシは真っ赤な顔をして、不機嫌さを体じゅうにみなぎらせているはずなのに、シーナは気にする様子さえない。

「食べ物でつられると思わないでよね」

「え、そうなの？」

「なにそれ」

「いつも、お腹いっぱいになると機嫌直してくれるからさ」

パステルカラーのプリントTシャツにゆるっとした白いシャツ、七分丈のスキニーパンツ、というラフなファッションのシーナは、そう言ってころころと笑った。夏の晴れた空の下、シーナの笑顔がすごくまぶしくて、アタシは思わず怒りを忘れて見とれてしまった。軽くうねった前髪越しの小さな目に見つめられると、胸の中に渦巻いていた不満や怒りが、悔しいかな、するりと溶けてなくなっていく。ただただ、きれいなものを見ている気分になってしまって、細かい不満を忘れてしまうのだ。だからなめられるんだろうけど。

さわやかな感じのシーナとは対象的に、今日のアタシは全体的になんだか茶色い。天気に合わせたつもりだったのだけれど、雨が上がってここまで晴れてしまうと地味に見えてしまう。天気予報では午後から晴れると言っていたのに、アタシは信じなかった。どうせ外れるだろうと思い込んで服を選んでしまったのだ。

シーナが天気予報を信じたのかはわからない。だけど、シーナは完全に夏の青い空を想定した格好でやってきた。太陽の光を受けて白く輝いているシーナの隣に並んでみると、茶色いアタシはいろいろ負けているし、全然釣り合っていない感じがするしで、とにかく失敗した感が否めない。それも、アタシの不機嫌の一因になっている。

「ねえシーナ」

「なに？」

「ごはん、食べるんじゃないの？」

「お腹空いてないって言ったじゃん、今」

「空いてる！　朝だって、あんまり食べなかったし、待たされたし」

シーナは勝ち誇ったように笑うと、ようやくスマホをポケットに突っ込み、アタシに歩み寄ってきた。

「ごめん。ポップなデザインのアトラクションがいっぱいあって、楽しくなっちゃってさ」

シーナはデザイナーの卵だ。デザイナーと言っても色々あるけれど、シーナは空間デザイナーを目指している。イベント会場やお店の内装をデザインして、実際に作り上げていく仕事だ。デザイナーという響きはオシャレでカッコイイ印象があるけれど、本人が言うには、体力勝負で大変らしい。徹夜や休日出勤も当たり前、まだ経験の浅いアシスタントのシーナは、収入もアルバイトと大差ないみたいだ。

シーナは今、大学の卒業と同時に就職した東京のデザイン事務所で働いている。地元を離れて一人暮らしを開始してから二年半になる。

つまり、シーナとアタシの遠距離恋愛も、もう二年半ということだ。

シーナはとにかく忙しい。離れて暮らす間、実際に会って過ごせたのは、合計しても半月に満たない。今回だってシーナの休みは一週間ほどで、その内、アタシに割り当てられたのはたったの三日間。年に一度しか彼氏に会えない織姫《おりひめ》の気持ちがよくわかる。今日という一日は、とにかく貴重なのだ。遅刻されたり、構ってもらえなかったりでは、たまったものじゃない。

「今日で閉園なんだってね、ここ」

「え、そうなんだ」

アタシの不機嫌をいなすように、シーナは話題をするりと変えた。ごまかすな、と言いたいところだけど、単純なアタシはついシーナの話に乗ってしまう。

「入口とかに書いてあったよ、三十年間ありがとう、って」

「そ、そうなんだ。見てなかった」

遅刻された腹立たしさで、遊園地に来てからずっとシーナの後頭部をにらみつけていたとは、とても言えない。

「やっぱ、経営大変なのかね、遊園地って」

「正直、今日もそんなにお客さんいないしね。大変なのかもね」

「カエは、来たことある？　小っちゃい頃とか」

「ここに？　ないかな。今日初めて。シーナは？」

「俺も初めて」

だよね、と、アタシは頷いた。

星が丘ハイランドは、地元に住んでいる人ならみんな知っている遊園地だ。でも、

「実際に行ったことがある人」となると、アタシの周りにはほとんどいない。ただ、行ったことはないけれど、ローカルCMで流れる、「ハイ、ハイ、ハイランド」というテーマ曲は、なぜかみんな口ずさむことができる。小さい頃からテレビで見ているうちに、頭にすり込まれていたのだろう。アタシたちの世代が星が丘ハイランドに対して抱いている感情は、「行ったことはないけど、なんでか愛している」という不思議なものだ。アタシが生まれる前からずっとある遊園地は、いつでもそこにあって、いつまでもそこにある、空気みたいな存在だ。だから、閉園するなんてことは頭の片隅ででも考えたことがなかった。悲しくなるほどの思い入れはないけれど、ほんの少しだけ、寂しいな、とか、もったいないな、とは思う。

「ここ、なんになるんだろうね、跡地」

シーナが、まぶしそうに顔をしかめながら、ぐるりと園内を見渡した。

「なんだろう。アウトレットモールとかになってくれたらいいかなあ」

「ああ、いいね。それか、公園でもいいけど。芝生がきれいな」

「それもいいね。シーナがデザインしたらいいじゃん」

やらせてもらえるかなあ、と言いながら、シーナは遊園地の写真をまた一枚撮った。

2

椎名《シーナ》と初めてしゃべったのは、もうずいぶん前、高校生だった頃だ。

高校二年に上がる時のクラス替えで、アタシは初めてシーナと同じクラスになった。シーナは窓際の真ん中あたりの席で、アタシは教室の後ろ、シーナからは少し離れた席に座っていた。席も遠いし、共通の友達がいるわけでもないし、学年が変わってからまるまる二ヵ月ほど、アタシはシーナとひとことも話さなかった。

シーナは授業中、ずっと頬杖《ほおづえ》をつき、空いている手でペンをくるくる回していた。それがまたあまりにも小気味よく回るので、アタシはつい授業そっちのけでシーナの手元を見つめていた。どうやったらあんなに回るのか見当がつかない。アタシの手の中のペンは、シーナのマネをしようとしても、全然言うことを聞いてくれなかった。

授業が終わって昼休みに入ると、クラスメートたちが一斉に動き出す。お弁当を取り出すグループ、机に突っ伏して寝る人、教室の外に出て行く人。アタシはいつも学食前で売っているパンを買い、晴れている日は日当りのいい外でご飯を食べることにしていた。

「あのさ」

かがみこんで自分のカバンの中をあさり、お財布を取り出して顔を上げると、目の前にシーナの顔があった。アタシは思わず「うわ、びっくりした！」と声を上げた。人間、びっくりすると、びっくりした、と丁寧に言ってしまうものなんだな、と、それはそれでびっくりした。

シーナはアタシの前の席に前後逆になって座り、例のごとく頬杖をついてアタシの様子をうかがっていた。アタシは驚いたのをごまかすように、自分の椅子を引いて距離を作って、なに？と少しとんがった声を出した。

「ごはん、どうするの？」

唐突な質問に、へ？と変な声が出た。昼食をどうするかは決まっているが、シーナがアタシのランチ事情を尋ねてくる意図がわからない。正直に答えていいものか、それとも本題に入る前の挨拶のようなもので適当にはぐらかせばいいのか、よくわからずに返答に迷った。

「いや、その、買いに行こうと、思ってるけど」

「食べに行こうよ」

「え？」

「一緒にさ」

「二人で？」

「そう、二人で」

アタシは、なんで？　と思わず聞き返した。一度も話したことのない男子に突然話しかけられた動揺もあったし、初めて正面から見るシーナの目が、思った以上にまっすぐ見つめてくることに緊張したのもある。内心、男子に話しかけられてものすごくドキドキしていたのだけれど、そのドキドキを悟られないようにしようとすると、アタシはひどくツンツンとした態度を取るしかなくなる。冗談めかして、「なに、好きなのアタシのこと？」などと切り返せたら、どれだけ生きるのが楽だろう。

「あれ」

「え、なに」

「いや、いいよって言ってくれるかと思ったんだよね」

「な、なんで？」

「だって、ずっとこっち見てるでしょ、授業中さ」

ああ、と、アタシは目を丸くして、シーナの手元を見た。すぐ近くにシーナの手があって、すらりとした指先が細いペンに絡まっている。見ているのを気づかれていたのかと思うと、恥ずかしさで死にそうだった。

恥ずかしいと思えば思うほど、ほっぺたがどんどん熱くなっていくのがわかる。確かに、授業中アタシが凝視していることに気づいていたのなら、なにか話でもあるのかと思うだろう。その上、目の前で頰を真っ赤にしてしまったら、なおのこと勘違いをさせてしまう気がする。アタシは懸命に自分を落ち着かせようとしたけれど、血の巡りをコントロールすることはさすがにできなかった。

「いや、あの、うん、あれはさ」

「うん？」

「ペンが、すごくて」

アタシはシーナの持つペンを、ゆっくりと指さした。シーナはキョトンとした顔をしていたが、意味を理解したのか、ああ、と頷き、アタシの顔を見たままペンを回し出した。それがまた、びっくりするほどビュンビュン回る。まるで遊園地のアトラクションかなにかの動きを見ているようだ。

「ええと、ペン回し？」

「そう。すごいな、と思って」

「これをずっと見てたの？」

「そう、なんだよね」

あー、そっか、と、シーナはトボけた声を出した。けれど、表情は変わらない。あまり主張しない小さな目が、ペンを持つ手元ではなくアタシを見ている。気まずさに目をそらしたいのに、視線がぐっと中に入ってくる感じがして、頭を釘《くぎ》づけにされたように動けなかった。

「勘違い、しちゃったのかな、俺」

「勘違い。うん、そう、かな」

「なんか、話でもあるのかなって」

「ああ、うん。特に、ないんだ。ごめん」

「もしかしたら、好かれてんのかな、とか」

「いや、だって、話したこともないし」

「そうだよね」

「うん」

「めっちゃ恥ずかしいね、俺」

向かい合って座ったまま、不思議な空気感の中で会話が進んでいく。恥ずかしい、と言いながら、シーナはまるで恥ずかしそうな顔をしない。むしろアタシの方が恥ずかしいやらくすぐったいやらで、手のひらが汗でじわじわと湿っていく。鼓動が速くなって、口の中が一気に乾く。

「ごめん、でも、アタシがガン見し過ぎたから」

「すごい見てたでしょ」

「すごい視線を感じてたからね」

アタシは耳をふさいで、そのまま机に突っ伏してしまおうかと思った。シーナはペンをくるくる回しながらではあるものの授業には集中しているように見えたのに、どうやって後ろからの視線に気づいていたのだろう。後頭部にカメラでもついているのだろうか。

「ごめん」

「でも、このままだと俺、ただの恥ずかしいやつじゃない？」

「うん、あ、いや、そんなことは」

「せっかくだし、ごはん食べに行こうよ、一緒に」

「二人で？」

「二人で」

アタシは頭の中が真っ白になって、教室を見回した。休み時間特有のガヤガヤした感じ。アタシやシーナに目を向けているクラスメートはいなかった。いったん時間を止めて、ねえ、これってイエスって言っていいものなの？　と誰かに聞きたいけれど、それも無理だ。

「い、いいよ」

アタシは固い唾をごくんと飲みこみ、なんとか返事をした。声がかすれてひっくり返る。これじゃ動揺しているのがバレバレだ。シーナはアタシの気持ちを見透かすように笑った。笑ったと言っても、真顔の状態から口元がほんのりと緩み、目が少しだけ細くなっただけだ。それなのに、ひび割れた土に水をこぼした時のように、その笑顔はアタシの心の中にするりと入りこんできて、あっという間に染み込んでいった。

「行こっか。どこで食べる？」

「いつもは、購買でパン買って、外で」

「晴れてるし、いいね。そうしよっか」

シーナが立つ。すらりとしていて、長い手足。アタシは慌てて立ち上がり、シーナに並んだ。初めは右側に並んだけれど、小刻みに歩幅を調整して、左側に移動する。なぜかはよくわからないけど、左側に並んだ方が心地いいように思えたのだ。

その日からずっと、アタシはシーナの左側にいる。

3

はい、という声とともに、アタシの前に紙袋が突然現れて視界をふさいだ。びっくりして声を上げると、いつの間にか後ろにシーナが立っていた。受け取った紙袋には、どこにでもありそうなホットドッグとフライドポテトが入っていた。お腹が空いたと駄々をこねた結果、シーナが軽食スタンドで買ってきてくれたのだ。

園内にあるベンチに座り、アタシとシーナはお昼ご飯を食べることにした。食堂ではなく屋外で軽食を食べることを選んだのは、出会った頃の記憶がよみがえってきたせいだ。晴れた空の下、学校の中庭で一緒にパンを食べてからずいぶん時が経った。今はもう並んで座っても緊張することはないけれど、思い出すと少し甘酸っぱい気持ちになる。

「暑くなってきた」

急に強くなった日差しを手で遮りながら、シーナは氷の入った炭酸飲料を喉に流し込んだ。そして、アタシの持っている紙袋からポテトを数本摘《つま》み上げて口に運ぶ。

遊園地という場所は不思議なところだな、とアタシは思った。普段の生活ではなかなか目にすることのない原色がそこかしこに溢《あふ》れている。子供向けの底抜けに陽気な音楽。ありえない動きをする乗り物。曲線。デザイン。日常に存在するビルや道路、車とか電柱といったものが、ここにはひとつもない。都会のテーマパークのような異世界感とまではいかなくても、十分に日常とは違う空気を味わうことができる。晴れてくると、なおさら。

アタシが毎日生きている中で「当たり前」だと思っていたことが、別に「当たり前」ってわけでもないのだと遊園地は気づかせてくれる。街の風景も、音も、普段は心にまったく残らないけれど、遊園地という非日常世界に来ることで、不思議なものであるかのように思えてくる。アタシは、自分の右隣にあるシーナの横顔をまじまじと見た。高校で出会ってからずっと当たり前のようにそこにあって、当たり前のように存在し続けるのだと思っている横顔。でも、今日はその存在がおぼろげだ。

どうしてアタシは、シーナと一緒にいるんだろう。

シーナとアタシを結びつけているものはなにもない。結婚しているわけでもないし、一緒にいましょう、という契約書にサインしたわけでもない。それだけじゃない。今まで、シーナは「付き合ってください」とか、「恋人になってください」と言ってきたこともない。アタシはアタシで、そういう言葉を求めてこなかった。確認するのがちょっと怖かったからだ。

アタシたちは、学校から一緒に帰ったり、休みの日に二人で遊びに行ったりしているうちに、周囲の友人たちから「付き合っているんだね」と言われるようになった。もちろん、アタシ自身はシーナと付き合っているつもりで、シーナも当然同じように考えていると思っている。けれど、そのつながりを証明するものは、なにもない。なにも。

「どうかした？」

「うん？」

「なんか、さっきからぼんやりしてるけど」

「暑くなってきたからかなあ。なんでもないよ」

そっか、と、シーナはあっさり納得し、またポテトを咥《くわ》えた口をもこもこと動かす。もうちょい心配してよと思うけれど、言葉にはできない。

アタシは彼をシーナと呼び、シーナはアタシをカエと呼ぶ。
当たり前のように、二人で会う。並んで歩き、手をつなぐ。
たまに唇を重ねたり、裸になって抱き合ったりもする。
離れている間は、スマホのメッセージアプリでやり取りをする。
おはよう、おやすみ。なにしてる？　やりとりは、それの繰り返し。

大して美味《おい》しくもないホットドッグに嚙みつきながら、アタシはシーナから目をそらした。いまさらながら、遊園地のあちこちに「三十年間ありがとう」という飾りつけがあることに気づく。生まれたときにはすでにあって、そのまま空気のようにあり続けるのだと疑わなかった星が丘ハイランドは、今日でなくなる。明日からはきっと、テレビで「ハイ、ハイ、ハイランド」というＣＭソングも流れなくなる。いや、もう流れていないかもしれない。最近になって、そのＣＭソングを聞いた記憶がないのだ。アタシが気づかない間に、ハイランドはゆっくりと透明になっていたのかもしれない。

当たり前に存在し続けるものなんて、この世にはない。
シーナの横顔も、きっとそうなんだろう。

4

「そりゃひでえな」

シーナが帰ってくる二週間ほど前、アタシは珍しく飲み会に参加していた。久しぶりに集まったのは、大学の頃のサークルのメンバー男女五名。最初は全員で昔話に花を咲かせていたのだけれど、お酒がだいぶ入ってくると次第に会話も深くなってくる。目の前に並んだ三人は、仕事についていやに熱く語り合っていた。アタシは、隣に座った三つ上の白沢《しらさわ》先輩と一対一で話していた。話の中身は、昨今の恋愛事情について。

久々にお酒を飲んで、アタシはかなり酔っぱらっていた。白沢先輩が、そういや彼氏は元気なのか、と言ってきたのをきっかけに、アタシの不満に火が点いた。日々、積もり積もっていたものがアルコールの力で決壊して、愚痴が止まらなくなってしまったのだ。

高校卒業後、アタシは福祉系の大学に、シーナは建築系の学部がある大学に進学した。当然、二人とも就職活動の時期は一緒。アタシが地元で就職先を探しているのを知っていたはずなのに、シーナは勝手に都内のデザイン会社に就職することを決めてしまった。そうとわかっていたらアタシだって上京を考えたのに、シーナはなんの相談もしてくれなかった。

遠距離になっても、シーナからの連絡はあまり来ない。忙しいのはわかっているけれど、二日も三日も連絡がないと心配もするし、心細くもなる。会えるのだって半年に一度、たった数日だけだ。なのに、帰るよ、という連絡は直前にならないと来ない。アタシから会いに行こうと思ってもほとんど休みがないらしく、行ったところで会えるかも怪しい。一度、転職して上京しようかと相談したことがあった。喜んでくれるかと思ったのに、シーナは、いずれ地元に戻るから、と笑うだけだった。結局、アタシは悶々《もんもん》としながら、今も独り、地元に残っている。

といった内容の愚痴を、アタシは酒の勢いに任せて白沢先輩に小一時間も吐き続けたのだった。これだけ聞けば、白沢先輩も「そりゃひでえな」と言わざるを得ないだろう。

「前に帰ってきたのは、お正月だったたんですけど」

「へえ、そうなんだ」

「帰りがけに、なんて言ったと思います？　今度会うときはコート要らないな、って。アタシは、次に会えるのってそんなに先なんだ、って悲しくなるのに、シーナは普通にそういうこと言うんですよ、さらっと」

「そりゃ、もうちょい気を遣えと思うよな」

そう、そうなんです、と、アタシは頷き、氷が溶けて薄くなった梅酒を口に注ぐ。

「それにいつつも、帰る時に、さよなら、って言うんですよ」

「サヨナラ？」

「じゃあね、さよなら、って。なんか嫌じゃないですか。そのままお別れみたいな感じで」

「挨拶のつもりってことか？」

「たぶん。でも、こっちは辛くなっちゃうんですよね」

白沢先輩はまた引きつった笑みを浮かべ、うんうん、と頷いてくれる。

「わざと言ってんのかね、それ」

「さあ。彼がなに考えてるか、よくわからないです、正直」

「なんも考えてねえんじゃねえか？」

白沢先輩は、呆《あき》れた様子で苦笑いをした。

「もうそろそろいい歳なんだし、いろいろ考えてくれたらいいんですけど」

最近は、同級生の結婚話も増えてきた。社会人三年目、二十五になったばかりで結婚に焦るのはまだ早いのかもしれない。けれど、女子が「結婚適齢期」と言ってもらえる時期は、もうあと何年もないのだ。なのに、シーナがアタシとのことをどう考えてくれているのか全然わからない。

「あのさあ」

「はい」

「あんま、こういうこと言いたくねえんだけど」

「……はい」

「そいつさ、女いるんじゃねえかな」

白沢先輩の言葉に、アタシの胸の辺りが一気に縮んで心臓が止まりそうになる。

「いや、それは、ないと思うんですけど」

「でも、向こうに行ったら、出会いも多いだろ」

「そう、でしょうけど」

ずっと頭から追い出していたはずの考えが、その一言で脳みその中にがっしりと根を張ってしまった。そう、東京にはきっと、きれいな人もかわいい子も、よりどりみどり、いっぱいいるに違いない。アタシなんかじゃ相手にならないくらいの。一旦その可能性を考えてしまうと、シーナの行動が全部説明できてしまうことに気づく。アタシを東京に呼ばないのも、引っ越しを断られたのも。だとしたら、アタシは今、都合のいい地方妻みたいな存在ってことになる。

「白沢先輩もシーナと同じ状況になったら、二股かけたいと思いますか？」

「いや、そんなこと思わねえし、そもそも上京する前に彼女には相談するだろうから、同じ状況にならねえよ」

そうですよね、と、アタシはため息をついた。

「まあ、カエが一番知ってるんだろうけど、そういうマイペースなやつについて行くのは難しいよな。悪気があってやってるんじゃねえだろうし」

「そう、ですね」

「付き合ってる分にはいいかもしれねえけど、実際、結婚して家庭もってってなったらきついんじゃねえかな」

白沢先輩の言葉は、いちいちアタシの胸に刺さる。日ごろからアタシ自身が考えていることそのままだからだ。

アタシがシーナとの付き合いで苦悩しているのは、釣り合いが取れない、ということだ。アタシが平凡で普通の幸せを求めるほど、シーナとの気持ちの釣り合いはイーブンじゃなくなる。「当たり前」を求めるほど、シーナとの距離はどんどん遠ざかる気がする。シーナは自分の世界を持っていて、その中で大きく羽を広げるからこそシーナなのだ。アタシが惹《ひ》かれてやまないのも、たぶん、そういうシーナだ。アタシが近づけば近づくほど、シーナの翼を縛りつけて、飛べないようにしようとしてしまう。矛盾はどんどん大きくなる。

「です、よね」

「高校の時から、ずっと同じやつと付き合ってんだろ？」

「はい」

「そいつだけがすべてじゃねえと思うぜ。もうちょい目線が一緒の男もいるって」

「それって、別れたほうがいいってことですかね」

「別れろとまでは言わねえけど、それも一つの選択肢じゃねえの」

「でも」

アタシは、とっさに反論しようとする自分の口を、ぎゅっと閉じた。白沢先輩の言うことはもっともだ。シーナにしがみつくだけがアタシの人生じゃない。家も近くて、週末には頻繁に会うことができて、さらに連絡もマメにしてくれる男性のほうがアタシには合っているのかもしれない。派手さはないけれど真面目に働く人と地元で結婚して、子供を授かって、共働きでもしながら平々凡々と暮らす。それが、アタシの身の丈に合った「当たり前」の生活なのかもしれない。

でも。

理屈はわかっている。それでもアタシには、シーナがいない世界を想像することなんてできなかった。

5

狭くて、さほど人も多くない遊園地は、三時間もあればすべて回り尽くしてしまう。午後から雨が上がったおかげで少し客の入りも増えた感じはあるけれど、混雑、と言うには程遠い。晴れてから運行が開始されたいくつかのアトラクションには一時的な行列ができたものの、せいぜい長くて十五分待ちという程度だ。アタシとシーナは乗るべきものにもすべて乗って、早々にやることをなくしてしまった。

それでもシーナは、帰ろう、とは言わなかった。乗るアトラクションがなくなっても、あちこち歩き回って、ひたすら写真を撮る。きっと仕事のためなんだろう。その瞬間、アタシは自分の存在がシーナの中から消え去ってしまっている気がして、辛くなる。好きな人と一緒にはしゃいだり笑ったりしているのに、心のどこかに、どうせアタシは、という卑屈な諦めみたいなものがある。

「あ、あれに乗ってみない？」

「あれ？」

シーナの視線を追うと、敷地の端に忘れ去られたようなアトラクションが見えた。大きなカップ型の乗り物がいくつも並んでいる。全国の遊園地にもれなくあるのではないかと思われる、「コーヒーカップ」。円形のフロア全体が回転し、さらにコーヒーカップみたいな形をした個々の座席がくるくる回転する遊具だ。

「もう、結構全部乗ったしさ。だめ？」

「いや、ダメじゃないけど」

「じゃあ、乗ろう」

シーナが先に歩き出す。アタシは、その後ろをついて行く。乗り場の前には行列もない。「待ち時間０分」という案内表示そのままに、アタシたちはするりとカップに乗り込んだ。カップの中心には、小さなテーブルのような形のハンドルが取りつけられている。アタシはハンドルを間において、シーナと向かい合わせになって座った。係員がカップの入口を閉めて、ロックをかける。周りを見ると、貸し切り状態だ。アタシたちのほかにカップに乗ったお客さんはいなかった。

ほどなくブザー音がして、アトラクションの開始を告げるアナウンスが入った。ゆっくりと床が動き出し、滑るように座席が回転を始める。小さな子供がよく乗るアトラクションだし、回転速度はかなり控えめだ。シーナはカップのふちに腕をかけてゆったりと座りながら、気持ちよさそうに風を受けていた。

「ねえ、シーナ。今晩さ」

「うん？」

「帰るんだよね？　東京に」

「うん、その予定。夜行バスでね」

「そっか」

離れる時はいつもそうだけど、寂しさと不安とで胸の奥が鷲摑みにされるような感じがある。アタシは、重い女、と思われないように精一杯ごまかそうとするけど、どうしても顔や態度に出てしまう。対するシーナは、やっぱり表情を変えない。状況は同じはずなのに、寂しさも不安も伝わってこない。性格なんだと思ってはいても、それはやっぱり、アタシにとっては辛いことだった。

「次は、いつ？　クリスマスは無理だよね」

「わかんないんだよね」

「わかんない？」

「年末から、ちょっと大きい仕事が入りそうでさ。もしかしたら、冬はほとんど休みないかもしれなくて」

「じゃあ、帰ってこれない、のかな」

「かもしれない。だから――」

――俺だったら、お前に寂しい思いさせたりしないけど。

かすかに聞こえた声に、アタシは思わず耳をふさぎそうになった。けれど、その声はアタシの頭の中に直接響いてきて、耳をふさいだくらいでは鳴りやまない。

先々週の、飲み会の帰り。

飲み過ぎたアタシは、駅まで白沢先輩に送ってもらうことになった。道すがら、二人でとりとめのない話をしていたのだけど、突然、白沢先輩がアタシの進行方向をふさぐように立ちふさがった。人通りの少ない路地裏の細い道だ。

「やっぱさ、別れちゃえよ」

「そいつと一緒にいても、幸せになれねえだろ？」

「え？」

「それは」

「俺だったら、お前に寂しい思いさせたりしないけど」

え、と顔を上げると、白沢先輩が一歩、アタシに近づいた。動く間もなく、程よく筋肉のついた先輩の二の腕が伸びてきて、アタシはするりと抱え込まれた。そのまま、弱くもなく、強くもない力で抱き寄せられ、硬くて厚みのある胸元に頬がくっついた。香水のにおいとアルコールのにおい。その奥にほんのりと汗のにおいがしたけれど、臭い、とは思わなかった。まさかこんなことが起こるとは考えていなかったアタシは、そのまましばらく、白沢先輩の胸の中で固まっていた。

いや、違う。

一瞬、アタシは考えたんだ。シーナがいない世界を。

当たり前にあったものが、まるで夢のように消《き》え失《う》せてしまったら、アタシは一人で歩いて行けるだろうか。誰かにそばにいてほしい。大丈夫、なくならないものだってあるんだって、信じさせてほしい。そんな弱さと打算が、白沢先輩に近寄るスキを与えたに違いない。アタシは慌てて両手を密着する体の間に差し入れ、ゆっくりと腕を伸ばした。最初は少しだけ白沢先輩の力を感じたものの、アタシの腕が伸びるにつれて、それもゆるやかにほどけていった。

「酔っぱらいましたね、ヤバい」

「そんなに酔ってねえよ」

「酔ってますよ。顔真っ赤ですよ、先輩」

アタシの言葉は思いのほか鋭く、強くなった。少しの間があって、白沢先輩の、悪い、というかすかな声が聞こえた。アタシは堪えられなくなって、その場にしゃがみこんで、みっともないくらい思い切り、泣いた。

なのに、シーナは。

シーナの目を見つめると、シーナはまっすぐに目を合わせてくる。なんの引け目も疑いも感じない、いつも通りの目。アタシが不安とか罪悪感とか、その他もろもろの感情で破裂しそうになっているのに、涼しい顔でアタシを眺めている。逆に、アタシのほうが堪えられなくなって目をそらしてしまう。

アタシは、完全に見透かされている。

最初からそうだ。初めて話をしたときも、シーナは同じ目でアタシを見ていた。ペン回しを見ていただけ、なんていうアタシの苦しい言い訳を素直に信じたような顔をしながら、実は全部わかっていたに違いない。クラスが一緒になって、初めてシーナを見たその瞬間から、アタシはどうしようもないくらいシーナのことが好きになった。ちょっと癖のある顔も、佇まいも、背負っている空気も、なにもかもがアタシの心をとらえて放さなかった。

アタシの目は、いつもシーナを追っていたのだ。

シーナは全部気づいていた。必死に取り繕うアタシを優しく遊ばせながら、バカだな、と思っていたのかもしれない。

それは、今もそうだ。

シーナの隣に並んでいられることは、なによりも幸せだった。何年経っても想《おも》いは変わらないし、その居心地の良さに包まれていたいと思ってしまう。アタシはシーナとずっと一緒にいたくて、離れたくなくて、どうしようもないくらい好きなのだ。でもきっと、それがわかってるから、シーナはいつも余裕なんだろう。アタシがシーナを好きでしょうがないこともわかっているし、絶対に離れていかないと思っている。想いの均衡《バランス》が崩れたまま、アタシは不格好にしがみついて、わがままを言って、なんとか釣り合いを取ろうとする。アタシを見透かしているシーナは、わがままを聞いたりはぐらかしたりしながら、アタシをうまいことコントロールする。

でも、それが、一番辛いんだって、わからないの？

全部、見えているくせに。

鼻の奥がぎゅっとなって、涙が出そうになった。向かい側でシーナがなにかしゃべっているけれど、アタシの耳にはもうなにも聞こえてこなかった。

「聞きたくない」

シーナの言葉を、アタシは無理やり遮った。シーナが平然と、そして淡々と、「次に会えるのは来年の今頃」なんてことを言ったら、アタシの自我はきっと崩壊する。

「え？」

「聞きたくない！」

シーナはアタシが黙って待っていると思っている。悔しいけれど、その通り。アタシは待つだろう。半年でも、一年でも。

でも、他の選択肢だって、ないわけじゃない。

もし、アタシが別れることを選択して、例えば白沢先輩と付き合うことにしたら、シーナはどういう顔をするだろう。その時初めて、悲しそうな顔をする？　後悔してくれる？　当たり前にあると思っていたものが急になくなって、おろおろしてくれる？　でも、アタシには想像ができない。シーナがいつもと違う表情になる姿がイメージできなかった。アタシが、別れる、と泣きわめいても、シーナは、そっか、と一つため息をついて、薄い笑みを浮かべながら、じゃあサヨナラ、って言うかもしれない。一人でくるくる空回りして、目を回して倒れそうになるのはアタシだけ。次の日から、空を見るたびにポロポロ涙をこぼすのもアタシだけ。

そんなの、フェアじゃない。

目を伏せると、カップの中央についているテーブルみたいな小さなハンドルが視界に入った。ハンドルを回すと、カップが回るスピードが上がる仕組みになっている。アタシは両手で先端を握り、力を入れてぐっと回す。カップが風を切る音が速くなる。

「お、それ、回すの？」

暢気なシーナの声。アタシは一心不乱にハンドルを回す。その度にカップが加速して、体にかかる遠心力も、どんどん強くなる。

「ねえ、ちょっとさ、さすがに速すぎない？」

「……さい」

「あんま速くし過ぎると、酔うよ、これ」

「うるさい！」

酔って、真っ青になったらいい。

その余裕の表情を、なんとかしてゆがめたい。

体中の熱が鼻の奥に集まってくる。このままシーナの顔を見ていたら、アタシはきっと泣き出してしまう。なんで泣いているの？　なんて聞かれたら、今の気持ちも、白沢先輩のこともすべてぶちまけて、なにもかも壊してしまう気がした。アタシの気持ちがわかるなら、もっと全部、完璧に見透かしてほしい。胸の中で暴れ回る負の感情も上手いことコントロールして、ペンのように鮮やかに、アタシをくるくると手の中で回してほしい。

「ねえ、ヤバイって、速っ！」

「速くない！」

顔を上げてカップの外を見ると、猛烈な勢いで景色が回っていて、なにがなんだかわからなくなっていた。木々の緑も、他のカップの淡色も、人の色、道の色、空の色、全部が混ざってぐちゃぐちゃになっている。世界が崩れていくにつれて、胸がムカムカとして気持ち悪くなる。アタシはそれでも、ハンドルを回し続けた。

コーヒーカップの中。アタシは、飲めないほど熱くて苦いコーヒーのよう。シーナはまるで、冷たくて甘いミルクだ。気持ちの温度差をなんとか埋めようと、アタシはカップをかき混ぜる。ハンドルを回して、スピードを上げて。

このままぐるぐる回り続けて、シーナとアタシが一つに混ざり合ったら。鈍くて余裕のないアタシにも、シーナの考えていることがわかるようになるだろうか。

6

「ねえ」

「うん？」

「ごめん」

「別に、怒ってないよ」

「ホントに？」

「ホントに」

シーナがいつものようにほんのりとした笑みを浮かべつつ、アタシの頭に、ぽん、と手を置いた。二人で芝生の上に座り、木陰で日光を避ける。そろそろ日は傾いて、西日がきつくなる時間帯だ。

「ホントは、怒ってるよね」

シーナの手には、電源の入らないスマートフォンが握られている。ガラスの表面にひびが入っていて泥だらけだ。それだけじゃない。シーナの服も茶色い泥にまみれて、ひどく汚れていた。アタシの服も砂だらけで真っ白になっている。

「怒ってないってば、ホントに」

「ごめん」

アタシが感情の昂《たかぶ》りに任せてハンドルを回し過ぎた結果、カップの回転スピードはものすごいことになった。風を切る音がビュンビュンいうし、遠心力に体が持っていかれてまともに座ってもいられない。無人のカップが優雅に回転する中、アタシとシーナのカップだけが竜巻のように暴れくるった。

既定の時間が過ぎてカップの回転が止まっても、アタシの視界は猛烈な勢いでグルグル回っていた。シーナの目を見ると、痙攣するように左右に動いてしまっている。お子様向け遊具のわりに、人体に与える影響が強烈だ。係の人がロックを外してドアを開けてくれたけれど、アタシもシーナも足元がおぼつかず、立ち上がろうとしても膝が震えてぺたんと座り込んでしまって降りられない。いつも落ち着いているシーナが、「これはやばい」と、珍しく焦った表情を見せたくらいだ。

係の人に、大丈夫ですか？　と聞かれるのが恥ずかしくて、アタシはシーナを押しながら、無理やり外に出ようと試みた。カップからなんとか降り、他のカップをついながら、外に出る。けれど、最後の最後、円形フロアのゆるい階段を降りたところで、アタシの足が思い切りもつれた。つんのめったアタシが前を歩くシーナを突き飛ばしてそのまま転倒し、シーナもまた、同じように転がった。

アタシは日向《ひなた》の乾いた道に転がったからまだよかったけれど、シーナは水たまりの残る日陰に転がってしまい、深めの泥だまりに尻もちをついた。白いシャツが泥だらけになって、おしりのポケットに入れていたスマホが水没、おまけに画面のガラスが割れた。さすがのシーナも壊れたスマホを見て、ああー、という情けない声を出した。

「ダメだー」

いじくってもうんともすんとも言わないスマホを転がして、シーナは芝生の上に寝転んだ。芝生はまだ少し濡れているが、もうどうでもよくなってしまったらしい。それくらい、シーナの服は完全に汚れてしまっていた。

「ほんとにごめん」

アタシはシーナの左隣で膝を抱えて、自己嫌悪にどっぷりと浸《つ》かっていた。どうしてこんなことになってしまったのだろう。バカみたいに不安になって、バカみたいに不機嫌になって。自分が苦くて飲みこめないものを全部シーナのせいにして。結果、貴重な二人の時間を台無しにしてしまった。シーナはまぶしそうに目を細めながら、空を見ている。アタシにはやっぱりシーナがなにを考えているのかわからない。でも、もしアタシがシーナだったら、あんなバカなことをする彼女には愛想をつかすだろうな、と思った。

「時間、だよね」

もう、夕方。シーナは明日からまた仕事だ。陽が落ちる前に遊園地を出て、帰りの夜行バスに乗らないといけない。ゆっくりと立ち上がろうとすると、アタシの手首をシーナの手がしっかりと摑んだ。

「まだ、いいよ」

胸が痛い。アタシは立ち上がるという逃げ道をふさがれて、また膝を抱え込んだ。これからシーナがなにを言うのか想像しようとして、今度は頭がぐるぐる回る。

「よくないよ、遅れるよ」

「あのさ」

シーナがもう一度立ち上がろうとするアタシの手首を摑み、地面に縛りつけた。心臓が、静かに、でもものすごく強く、どきんどきんと脈打っているのがわかった。

「次、いつ帰ってこれるかわからない、ってさっき言ったじゃん？　カップの中で」

シーナの目がアタシを見る。その瞬間、アタシの両目から、ぼたぼたぼた、と涙が零《こぼ》れた。

「う、ん」

「いやちょっと、どうしたの、急に」

「うう、ん」

アタシはぶるぶると震え出す唇を必死に噛んで、泣き声は出すまいと全身に力を入れた。内側から溢れ出してしまいそうなものを、なんとか鼻の穴から外に出す。シーナは小さな目を丸くして、しばらくアタシをまじまじと見ていたと思ったら、急に噴き出して、寝っ転がったままお腹を抱えて笑い出した。

「なんで」

なんで笑うの？　と言おうとしても、半分で喉が引きつった。シーナはアタシの太ももを二度、突っつく。アタシは爆発しそうになるのを堪《こら》えながら、ちょっかいをかけてくるシーナの手を払った。

「すごい顔」

シーナが転がしてあったスマホを手に取り、また電源を入れようとした。だが、相変わらず電源は入らない。シーナは上体を起こすと、今の顔、撮っときたかったのに、と言いつつ、アタシの背中を手で撫でた。

「やめてよ」

「もう、調子狂うな」

シーナは泥だらけのパンツのポケットからなにか取り出すと、人差し指に引っかけて、アタシの目の前に突き出した。目の前に物体があるのはわかるけれど、あまりに近すぎて、ピントが合わない。アタシは喉を鳴らしながら、シーナの手を押しのける。シーナの手が少し離れると同時に、ちゃりん、という金属音が鳴った。

シーナの指には、あまり趣味がいいとは言えない小さな人形と、ギザギザした金属の鍵がぶら下がっていた。

「なに、これ」

「鍵だよ。部屋の」

「東京、の？」

「そうだよ」

「それが、なんなの」

「この間、引っ越したんだ。ちょっと広い部屋に。築三十年くらいの古いとこなんだけど」

「聞いて、ない、そんなの」

言ってないからね、と、シーナは呆れたようにアタシを見る。

「前の部屋は会社の寮みたいな感じだったし、超狭くてカエを呼べるようなところじゃなかったけど、最近少し給料上がって、やっと引っ越せるくらいになったからさ」

シーナの指にぶら下がった鍵を見ているうちに、じわじわと体の芯が熱くなった。せっかく抑え込んでいた感情がまた顔じゅうから噴き出しそうになって、アタシは鼻から、むふう、と圧を抜く。

「基本忙しいから、なかなか構ってあげられないかもしれないけど、時間がある時にでも遊びに来てよ」

呆然《ぼうぜん》と、鍵を見る。

趣味の悪いチャームがついたキーホルダーは、照れ隠しかもしれない。

「一人前になって、こっちに戻ってくるまでには、まだちょっとかかると思うんだ」

「う、うん」

「でも、もう少し、待っててくれる?」

質問のようで、質問じゃない。シーナはアタシがなんて答えるか、わかっている。

「うん」

もうダメだ、と、アタシは、肺の中でパンパンになっていた空気を吐き出した。また、ぼたぼたと涙が零れる。アタシの口からは、仔《こ》ヤギが寝言を言っているみたいな、ふええん、という情けない声が漏れていた。

「要らない？」

シーナが鍵を揺らす。アタシが手を伸ばすと、くるんと回して、鍵を手の中に隠す。何度かおちょくられたアタシは、片手でシーナの手首を摑むと、無理やり鍵をもぎ取って、ぎゅっと握った。

「バカじゃないの」

要らないわけないじゃん、という言葉の代わりに、アタシは何度かシーナの背中をグーで殴った。どん、と音がして、シーナが、痛い！　と悲鳴を上げた。

沈んでいこうとする太陽に手をかざす。アタシの人差し指には、シーナがくれた鍵が引っかかっていた。落ち着かなくて、どう消化していいかわからなくて、アタシは、くるん、と鍵を回した。アタシの指に心地よい遠心力がかかって、鍵が回る。もう一度。さらにもう一度。すぽん、と抜けたらどこかに飛んでいってしまうくらいの力がかかっても、鍵と気持ち悪い人形は、アタシの指を真ん中にして、くるくると回った。

「また、目を回すよ」

アタシの手を覆い隠すようにシーナの細くて長い指が絡みついてきて、手のひらに鍵を握らせた。アタシは、右側にあるシーナの顔を見上げた。白い顔に茶色い泥がついている。

「ねえ」

「うん?」

「来週行っていい?」

「早いな」

別にいいけどさ、とシーナが笑う。

今、世界はきっと、アタシとシーナを中心にしてくるくる回っている。言葉にするのもはばかられるようなおめでたい妄想をしながら、アタシはシーナの手の中でくるくると回っていた。

さよなら遊園地（3）

遊園地の敷地の外れ、今は使われていない資材置き場の一角で作業をしていた私は、腰を伸ばしながらようやく一息ついた。朝からテントの設営やら人払い用のカラーコーンの設置やらで雨の中を休みなく駆け回って、だいぶ疲れがきた。七十手前の私には、少々こたえる体力勝負だ。

「マツナガさん、あんま無理すると、ぶっ倒れますよ」

「ああ、ありがとう」

後ろから、モモハル君が私が持ってきたものよりも一回り大きな資材を軽々と二つも抱えてやってきた。私も若い頃はそれなりに体力自慢だったはずなのだが、モモハル君にはもう敵《かな》わない。若さというものは代えがたいものだな、と、少し寂しくなった。

「おやっさーん、これ、どこ置きます？」

「それはおめぇ、こっちの横おいとけ。左。おい、逆だっつうんだよ。俺から見て左に決まってんだろうが、このトンチキ」

モモハル君に威勢よく指示を送っているのは、御年九十になる山寺《やまでら》さんだ。山寺さんは創業百二十年という老舗花火製造店「山寺煙火《えんか》店」の三代目で、大ベテランの花火師である。足取りもしっかりしているし、しゃべりも達者で、とても九十のご老人には見えない。

私が予定外の出勤をしてきたモモハル君にお願いしたのは、打ち上げ花火の準備の手伝いだ。朝礼が終わった朝九時から作業を開始し、午前中は私もモモハル君も、山寺さんの手伝いにかかりきりになった。

私が、最終日に花火を上げたい、と思い立ったのは、六月の終わり頃のことだ。ちょうど閉園に向けた企画会議が行われていた頃で、私は会議に参加する営業社員に「花火を打ち上げないか」と提案した。だが、打ち上げ花火というものはもちろん夏が最盛期であり、七月、八月はまさにかき入れ時で、どこの花火師さんもスケジュールがぱんぱんに詰まっているらしい。私の提案は、時すでに遅し、ということで、あっさりと却下されることになった。諦めきれなかった私は、個人的にあちこちの花火師に連絡を取り、八月最終週の日曜日の打ち上げ花火実施を打診した。答えはもちろん、どこもノーだ。すでに予定が埋まっていて、これからハイランドに割ける人員が一人もいないという話だった。

私はかなりしつこく食い下がったものの、ない袖は振れぬ、というところばかりだった。やっぱり無理かと諦めかけたときに、条件つきで「できる」と回答してくれた唯一の業者が、山寺煙火店だった。ただし、担当するのはすでに隠居している三代目。作業人員も同規模の現場と比較して半分程度になるので、打ち上げ開始時間の厳守は難しい、ということだった。

そこで、私が作業の手伝いに入ることにした。打上筒の設置や配線など、火薬を扱うところは素人が手を出すことはできないが、会場周りの整備や物品の運搬、その他雑用などをできる限り引き受けた。モモハル君が手伝ってくれることになったお陰で、作業は思った以上に捗《はかど》り、打ち上げ準備は着々と進んでいた。

山寺さんはいかにも昔気質《むかしかたぎ》の職人という佇まいで、若いモモハル君と馬が合うか心配なところもあったが、杞憂《きゆう》だった。モモハル君は天性の人懐っこさを発揮して、ものの一時間で山寺煙火店の面々に溶け込み、三代目のこともいつの間にか「おやっさん」と呼んでいた。

「花火って、マッチとかライターで火をつけてんのかと思ってたんすけど、ちがうんすね」

「若いくせにいつの時代の話をしてんだ。いまどきそんなもん使うかよ。危ねえしよ」

打ち上げ場所の一角には簡易テントが設営されていて、そこに電子機器が並べられた。私もモモハル君を笑えないのだが、最近の花火は遠隔操作で電気着火する仕組みになっていることがほとんどだそうだ。山寺煙火店も、打ち上げはすべてノートパソコンで制御している。今や、花火もそんなことになっているのか、と驚いたが、さらに驚いたのは、山寺さんが器用にパソコンを操っていることだ。私は電子機器の扱いについてはからっきしで、スマホはおろか家の炊飯器の時刻合わせすらままならない体たらくだが、山寺さんは強烈な度の入った老眼鏡を着用しながらも、ちゃんと両手でパソコンを操作していた。いくつになっても新しいものを吸収しようとする人には、本当に頭が下がる。

「おやっさん、それ、なにしてるんすか」

「こらあな、打ち上げプログラムの確認ちゅうやつだな」

「プログラム？」

「うちの五代目がな、結構こういうもんに詳しくてな。全部、プログラムちゅうのを組んでくれる。俺は、筒並べて線繋ぐだけだわ。本番の打ち上げなんかな、鍵盤を一個ぽーんて叩きゃ終わりだからの。便利な時代だな」

すげえ、と、モモハル君が大げさに感動する。横で聞いていた私も少なからず感動した。おそらく、パソコンで打ち上げ制御ができるようになり、昔より少ない人数での作業が可能になったおかげで、今日、こうして急な依頼に応えてもらえたのだろう。

「花火の世界も、メッチャ進んでんすね」

「まあ、毎年同じもん上げてたら、すぐ飽きられちまうからな。ちょっとずつでも進歩がねえとだめだな。古い職人が古いことやってるだけじゃ時代遅れになっちまうし、要は、客を感動させりゃいいんだ。やりかたなんてこだわるもんじゃねえ。いくらでも変えていい」

山寺さんの何気ない一言は、私の胸に深々と刺さった。花火のような、何百年も前から続く伝統産業でさえ、毎年毎年新しいものを考案し、進化させているのだ。遊園地もそうでなければいけなかった。座して客を待っているだけでは、いずれ飽きられてしまう。生き残るためには常に変化をさせなければいけなかったのかもしれない。

だが、遊園地のような施設を変化させていくためには、大きな投資が必要になる。バブル崩壊以降、来客数が伸び悩んでいく中で、リスクの大きな投資を行うだけの体力が会社にはなくなっていった。私がやろうと思ったことも、ほとんど実現させることができなかった。たとえ、今日という日が過ぎ去っても、もっとこうしていたら、もっとこうしたかった、という後悔は、死ぬまで私の中に残り続けるだろう。でも、仕方がない。今できることは、終わりを受け入れることだけだ。

「これ、何発上げるんすか、マツナガさん」

「千五百発くらいかな」

「え、すごくないすか、マジすか」

なにもない更地に、打上筒がずらりと並ぶ。コンピュータ制御の打ち上げでは、同日に同じ筒を使って複数回打ち上げをすることはないそうだ。つまり、今日打ち上げる花火の数と同じだけ、大小の打上筒が並べられることになる。大きな大会であれば数万発の花火を打ち上げるのだから、壮観だろう。

モモハル君はすごいと感動していたが、千五百発という玉数は多いとは言い難い。予算内でできる限りお客さんの印象に残る濃密な花火を見せてほしいとお願いし、プログラムを組んでもらった結果、千五百発という玉数、十分間という打ち上げ時間が導き出された。

「もしかして、この花火のせいでオレは今日呼ばれなかったんすか？　予算削減的な？」

「いや、そういうわけじゃないよ」

「いや、そういうことっすよね？」

モモハル君が口をへの字にしていじけたのを見て、私は不覚にも笑ってしまった。

「おい、若《わけ》えの。そりゃ勘違いだ」

山寺さんがテントから出てきて、モモハル君の背中をバチンと一発叩いた。

「どういうことっすか」

「ウチの今日のお客さんは松永さんだからよ。遊園地は関係ねえよ。敷地借りてるだけだわ」

「は？」

モモハル君は、とっさに理解できなかったのか、少し頭を捻り、私に向き直った。

「予算が下りなかったんだよね、会社から。だから、私が個人でお願いすることにしたの」

「マツナガさんが、金出したってことすか？」

そうだね、と、私は頷いた。

花火の打ち上げについては、山寺煙火店にお願いできるとわかってから再度企画会議にかけたのだが、予算の承認が下りなかった。花火を打ち上げても、かけたコスト分の見返りがないと判断されたのだろう。それも致し方ないことだ。会社は本業のホテル業ではなんとか堅調を維持しているが、バブルの頃に建設したレジャー施設の負債を抱えこんでいる。今は、コストカットがなによりも優先される。だったら、と、私が個人で打ち上げ花火を実施することにしたのだ。

「結構すんじゃないすか、こんなスゴいのやったら」

「まあ、それなりにね」

「それなりって、オレのバイト代で言ったら、何年分すか」

「どうだろうね。でも、退職金ももらえたし、少しだけ恩返しのつもり」

自腹で花火を上げたいと打ち明けたときの、妻の顔と言ったらなかった。目が丸くなって、なにを言っているのか、とあんぐり口を開けていた。打ち上げ費用を告げた時には、軽い眩暈《めまい》すら起こしていたように見えた。

それでも、私は、花火を打ち上げたかった。

「じゃあもう、こうなったら晴れてもらわねえと、やってらんねえすね」

「そうだね。午後は雨が止むって言ってたから、午前中に様子を見ていたお客さんが来てくれるといいけどね」

「あ、なんかでも、マジで晴れそうっすよ、空」

そういえば、レインコートに当たる雨音が、いつのまにか聞こえなくなっていた。モモハル君がフードを外し、遠くの空を指さす。雲の切れ間から陽光が降り注いでいるのが見えた。

「ホントだ」

午前中の陰鬱な天気が、どこかに行こうとしている。天気が回復すれば、午後から顔を出してくれるお客さんも増えるに違いない。最後は笑って終わりたい。営業時間終了までに残されている時間を、私は精一杯楽しむことにした。

「いいっすね。さよなら日和っすね、今日は」

「さよなら、日和？」

「そうっすよ。さよなら日和っすよ。天気も、泣いて笑ってって感じで最高じゃないっすか」

「それ、最高って言うのかねえ」

「最高っすよ。なんか朝から晴れっぱなしっつうのも雰囲気ねえし、夜までずっと雨降りっぱなしっつうのも最悪じゃないすか。だから、今日は最高のさよなら日和なんすよ」

モモハル君はそう言いながらレインコートを脱ぎ捨て、しゃあ、と気合を一つ入れると、また元気に作業に戻る。私は、遠くに見える晴れ間に向かって、さよなら日和かあ、と苦笑した。

4. 富田林《とんだばやし》丈二《じょうじ》とヒーローショー

1

――行くぞ、ジョニー！

電話を切った瞬間、僕の脳裏には〝マギー〟の声が聞こえていた。

目の前に浮かぶのは、二十年経っても色褪《いろあ》せない地獄の日々の記憶だ。考えるよりも先に体が反応する。全身をさざ波のように悪寒が駆け抜け、鳥肌が立った。僕はこめかみを押さえ、よろよろとソファに腰かける。

「どうしたの？」

キッチンから戻ってきた妻が訝《いぶか》しそうに僕を見る。なんでもないよ、と答えたものの、見事なまでに声が裏返った。妻は苦笑しつつ、僕の隣に座った。新婚当初に買った小さなソファは、二人で並んで座ると隙間もないほどぎゅうぎゅうだ。

「誰？」

「いや、うん、松永さんっていう、昔、お世話になった人なんだけど」

電話の声の主は、星が丘ハイランドパークの社員さんだった松永さんという方であった。僕が若い時分に大変お世話になった人であるが、最後に会ってから十数年、不義理なことに、一度たりとも連絡を取っていなかった。きっともう一生会うこともないのだろうと心のどこかで思っていたこともあり、突然の電話に僕はひどく驚いた。

「なんの用？」

「それが、八月終わりの日曜日に、一日だけアルバイトしないかって」

「アルバイト？」

「昔さ、僕が遊園地でバイトしてたって話、したっけ」

「あの、ショーとかやってたやつ？」

そうそう、と、僕はやや大げさに頷く。

ずいぶん昔の話になるが、若かりし頃、僕はヒーローショーのスーツアクターのアルバイトをやっていた。ナントカレンジャーだの、ナントカライダーだのの着ぐるみを着て、子供向けのアクションショーをやる、アレである。

僕が参加していたのは、「遊星仮面・ハイランダー」という星が丘ハイランドの宣伝用オリジナルヒーローのショーであった。今で言うところの「ご当地ヒーロー」の先駆けで、当時はローカルCMにも登場し、それなりの知名度があった。遊園地やデパートでショーをやれば、子供たちがわらわらと集まってきたものである。

「なんで今さら？」

「閉園しちゃうんだってさ、ハイランド」

「え、そうなの？　昔、何度か遊びに行ったのにな」

妻は、なんか寂しいね、と、大して寂しくもなさそうな顔で呟いた。

「だから、最終日にヒーローショーをやろうとしてるんだってさ」

遊星仮面・ハイランダーが人気を博したのも今は昔で、最近は園内でのヒーローショーは開催していなかったそうだ。だが、星が丘ハイランドの閉園にあたって、一日だけのハイランダー復活公演が企画されているのだという。それで、経験者である僕にお声がかかったというわけだ。

「経験者って言うけど、今さらできるの？」

僕は、いやあ、どうだろう、と歯切れの悪い返事をしながら、ここ数年、加速度的に膨張し続けている自分の腹を撫でた。ベルトの上にはみ出した贅肉《ぜいにく》は、でっぷり、としか言いようがないほどの圧倒的な重量感である。

ヒーローショーのアクションは独特だ。振りにはパンチやキックという要素はあるものの、ダンスとも格闘技とも違う。わかりやすい大きな動き、カッコよく見せるためのキメが重要で、演じる前に、アクターはレッスンで動きを叩きこまれることになる。だが、レッスンを受けている間は基本的に無給だし、今回は特に閉園日だけの公演だ。正直、労力とバイト代が見合わず、アルバイトの募集をかけても応募があるとは思えない。そこで、松永さんは過去にヒーローショーのアルバイトをしていた人間に手あたり次第連絡をしているようだった。

ヒーローショーは、実に過酷なアルバイトだ。酷暑の中でも通気性ゼロのスーツを纏《まと》って激しいアクションをしなければならない。体力だけはあった若い頃ですら限界との闘いであったというのに、三十八歳、まごうことなきアラフォーのオジサンとなった今、あの頃のような動きを求められても到底無理な話である。

「で、なんて返事したの？」

「考えたいとは言ったけど、断ろうかなあと思ってるよ」

「どうして？」

「どうして、って、やっぱり、体力的にもしんどいし」

「私、やったほうがいいと思うなあ」

えっ、と、僕は横に座る妻の顔をまじまじと見た。ほんのり笑顔であるが、冗談で笑い飛ばそうとしている顔ではない。一つ年上の妻は物腰こそ柔らかではあるが、僕に対する当たりがやたら強い。結婚してからは完全に尻に敷かれていて、妻には絶対服従である。

「な、なんで？」

「なんでって、お世話になった人なんでしょ？」

「いや、そうなんだけどさ。でもまあ、二十年くらい前の話だしね」

「ちゃんとご恩返しするのって、大事じゃない？」

妻は最後に「人として」という単語をつけ、僕の逃げ道をじわじわと狭めていく。僕は軽く笑ってごまかしながら小刻みに首を振り、いやいや、と妻の視線をかわす。

「やるとなったら大変なんだよ。多少はトレーニングもしないといけないだろうし」

「いいね、トレーニング」

妻が目を輝かせて、顔をずいと寄せる。狭いソファの中で僕は精いっぱい体を引いてなんとか妻の圧力から逃れようとするが、そうはさせじと、妻が僕の肩と膝の上に手をそっと乗せた。これだけで体が強張《こわば》り、立ち上がることができなくなる。

「いや、よくないって。多少体力つけたってさ、スーツなんか着こんだらサウナに入りっぱなしみたいなもんだよ？　夏の晴れた日なんか、一日で三キロくらい痩せちゃうんだから」

それ、と、妻は僕の鼻に人差し指を置いた。

「いいじゃない、三キロ。お手軽シェイプアップ」

「今、あんなことしたら死んじゃうよ」

「私、生き残る率が高い方を考えたらいいと思うのよね」

生き残る？　と、僕が首をかしげると、膝の上に置かれていた妻の手が僕の腹の贅肉をむんずと摑み、ぶるぶると震わせた。比較的細身の妻にはわからないかもしれないが、贅肉も体の一部であり、神経も通っているのだ。わっしと摑まれると、これがたまらなく痛い。

「このままだと、生活習慣病で早死にするからね」

肉を摑む妻の手の力がどんどん強くなっていく。僕は、だよね、ははは、などと笑ってごまかそうとしたが、それでは収まらない空気を察して、口をつぐんだ。妻はにこにことした笑顔を浮かべているが、目は氷のように冷たい。

「いや、どうしようかな」

「やりなよ。やるべき。やりなさいよ。やるよね？」

僕は妻の圧から逃れられぬと悟ると、自分のだらしない体に目を落とした。確かに、体力的な不安も、松永さんの話を断ろうかと考えた一因だ。だが、それ以上に心配なことがあるのだ。

〝マギー〟こと、真木《まき》さんの存在である。

2

もう、二十年も前の話になる。

まだ十代だった僕は高校卒業と同時に山奥の小さな町から出て、今、妻と住むこの街にやってきた。「都会には行きたいが、首都圏に出るのは恐ろしい」という田舎者にとって、この街はちょうどいい塩梅《あんばい》の都会である。探せばそれなりに仕事があって、外出すれば少なからぬ数の人が道を歩いている姿を見ることができ、買い物をするところやシネコンもある。交通網も整備されているし、大きな駅もある。ちゃんと「街」と呼べるエリアがあるのが、僕にとってなにより魅力的だった。

僕の生まれ育った町は住人の二人に一人が高齢者で、コンビニエンスストアもろくにないような場所であった。当然、就職しようにも仕事があまりなくて、一次産業系の家業を継いで細々と生活するか、町役場にでも勤めるしか道がない。僕は生まれ育った町を嫌っていたわけではなかったが、田舎に引きこもり、都会の空気を知らぬまま朽ちていく人生を良しとはしなかった。まだ若かったせいか、自分は特別な存在になれるかもしれないという希望も持っていたし、刺激も欲しかったのだ。齢《よわい》十八、一念発起した僕は大きな夢を胸に抱き、カバン一つとなけなしの貯金を手に故郷を後にした。

僕が抱いた、大きな夢とは。

そう、役者である。

当時、僕の地元の娯楽施設と言えば、駅前のえらいこと寂れた商業施設の中にある映画館かゲームセンターくらいのものであった。だが、ゲームセンターにはちょっとやんちゃな若者がたむろしていることが多く、腕っぷしがからっきしな僕のような人間が行くには殊の外勇気が要った。必然的に、僕の居場所は平和な映画館になった。二百席ほどしかない小さな映画館にもかかわらず生意気にも最新作がコンスタントに上映されていて、すべての流行りものが都会から遅れて流れてくるド田舎で唯一、僕が最先端のエンターテインメントに触れられる場所だった。

暇を持て余して映画館に通いつめ、一丁前に映画通を自任するようになった僕は、いつしか映画俳優に憧れるようになっていた。自分なら、この監督の、こういう作品の、こんな役が適役であろう、といった生産性のまるでない妄想にふけるようになり、どうやったら俳優になれるのか、真剣に考えるようになったのである。

初めに思いついたのは、芸能事務所のオーディションを受けることであった。だが、演技の経験もなく、取り立ててルックスがいいわけでもない田舎の若者が、いきなり大手事務所のオーディションに受かるほど世の中は甘くない。はりきって応募しても、書類選考の時点で落とされるのが関の山である。僕も、自分の容姿がイケていると思い込むほど自分が見えていないわけではなかった。

ルックスがダメなら実力で勝負しなければならないわけだが、田舎には、演技力を磨ける俳優養成所や専門学校などといった気の利いた施設など存在しない。仮にあったとしても、入学したい、と言ったところで、「なにをバカなことを言っているのか」と両親に一蹴されるだけだろう。学費など出してもらえるとは到底思えない。最終的に、僕が可能性を見出《みいだ》したのは舞台俳優の道であった。映画に出てくる個性派俳優の多くは舞台演劇からのし上がってきた人たちだ。劇団に入って働きながら演技を磨くしかない、と、当時の僕は考えたのである。

ところが、希望に胸を膨らませて受けたはずの劇団のオーディションに、僕はことごとく落ちた。それはもう、連戦連敗とはこのことかという落ちっぷりであった。芸能事務所のオーディションならいざしらず、地方都市の小劇団ですら、鼻で笑って僕を落としたのである。正直に言って、これは大誤算であった。居場所を求めて片っ端から劇団を回り、ようやく一つだけ、研究生からスタートするなら入団を認める、というところを見つけた。だが、この「研究生」というやつが曲者《くせもの》である。要は、音響やら照明やらといった裏方の人手が足りないので、「そのうち舞台に上げてやる」というエサをちらつかせて俳優志望の若者をこき使おう、という魂胆で設けられたポジションなのだ。今思えば目に見える地雷のようなもので、わざわざ踏みにいくのが愚かなのであったが、オーディションに落ち続けてナーバスになっていた若き僕は、見事なまでに釣られ、即、入団を決めてしまったのであった。

その劇団には男女十名ほどの俳優が所属していて、演出家や脚本家はおらず、役者が持ち回りで演出や脚本を手がけていた。裏方作業も出番がない俳優が担当させられていたが、その他に、「研究生」という名に騙された専属裏方が四名いた。皆、役者を目指してはいるが、志に演技力が全くついて来ていない面々である。

その中に、ひと際強烈なキャラクターがいた。

それが、〝マギー〟こと、真木さんである。

「ニイチャン、名前なんだっけ？」

入団してしばらくして、僕が公演の準備をしていると、それまで一言もしゃべったことのなかった真木さんがなんの前触れもなく急に話しかけてきた。人との距離の詰め方が乱暴な人というのはたまにいるが、真木さんはそれの最たる例であった。

真木さんは、とにかく見た目のインパクトがすごい。身長は僕よりも頭一つ小さいが、体は一切のムダ肉がないムキムキボディである。服装は、どう見てもはくのに苦労しそうな極細革パンツに水玉模様のシャツ、といった、「個性的」と「ダサい」のボーダーライン上をふらついているような格好を好んでいた。歳は僕より三つ上とのことだったが、顔の皮膚がカサカサで、実年齢より十歳は老けて見えた。にもかかわらず、髪の毛だけはシャンプーのCMにも出られそうなくらいのサラッサラなストレートで、髪型は往年のビートルズのごときマッシュルームカットにしていたので、遠くからでもすぐわかる。トドメは、黒ぶちのデカイ眼鏡である。度が入っていないどころかレンズすら入っておらず、なんのためにかけているのかもいまいちわからない。そんな、どの俳優より癖の強い真木さんが、軍手などつけて大道具を作っているのである。周囲からの浮きっぷりも甚だしい。果たして、この人と正常な意思疎通ができるのかと危ぶんでしまうほどの負の存在感があった。

「あの、富田林です。富田林丈二といいます」

真木さんは僕の名前を聞くなり、なんだか売れない漫談家みてえな名前だな、と鼻で笑った。言い得て妙ではあるが、失礼極まりない。

「マギー」

「マギー？」

「俺だよ俺。俺の名前」

「え、あ、マ、マギーさんですか？」

「そうだよ。さんづけなんかいらねえよ。マギーでいい」

「あの、失礼ですけど、外国の方でしょうか」

真木さんは、違《ちげ》えから、などと唾を飛ばしつつ、まんざらでもなさそうな顔をして力いっぱい僕の背中を叩いた。どしんと肺の奥に響いて咳《せ》き込《こ》むほどの強さである。

「ガイジンじゃねえ。ロックンローラーだ」

「あ、ええと、バンドとかやられてるんですか」

「バンド？　やってねえよ」

「やってないんですか」

「楽器なんか弾けねえし」

「あ、弾けないんですか」

「え、おまえ弾けんの？」

「はあ、ギターなら、ちょびっとだけ」

「マジか、ロックンローラーじゃねえか」

真木さんは手を顎にやりながらなにか考えている様子であったが、やにわに僕の耳元へ口を寄せ、ジョニー、と囁いた。

「ジョニー、でいいだろ。な」

「ジョ、ジョニー？」

「丈二、なんだろ？　名前。ただのジョージじゃ芸がねえからな。ジョニーのほうがロックでいいだろ」

真木さんは僕のニックネームを勝手に決めると、急に馴《な》れ馴《な》れしくなって、ようジョニー、と言いつつ、肩に腕など回してきた。僕は真木さんの空気に呑まれて、大人しく「ありがとうございます」と礼を言う始末であった。

「ジョニーも役者を目指してんのか」

「はあ、一応、そうです」

「役者は大変だぞ。まず、金に困る」

「それはすでに困ってます」

　劇団員の生活は、世間一般の想像通りの極貧ぶりである。よほど大手の劇団でなければ給料など出ないし、むしろ「チケットノルマ」という名の重税が課せられる。さばき切れない分は自己負担だ。金がないからと働こうにも、公演前ともなれば毎日朝から晩まで稽古に明け暮れることになるので収入が安定するフルタイムの仕事には到底就けず、日雇いのアルバイトなどをかけ持ちして稼ぐしかないのが実情だ。安定した収入は望めないので、当然のごとく、みな金に困る。

「そうか。いいバイトがあるけど、教えてやろうか」

「え、ほんとですか？」

　地元を出るときに、祖母が口酸っぱく「上手い話には気をつけろ」と繰り返していたのを思い出し、僕は身構えた。同じ劇団に所属しているとはいえ、無条件に信用していいというものでもない。第一、真木さんの見た目には、信用に足る要素が全くないと言っても過言ではないのである。

「演技力や表現力が身について、金にもなる。つまり、稼ぎながら演技の修業ができちまうっていう素晴らしいアルバイトがある」

「ほんとうなら、いいバイトですね」

「そうなんだよ。やるだろ？」

「え、いや、仕事内容を知らないことには」

「やるか？　やるなら教えてやる」

僕の頭の中では、やる、と、やらない、が交錯する。上手い話には落とし穴があるのだとはわかっていても、役者になるためだと思うと、盲目的に追いかけたくなってしまう。

「いや、でも、どういうバイトなのかわからないですし、これだけじゃなんとも」

「おいおい、ジョニー、そりゃねえぜ」

「はあ」

「ジョニーは劇団に入って、なにをしようとしてるんだ？　夢を叶えるんだろ？　役者ってのはな、自分の生きてきたもの全てが舞台に出るんだ。経験する全てが宝物だ。そうだろ？」

「そう、なんでしょうけど」

「先の見えない人生に飛び込むのが怖いか？　でも、それくらいの無茶もやれないやつが、役者として生き残っていけると思うか？」

「まあ、あの、確かに」

「舞台に立ちたいんだろ？　でも、このまま裏方をやってたって、どうにもならねえぜ？　最悪、誰かの脚を叩き折って代役で出るくらいのことをしなきゃいけなくなる」

真木さんは不敵な笑みを浮かべながら、物騒なことを平気で言う。冗談と言い切れない妙な迫力が漲《みなぎ》っていて、僕ははぐらかすので精一杯であった。

「それは、嫌です、ね」

「じゃあ、やるか、やらないか。どっちだ」

真木さんは根拠不明な持論をまくしたてると、僕の答えを催促するように両手を差し出した。もはや僕の脳内はしっちゃかめっちゃかの状態で、思考力というものが停止してしまっていた。こうやって、人というものは洗脳されてしまうのかもしれない。

「や、やります」

「じゃあ、明日、十一時に駅に集合な」

真木さんは呆然とする僕をよそに、今日は早く寝ろよ、と大笑いしながら去っていった。

3

おい、ジョニー！
しっかりしろ！

真木さんの言っていた、稼ぎながら演技の修業ができる素晴らしいアルバイト、とは、着ぐるみを着こんでアクションショーを行う、いわゆる「ヒーローショー」のことであった。「遊星仮面・ハイランダー」という、聞いたこともないヒーローのショーで、テレビで全国放映されているようなキャラクターではなく、星が丘ハイランドという遊園地の販促用ローカルヒーローだ。子供たちの笑顔を守るため、宇宙から星が丘にやってきた正義の味方、という粗い設定があるが、実際の使命は、地域の商店街や商業施設を回り、星が丘ハイランドを宣伝しまくるという広報活動である。

僕は真木さんと同じく、着ぐるみを着てアクションショーに出演する仕事を任された。ヒーロー役のメインアクターは地元の芸能事務所に所属しているプロのアクション俳優だそうだが、その他のキャストは僕らのような若手劇団員や大学生の寄せ集めだ。入れ替わりも激しく、常に人員不足に陥っていた。

真木さん紹介のバイトに懐疑的であった僕だが、やってみれば確かに、人前に出て演技をすることで舞台慣れもするし、度胸もつく。演劇で必要な大きな動きを学ぶこともできる。給料は安いが、その辺のコンビニでレジ打ちをやるよりはかなり刺激もある。案外いいバイトを教えてもらえたと喜んでいた僕であったが、真の地獄を味わうことになったのはバイト開始から数ヵ月後、季節が夏になってからのことであった。

「だ、ダメです、真木さん、僕は、もう」

朦朧《もうろう》とする意識の中、僕はぼんやりと視界に入った真木さんに向けて、刑事ドラマの殉職シーンよろしく、震える手を伸ばした。体にはまるで力が入らない。四肢の感覚もなく、世界が真っ白になっていく。もうダメだ。僕は精一杯頑張ったではないか。そう思うと、僕を現世につなぎとめていたものが、ふつりと切れた気がした。

「根性なしが」

真木さんの声とともに、えげつない量の氷水が顔面に降り注いできた。鼻といわず口といわず、あらゆる穴に水の浸入を許した僕は、反射的に身を起こして激しく咳き込み、四《よ》つん這《ば》いで床を見るようにして固まった。もう、どうあがいても動けないと思っていたのに、人間の生存本能というのはえらいものである。

「お前、次、キバタン星人だろ！　すぐ着替えろ！」

「は、はい、すいま、せん」

「寝てる暇ねえぞ、さっさとしろ！」

僕の目の前には、白いオウムのような被り物が転がされている。震える体をなんとか動かしながら締めつけの強い真っ黒なスーツを脱ぎ、今度はえらくごてごてとした装飾のついた白いスーツに着替える。数人のスタッフが僕を取り囲み、木偶《でく》人形を扱うように無理やり着替えを進めていった。演者が暑さでひっくり返ることなど、ここでは日常茶飯事だ。誰一人心配もしてくれないし、体調を慮《おもんぱか》ってなどもらえない。むしろ、なにをぐずぐずしているのかと舌打ちされる始末だ。あと三分半です！　という緊迫した声が聞こえてきて、本能に突き動かされるまま、さっきまで気絶寸前であったはずの体に鞭《むち》を打ち、体を芋虫のようにくねらせて着替えを急ぐ。

星が丘ハイランドの遊園地内に設けられた特設ステージ上では、「遊星仮面・ハイランダー」のショーが佳境を迎えていた。夏休みど真ん中の週末、天気は他に言いようのないほどの晴天。遊園地は大入りであった。だが、休日を楽しむ子連れ行楽客のピースフルな空気とは全く異なり、ヒーローショーの控えテントの中はまさに地獄絵図だ。クーラーもない蒸し風呂のような空間に、暑苦しい着ぐるみを着た人間やら演出用の機材やらが所狭しと詰め込まれている。熱がこもって抜けていかず、男性スタッフの大半は半裸で動き回っていた。

僕はその日も悪役担当だった。ショーの前半は黒いスーツを着込んで三下《さんした》のやられ役を演じ、出番が終わると同時にテントへと走って戻る。その後、「キバタン星人」というどうしようもないデザインのボスキャラに着替えて再びステージに出るという、一人二役をこなす予定であった。だが、僕は前半のパフォーマンスを終えた時点ですでにバテてしまい、テントに戻るなりぶっ倒れたのだ。

外は、その夏一番の猛暑だった。ステージには申し訳程度の屋根があるが、やや斜めから降り注いでくる直射日光を防ぐ力はない。ただでさえ暑いのに、通気性などかけらもないスーツを着込むのである。五分動くだけでも気を失いそうになる。

「戻ったか？」

「え、あ、はい」

「意識だよ。ブラックアウトしてただろ？」

「あ、大丈夫、です、はい」

「水飲んどけ。あと、塩タブ」

真木さんはそう言いながら、工事現場の作業者が食べるような塩タブレット、通称・塩タブを僕の口にねじ込んだ。塩分など、汗と一緒に外に出てしまうミネラルを補給するためのものだ。酸っぱい、しょっぱい、甘い、という複雑な味が口の中に広がる。いろんな味を全部足すと「美味しくない」になるのだ、といういらん方程式を僕はそれで知った。

「おら、被れ、さっさと」

額から汗がしたたり落ちてきて、目に入る。拭う間もなく、真木さんが僕にキバタン星人の被り物を被せた。視界が悪い。暑い。自分の息がこもって苦しい。それに、むちゃくちゃ臭い。二公演目ともなると、染みこんだ汗がかなり強烈な臭いを発するようになる。

吐き気を堪えながら、僕はキバタン星人となってステージに向かう。早く行ってこい、という笑い声とともに、真木さんが僕の背中を蹴った。もし僕がいなかったら、この役は真木さんの担当だ。真木さんが僕をヒーローショーのバイトに勧誘した理由は、早いとこ自分より下の後輩を入れ、過酷な役を押し付けて自分が楽をしたい、というそれだけのことだったのだ。良くも悪くも、自分に正直。真木さんは、そういう人である。

4

松永さんからの連絡から約一ヵ月、星が丘ハイランドの閉園日となる八月最終週の日曜日は、朝からあいにくの雨だった。僕は結局、最終日にヒーローショーを、という松永さんの依頼を受けた。正確に言うと、妻の圧力に屈し、受けるという選択をせねばならなくなったのである。

休日の朝の惰眠という社会人の最高の幸せを放棄し、僕は朝も暗いうちにベッドを出た。自宅からは車で現地に向かう。誰もいない薄暗い道を市街地から郊外へと走り、初めて訪れる人が、本当にこんな道であってるのか？　とナビを疑うくらいの細い山道を抜ける。星が丘リゾート、という看板が見えると、急に視界が開けて、勝手知ったる遊園地に辿《たど》り着《つ》く。

早朝の星が丘ハイランドには当然のようにまだ人の姿はなく、ひっそりと静まり返っていた。朝の山の、煙った空気。夜から降り続く雨も相まって、車から降りた瞬間に「肌寒い」と感じた。

傘を差し、入場ゲートの辺りを無意味にうろうろする。久しぶりに訪れた星が丘ハイランドは外壁こそずいぶんくたびれてしまってはいたものの、記憶の中の風景と寸分たがわずそこに在った。そびえる巨大な観覧車。ジェットコースターの赤いレール。日々、変わり続ける世界の中、ここは時間が止まっているかのようだった。

「変わってないなあ」

自分は変わってしまったけれど、と、今日もベルトから零れ落ちている腹の肉を撫でた。

誰もいないハイランドの景色を横目に見ながら、裏手の従業員入口に向かう。あの頃は、不用心なことにいつも鍵が開いていた。まさかと思いつつ、工事車両用のゲートの脇にあるドアのノブを回すと、なんの抵抗もなく回り、軽い音を立ててドアが開いた。こういうところはある程度時代に合わせて厳しくしていかないといけないのではないだろうかと思いつつ、僕は久しぶりの遊園地に足を踏み入れた。

「あれ、ジョニー君かな?」

「松永さん、ご無沙汰してます」

「ちょっと太ったんじゃないの？　着ぐるみ着れる?」

「いや、すみません、大丈夫かな」

やたらポップなデザインの事務所に入ると、件《くだん》の松永さんが出迎えてくれた。やはり十数年という月日は長いのだと感じる。記憶の中にいる松永さんの面影は間違いなく残っているものの、髪の毛は真っ白に変わっていて、手足も細い。全体的に、体が一回り小さくなったように見えた。

当時、松永さんは遊園地の営業部長という立場であった。社員の中でもかなりお偉いさんだったはずだが、本当に遊園地運営に情熱を持った人で、夏は日焼けで真っ黒になるまで毎日園内を歩き回っていた。きさくで優しい人、というイメージはそのまま今も残っている。

僕らが演じていた「ハイランダー」も、企画したのは松永さんだという。そのせいもあってか、ヒーローショーの公演日は、必ずと言っていいほど現場に来て差し入れなどしてくれた。アクターの中で最年少であった僕などはよく飯もおごってもらい、いたくかわいがっていただいた。金欠の貧乏劇団員には、昼ご飯がなによりもありがたかった。

松永さんはその後、本社の幹部に昇進して遊園地を離れ、他の事業に携わっていたようだ。だが、定年退職してから遊園地スタッフとして再雇用契約を結び、またハイランドに戻ってきた。それだけ、ハイランドに対する思い入れが強かったのだろう。

「ここ、閉園になっちゃうんですね」

「そうだねえ。なかなかね、古い遊園地ってのはもうウケないしね。子供も減っちゃって、お客さんも少なくなってきちゃったから」

「なんか、寂しいですね」

「今日もね、せっかく来てもらって申し訳ないんだけど、天気も良くないし、前みたいに大勢のお客さんは来てくれないかもしれないね」

事務所の窓から外を見る。雨は止むことなくまだ降り続いている。

「いやでも、雨のほうが体力的には助かるんで」

「そうだね。暑いと、このお腹じゃ大変だ」

松永さんは、大笑いしながら僕の突き出た腹をつついた。

「今は、なにをしてるの？」

「普通に会社員やってます」

「役者は？」

「まあ、なかなか難しかったですね」

「そうかあ。もう家族はいるのかな？」

「はい、一応。奥さんと、小学校に入ったばかりの娘がいまして」

松永さんはまるで自分の子供の話を聞くかのように目を細め、いちいち頷いてくれた。ヒーローショーの話を受けたのは、妻に「強く勧められたから」ではあるが、こんなに温かく迎えてもらえるなら断らなくてよかった、と思った。数時間後には後悔しているかもしれないが。

「みんな、集まってるよ」

僕は、事務所の中にある少し大きめの会議室に案内された。恐る恐る中に入ると、数名の男女がすでに振り付けのリハーサルをやっていた。知っている顔もいるし、知らない人もいる。だが、二十歳前後の若者中心だったあの頃に比べると、明らかに平均年齢が高い。皆、松永さんの呼びかけに応えて集まった経験者有志なのであろう。

一瞬、間があって、何人かが「ジョニー君じゃないか」と、真木さんにつけられた僕のニックネームを呼んだ。アラフォー会社員となった今、ジョニーと呼ばれるのは、妙に気恥ずかしかった。僕のことを知らない面々は、きょとんとした顔で僕を見ている。こいつのどのあたりがジョニーなのかと、さぞかし訝しく思っていることだろう。

「松永さん、ジョニー君が来るってことは、真木君も来るの？」

アクターの一人が、僕の後ろの松永さんに向かって声を上げた。そう言えば、いつも真っ先に現場に乗り込んでいたはずの真木さんの姿はまだない。

「真木君も来てくれるそうだよ。でも、遅れるみたいだね」

何人かの人間が、笑いながらではあるものの、「マジかー」と深いため息をついた。

「あいつが来ると大変なんすよ、松永さん」

「でも、長くやってくれた人だからね」

「そうですけどねえ」

会議室が、急にざわつき始めた。真木さんの名前が出た瞬間に、エンジンがかかったかのようだ。

「まいったな、あいつ来んのかよ」

みんなが頭を抱える理由は、僕が一番身に染みてよくわかっている。

5

真木さんの伝説は、枚挙に暇《いとま》がない。

ずいぶん昔の記憶だというのに、今でもいくつかのエピソードをすぐに思い出せる。おそらく、真木さんと面識のある人間ならば両手の指ほどの伝説を語ることができるに違いない。

僕の場合、真っ先に思い出すのは、真木さんの骨折事件だ。

常に全力投球の真木さんは、スーツアクターの仕事に対しても一切の妥協を許さなかった。僕や真木さんはアルバイトの身なので、契約上、主役級のキャラクターのスーツは着せてもらえなかった。もちろん、やられ役の演技も重要なのだが、あくまでも脇役である。にもかかわらず、真木さんのこだわりは常軌を逸していた。

真木さんは悪者としていかに派手にやられるか、どう見せるか、というところにトコトンこだわり抜いていて、倒れ方から指先の動き一つまで、事細かに方法論を作り上げていた。そのこだわりは時として主役を食ってしまうという本末転倒な事態を招くほどで、主役の俳優たちからは「真木メソッド」と呼ばれて恐れられていた。当然、劇団の後輩でもある僕なぞは先輩ヅラした真木さんから徹底的に「真木メソッド」を叩きこまれていた。

だが、ある日、僕への演技指導でテンションを上げ過ぎた真木さんが、倒れる演技を見せようと必要以上に勢いとひねりを加えながら倒れ、受け身に失敗してしまうという事故が起きた。僕の目の前で真木さんの手首がとんでもない方向に曲がり、なんとも言えない鈍い音が響いた。ありえない方向にぐにゃりとひん曲がった真木さんの手首は、それはそれは壮絶な状態で、僕はいまだにトラウマとしてその光景を引きずっている。

しかし、救急車に運ばれるほどの重傷であったにもかかわらず、真木さんは二日後にはバイトに復帰し、シフトに穴をあけることなく、ギプスをはめた状態で出演を強行した。開いた口がふさがらない、驚愕《きょうがく》の鉄人ぶりである。そんな人に演技指導されるのだから、正直たまったものではなかった。

僕がステージデビューした日のことも、強烈だった。

ショーの時には、司会進行役の女性MCが一緒にステージに上がる。「ハイランダー」の現場では地元の芸能事務所に所属しているタレントの子が担当していたのだが、その女の子には、執拗《しつよう》なつきまとい行為をしてくるファンの男が一人いた。家にまで尾《つ》けて来たり、気味の悪い手紙を送りつけてきたり、いろいろ問題の多い男であったらしい。

その日も、男はカメラを片手にチビッ子たちを押しのけ、最前列に陣取っていた。男がいると知ったMCの子は激しく動揺し、ステージに上がりたくないと泣き出してしまった。デビュー戦の緊張で心臓が口から飛び出しそうな僕はなんのフォローもしてあげられず、おろおろするばかりだった。

すると、なにを思ったのか、真木さんは着る予定のなかった「ボットン星人」の衣装を着こむと、ショーの開始を待たずにステージに上がった。客がきょとんとする中、ジャンプ一番、客席のカメラ男に向かってダイビングキックを見舞ったのである。不意を突かれた男は、真木さんの蹴りをもろに食らって失神し、慌てて駆けつけた数名のスタッフによって控えテントへと連れて行かれた。再びステージに上がった真木さんは、「ボットン星人」が客にも容赦なく襲いかかる凶悪な悪者であることを思う存分チビッ子たちにアピールすると、アドリブで登場したヒーローたちにあっさりとやられ、悠然とテントに戻ってきた。

テントでは、目を覚ましたカメラ男が壊れたカメラを弁償しろと息巻いている最中だった。真木さんはボットン星人の格好のまま戻るなり、男からカメラをひったくると、躊躇《ちゅうちょ》することなく地面に何度も叩きつけ、完膚なきまでに破壊した。その鬼気迫る様子にカメラ男も心底おびえ切ってしまい、真木さんに言われるまま女性タレントに謝罪をし、逃げるようにして帰っていった。

男の行動も問題ではあったが、真木さんの行動も遊園地を巻き込んだ訴訟問題やら傷害事件やらになりかねないような暴挙だった。僕は警察沙汰も覚悟して青くなっていたが、真木さんは、悪が栄えたためしなし、と、ヒーロー気取りでご満悦だった。後から聞いた話だが、事態の収拾のために、松永さんがいろいろ動かなければならなかったらしい。

こんなことが、真木さんの周りでは年がら年中起こるのだ。

無尽蔵の体力を持つ真木さんは、慢性的な人手不足に陥っている運営にとっては救世主であった。が、同時に、いつ爆発するかわからない爆弾のような存在でもあった。真木さんを知る誰もが神経をすり減らした悪夢の記憶を共有している。その真木さんが来ると聞けば、いったいなにが起こるのかと身構えざるを得ないのだ。

「ジョニー君、準備いい？」

「あ、はい、行けます」

そろそろ、ステージでのリハーサルが始まる。いやな雨は相変わらず降り続いていて、もうじき開園時間になろうというのに止みそうな気配はなかった。公演は、午前十一時からと、午後二時からの二回公演だ。雨のせいで客の入りは見込めないかもしれない。演者やスタッフの間に、どことなく弛緩《しかん》した空気が漂っていた。

アルバイトとはいえ、皆、松永さんとの付き合いで集まっただけで、今日のこの仕事で金を稼ごうという気で来た人はいない。さらに雨天で客入りも少ないとなると、モチベーションは上がりようがない。仕事というよりは、昔を懐かしむ同窓会的なノリになっても致し方ないことではあった。真木さんが今、この控室に入ってきたら、なんと言うだろう。きっと、えらい剣幕で怒り出すに違いない。

——客が一人でもいるならな、役者は命を張らなきゃなんねえんだよ！

——てめえら、ヒーローショーなめてんのか！

真木さんの怒声とともに、和気あいあいとした空気も、みんなで楽しくやろう、という雰囲気もすべて消し飛び、緊張感と気まずさだけが残るだろう。仕事としてやるならそれはそれで正しいが、今日はそこまでプロフェッショナルに徹するような日ではない。なんてことを僕が言ったところで、真木さんは理解も納得もしてくれないに違いない。

僕は、真木さんが来ませんようにと、こっそり天に祈りを捧げていた。

6

時計を見ると、すでに正午を回っていた。

お昼を過ぎて午前中から降り続いていた雨が次第に小降りになり、空に晴れ間が見えるようになってきた。僕は事務所の控室の窓から特設会場のステージを見下ろしつつ、配られた弁当に箸をつけていた。

一回目の公演は散々だった。まず、危惧されていた客の入りの悪さがモロにでた。ステージから見る客席には、親子連れが数組と、やることがなくてとりあえず来てみたという感じの中学生ぐらいのグループがいるだけで、全体的にかなりシラケた空気が漂っていた。寂しいことだが、子供たちが黒山の人だかりを作っていたかつての面影はもうどこにもない。天気も理由の一つではあるが、それ以上に、遊園地という場所に人が集まらなくなってしまったという現実を痛感した。

当然、それではアクターのテンションが上がるわけもなく、段取り忘れやNGなどを繰り返し、グダグダになりながら一回目の公演は終わった。妻に「三キロは痩せる」と豪語したのに、僕はほとんど汗もかかなかった。

昼食に配られたお弁当の玉子焼きをつまんで、口に放り込む。

控室は、和気あいあいとした昼食時間になっていた。昔なら、一回目と二回目の間に飯を食うことなど考えられなかった。疲労感で食欲がわかないこともあるが、下手に食べてしまうと二回目の公演の時に吐いてしまう可能性があったからだ。真木さんに至っては、食事を摂《と》ると腹が出て見栄えが悪い、という理由で、どんなに空腹でも、ショーが終わるまではなにも食べなかった。アルバイトのくせに、プロ根性の塊である。

その真木さんは、一回目の公演が終わった今も控室に姿を見せていない。もし、真木さんがこの場にいたら、今頃は昼飯どころではなく、大反省会になっていたことであろう。

――なんだ、あの腑《ふ》抜《ぬ》けた演技は！

――おまえら、それでも役者か！

今日のショーはあくまでも全盛期を懐かしむ象徴的なものであって、ショー自体のクオリティを求められているわけではない。それは皆わかっている。歳をとってしまった僕らには、体力的にも一回目の動きが精一杯だ。真木さんの意識の高い発言があったら、余計にシラケるだけなのは目に見えている。だが、これでいいのだろうか、という思いが、これでいいのだ、という思いにこびりついていて、僕は妙に居心地の悪さを感じていた。なぜだろうかと、自問自答する。

答えはよくわからないが、一つ、明確なことがある。

楽しくないのだ。

役者を目指すような人間というのは、どこかマゾヒスティックな部分がある。ろくに飯も食えない貧困生活も、夢を追う生活というふわふわしたものに輪郭を与えてくれるエッセンスなのだ。ヒーローショーも同じだ。汗をかき、気を失いそうになりながら演じ切ることで、役者として、人として、生きているという実感を得ることができた。

僕はきっと、今日一日、死ぬ思いをしたかったのだ。酷暑の中、汗みどろになりながら必死で悪役を演じ、妻や子供たちに「辛かった」「死にそうだった」「三キロ痩せた」と語りたかったのである。再会した真木さんがいかにぶっ飛んでいたかをほんの少し誇張しながら話し、とにかく地獄のような一日であった、と結びたかった。僕にとって、あの頃のハイランドでのアルバイトの記憶は、地獄、としか言い表せない。実際、夏場などは誇張なく地獄のような日々であったが、その地獄の日々は、間違いなく楽しかったのだ。

ついさっきまで真木さんが来なければいいと思っていた僕は、勝手なことに、真木さんが来るのを待っていた。もしかしたら、みんなそうなのかもしれない。面倒だ、大変だ、と言いながらも、心のどこかで真木さんが来るのを待っている。真木さんは、強引かつ無茶苦茶な論理で、死にかけている遊園地の空気に火を点けてくれるはずだ。僕たちは、勘弁してくれ、と愚痴をこぼしながら、真木さんの言葉に従って動く。そして地獄のような一日を過ごし、また一つ、忘れ得ぬ思い出を抱えて、それぞれの人生に戻るのだ。

玉子焼きと肉団子、そして白飯を一口食べて、僕は弁当の蓋を閉じた。頭の中で、食いすぎると吐くぞ、という真木さんの声が聞こえている。よし、とたるんだ腹に力を入れて、僕はストレッチを始めた。このまま晴れれば、二回目はきっと、もう少しお客さんが来るだろう。園内を歩く人の数も心なしか増えてきたように見える。

7

僕が役者の道を諦めて、普通の会社員になったのは、十年と少し前、二十六歳になった時のことだった。十八歳で始まった僕の役者生活は、七年半に亘《わた》る劇団員生活を経て、所属劇団からの退団という形でピリオドを打った。その間、僕は「研究生」からなんとか「役者」に昇格し、念願の舞台に立つこともできた。看板役者にはなれなかったが、それなりにセリフのある役も演じ、パンフレットに顔写真が載ることもあった。演じることは面白かったし、劇団員でいることは幸せだった。着実に実力がついたという実感もあったし、見える世界も広がった。右も左もわからなかった十八の頃から、役者として大きく成長を遂げたのである。

だが、それ以上、上に行く階段は見えなかった。

地方の小劇団で役をもらったくらいでは、研究生も役者も大した違いはない。何年経っても、僕は変わらず貧困生活を続けていた。役者として成し得たことはなに一つなかった。舞台に立てば立つほど、夢見ていた映画俳優という存在が雲の上の存在に思えて、どんどん遠くなっていく気がしたのだ。

都会に出てオーディションを受けまくるような生活をすればよかったのかもしれなかったが、圧倒的に金が足りなかった。もっと大きな劇団に所属するには、実力が足りない。役者として活動するには所属の劇団を離れられず、所属の劇団を離れなければ金も稼げないし、役者としての成長もない。僕の役者生活は、ハツカネズミが回し車を回すがごとく、同じところにとどまり続けながら、ぬるりと過ぎ去ったのである。

僕が底なし沼のような役者生活からの卒業を決めたのには、ひどく簡単な理由があった。恋人ができたのだ。現在の妻である。恋人ができてみると、それまでの自分がいかになにも持っていなかったのか、ということに気づいてしまった。貯金もない。現金もない。家には風呂がない。特に、仕事について聞かれるのがキツかった。仕事は役者だと胸を張って言いたいのだが、役者として得ている収入などほぼゼロに等しいのである。むしろマイナスな月さえある。収入比率で考えれば僕は完全なるフリーアルバイターでしかなく、定職についていない根無し草であった。

結局、僕は大人にならざるを得なかった。彼女との将来を考えるのなら当然の選択だ。今までの自分は、遊園地の子供のようなものだった。楽しさが詰まった居心地のいい世界で、同じような感覚の人たちとはしゃいでいただけだったのだ。僕は夏の終わりの日、やや個性的だった髪型を清潔感のある短髪にカットし、親から金を借りて吊るしのスーツを二着買った。劇団の代表にも退団を申し入れ、さしたる慰留もされないまま、役者引退が決まった。誰も文句は言わなかった。皆、心のどこかで、そういうXデーが訪れることを覚悟していたのだろう。

だが、たった一人だけ、僕の役者引退に異を唱える人がいた。

真木さんである。

劇団の人たちは、去りゆく僕のために壮行会と称した飲み会を開いてくれた。はじめは寄ってたかって僕の門出を祝うなどしてくれたし、僕を囲んでいろいろな思い出話にも花を咲かせていた。けれど、酔っぱらってくるにつれて、いつものように役者論を語る場になり、僕のことなどお構いなしに、侃々諤々《かんかんがくがく》とした議論が繰り広げられていた。真木さんは不機嫌そうな顔で端っこの席に陣取り、延々と安焼酎のお湯割りを飲んでいた。真木さんは酒癖の悪さについても期待を裏切らないが、その日は問題を起こすこともなく、ただじっと、独りで酒を飲み続けていた。

壮行会の数日前、劇団に退団の意志を伝えたとき、真木さんは烈火のごとく怒り出して僕の胸ぐらをひっ摑み、殴りかからんばかりの勢いで詰め寄ってきた。正直、役者としてもプライベートでも、真木さんとそこまで深いつながりがあったわけでもない。僕は真木さんの剣幕にただただ驚いて、だらしなく尻もちをついた。ヒーローショーのアルバイトのお陰か、受け身だけはきれいに取れた。

「理由を言えよ、理由を！」

「いや、その、なんというか、限界を感じてしまったと言いますか。このまま行っても、生活できそうになくて」

「お前はあれか、じゃあ、スーツ着て、会社勤めして、上手に嘘ついて生きていくのかよ！」

「いやまあ、嘘をつくのかはわかりませんけれど」

「もうそうやって、自分に嘘ついてるじゃねえか！　舞台に立ったらまだドキドキするだろ？　おまえは大人ぶって、もう夢見るガキじゃねえんだぜ、なんて知ったようなことを言うつもりか？」

そんなセリフは、聞きたくねえんだよ！　と、真木さんは思い切り怒鳴った。何人かの劇団員が止めに入り、僕も助け起こされた。だが、それでもなお、真木さんは猛獣のような顔で唸り声をあげていた。

「どうして、そんなに」

「返せバカヤロウ！」

「返す？」

「コイツは絶対スゲエ役者になるって思っちまった、俺の時間を返せっつうんだよ！」

もうずいぶん前のことだが、その時の真木さんの表情や声は、他の真木伝説と併せて、いまだにはっきりと頭の片隅に焼き付いている。

僕が「スゲエ役者になる」なんて、真木さんは本当に思っていたのだろうか。夢を諦めて劇団を去っていく者に対するセンチメンタリズムだったのかもしれないし、自分が抱えている不安を目の当たりにすることに対する忌避感であったのかもしれない。僕は結局、真木さんの言葉にも翻意することなく、劇団を去った。真木さんとは、以来一度も会っていない。

午後二時、公演二回目、本番まであと少しになった。

おそらく、僕にとって役者として演じる最後の機会になるであろう、「遊星仮面・ハイランダー」のヒーローショーが始まる。僕は記憶の海に揺蕩《たゆた》うのをやめ、目の前の現実世界に意識を戻した。真木さんは結局姿を見せなかった。

控えテント内に映し出されているモニターには、ステージ前に集まっている人々の姿が見えた。午前中の閑散とした様子とは打って変わって、百人ほどのギャラリーが集まっている。全盛期には遠く及ばないが、午前中の惨劇を思えば奇跡的な数である。午後になってから天気は見る間に回復し、空は完全に晴れ渡っていた。気温はぐんぐん上がって、日差しも強烈に降り注いでいる。まだ完全に着ぐるみ姿になっていないのに、すでに全身から滝のように汗が噴き出していた。

汗止め用に、内面《うちめん》と呼ばれる目出し帽のようなものをつけ、その上から、あちこち傷んだ「キバタン星人」のマスクを被る。昔は、スーツが破けると、その役を担当する役者が補修も行った。キバタン星人のマスクには、僕が補修した跡がいくつか残っている。

「氷、お願いします！」

体温を下げるために、背中にごろごろと氷の塊を入れてもらう。はじめは心臓が止まるほどの冷たさだが、夏の酷暑の中では一瞬で溶けてなくなってしまう。「よし！」と一声発して、僕は勢いよくステージへ飛び出した。ショーは「キバタン星人」が暴れるところからスタートする。つまり、僕の演技がその後の全員の熱量を決めることになるのだ。年寄りの冷や水と思っても無理して背中に氷を入れたのは、気合いを入れるためだ。たとえ倒れようとも、僕は全力で演じると心に決めていた。

キバタン星人としてやられた後は、急いでテントに戻ってきて、真木さんが演じるはずだった「ボットン星人」のスーツに着替えなければならない。息を吸い込んで精一杯腹を引っ込めて背中のファスナーを上げ、スタッフのゴーサインと同時にまた勢いよくテントを飛び出す。灼熱《しゃくねつ》の太陽は、容赦ない直射日光を叩きつけてくる。ステージに立ち、スピーカーから流れてくるセリフに合わせて悪そうなポーズをとる。

視界の悪いマスクから、ステージ前のギャラリーの姿が見えた。きっと、往年の「ハイランダー」を知っている子供など一人もいないだろう。彼らがいつもテレビで見ているちゃんとしたヒーローとは違う。それでも皆、なにかが起こるのを期待するような目でステージを見上げてくれていた。

役者を目指していた人間の本能なのか、客が見ている、と思うと、自然に動きが大きくなってしまう。体力などもうほとんど残っていないのに、後先考えず全力で動く。息が上がる。汗が目に入る。疲労で足が重い。意識が遠のいて朦朧としてくる。

ああ、地獄だ、これは。

マスクの中で、僕はため息をついた。

8

——おい、ジョニー！

——しっかりしろ！

もう、ダメです、真木さん、僕は、もう。

真木さん？

頭をなにかでつつかれて、僕は薄ぼんやりと目を開けた。だが、焦点が合うよりも早く、仰向けになっている僕の顔にすごい量の氷水が降ってきた。鼻にも口にも流れ込んでくる液体を吐き出しながら、僕は溺れ死ぬ間際の人間のように藻掻《もが》き苦しみ、四つん這いになって放心した。髪の毛から冷たい水がしたたり落ち、小さな氷が転がっているのが見えた。

キバタン星人とボットン星人を演じ切り、僕はなんとかテントに戻ってきた。だが、例のごとくそのままブラックアウトし、倒れてしまったらしい。いわゆる、熱失神というやつだ。冷水の洗礼を受けてなんとか息を吹き返したが、まだ顔から血の気が引いていて、頭がぐるぐると回っている。数名のスタッフが木偶人形のようになった僕を囲み、スーツを引《ひ》っ剝《ぺ》がしにかかる。

「はしゃぎすぎなんだよ、おっさんのくせに」

「まま、ま、真木、さん？」

「なんだよ」

「お、遅いじゃないですかあ」

僕は鉛でも括《くく》りつけられたかのような重さの四肢をのたくたと動かし、ようやくスーツを脱いだ。そのまま、さながら脱皮したてのトカゲのように床を這い、声がする方に目を向ける。だが、真木さんの声はするのに、真木さんが見当たらない。僕の正面に立っていたのは、まったく見覚えのない人であった。

短く切りそろえられた髪の毛に、あまりセンスを感じないポロシャツとスラックス。こけた頰に、薄い無精ひげ。声の主は、普通にその辺を歩いていそうな背の低い中年の男性だ。右手には白くて細いステッキを持っている。僕の頭をついたのはそれであろう。

「ま、真木さんですか」

「そうだよ」

「ほんとに?」

「嘘ついてどうするんだよ」

「いや、だって、どうしたんですか」

「なにがだよ」

「なにがって」

意識がはっきりとしてくるにつれ、ようやく視界がクリアになってきた。目の前に立っているのが、ずいぶん様変わりした真木さんだ、ということは理解した。だが、なにかがおかしい。違和感がある。

「うるせえな」

　真木さんはステッキをかつかつと鳴らしながら、置いてあった椅子を確かめるように触り、たぐり寄せた。周囲に目をやると、スタッフもアクターも固唾をのんで真木さんの様子を見守っている。さっきまでぐるぐると対流していたテント内の空気が、ガッチリと固まってしまったかのようだった。

　真木さんは異様な緊張感の中、ゆっくりと体を反転させる。手で位置を探り、腰を沈める。手助けをしようと歩み寄った女性スタッフを制し、驚くほど緩慢な動きで、ようやく座った。野生の猿みたいな動きをしていたかつての面影はない。まるで、八十歳、九十歳の老人になってしまったかのようだった。

「真木さん、もしかして、目が」

　異変の正体に、僕はようやく気がついた。体の動きもさることながら、真木さんの目が不自然なまでに動かない。僕に向かって声をかけているにもかかわらず、視線が僕に向かってこないのだ。

「まあな。でも、まだちょっとは見えてるさ。ショーも見てたぜ」

「そんな、まさか、真木さんが？」

「俺をなんだと思ってんだよ。無敵のヒーローじゃねえんだぞ」

むしろ悪役だったじゃねえか、と、真木さんはほんの少し笑みを浮かべた。だが、目は不自然に固まったままだ。僕は息を呑み、絶句した。なぜだか少し、手が震えた。真木さんの姿を見ることで、僕は本能的に「恐怖」を知覚したような気がする。

この世界には、いつまでも変わらないものがある。そう、僕は漠然と思っていた。僕の腹が突き出てくるのとは違って、何十年、何百年、変わらずに在り続けるもの。ピラミッドとか富士山《ふじさん》とか。どっかの有名なお菓子屋さんのカステラとか。この遊園地も、そういう類のものだと思っていた。いつまでもずっと星が丘に在り続けるもので、百年後も同じ場所に、同じように在るのだと勘違いをしていた。松永さんに閉園の話を聞くまで、僕はハイランドの存在を気にかけてもいなかったし、「ハイ、ハイ、ハイランド」という耳に残るローカルCMが、二年前からすでに流れていないことにも全く気づいていなかった。

真木さんも、同じだ。

真木さんは、いつまでも真木さんのままだと思っていた。言動も行動も、見た目の奇抜さも変わらず、体力は何年たっても無尽蔵で、ヒーローショーを永遠にやり続けるにちがいない、という無責任なイメージを持っていたのだ。完全に勝手な思い込みだが、そう思っていたのは僕だけじゃないだろう。テント内の空気が、それを物語っている。

こんなの、真木さんじゃないですよ！

あわや、そんな暴言を吐きそうになって、僕はぐっと口をつぐんだ。

「おい、ジョニー」

「は、はい」

「もう、ショーは終わりなんだろ？」

「はい、これで、上がりです」

「ちょっと、付き合ってくれよ」

せっかく座ったばかりだというのに、真木さんはまたよろよろと立ち上がった。細長いステッキは、日の光の降り注ぐテントの外を指し示していた。

9

太陽はかなり西に傾いていたが、まだまだ暑い。午前中は眠っていたかのような遊園地も、ようやくすべてのアトラクションが稼働し、生き生きとし出したように見えた。ジェットコースターが滑り落ちていくのと同時に、歓声と悲鳴の入り交じった声が聞こえてきた。

「遊星仮面・ハイランダー」最後の握手会には、二十名ほどの親子連れが列を作っていた。とはいえ、子供の親世代の人々が昔を懐かしんで、記念に、といった感覚で子供に握手させているにすぎない。ヒーローを前にしても、子供たちが熱狂したり興奮したりする様子はなかった。これはこれで、平和でいい光景ではあるが。

僕は少し離れた場所から、握手会の光景を眺めていた。隣には真木さんが立っていて、ぼんやりと子供たちを見ている。見えているのかどうかは、定かではない。

「おまえがいなくなって、一年ぐらいしてからかなあ」

唐突に、真木さんが口を開いた。

「朝起きたはずなのにさ、なんか暗いんだよ。おかしいな、と思って外に出るんだけどよ、昼間なのにすっげえ暗くてさ」

真木さんは突然起きた目の異常に気づいたものの、金欠と公演前の忙しい時期だったことが重なって、病院に行かずに放置してしまったのだという。だが、その時すでに、真木さんの視神経は深刻なダメージを受けていた。無理を押して公演はやり切ったが、いざ病院に行ったときには、取り返しのつかない状態になってしまっていたそうだ。

どうしてそんな無理を、と思ったが、公演は真木さんが初めて主役に抜擢《ばってき》された舞台だったと聞いて、僕は目を閉じた。同じ状況だったら、僕も、いや役者ならどんな人でも、降板しようなんて考えもしないだろう。だが、その役者魂の代償はあまりにも大きかった。真木さんは両目の視力をほとんど失い、二度と舞台に立つことができなくなった。

真木さんの話は、どこまで聞いてもやるせないものだった。豪快さもなければ、型破りな感じもない。一人の役者志望の男が、不完全燃焼のままに夢を失った。ただそれだけの話だ。真木さんがもし、役者という夢を追っていなかったら。主役になどなっていなかったら。ちゃんと仕事をして、普通に暮らせるだけの金があって、病院に行くくらいなんてことない生活をしていたら。そんなことを考えてしまうと、真木さんの顔をまともに見ることができなくなった。

「ここ、今日で終わっちまうんだろ？」

「え、あ、そうですね。閉園しちゃうんですよ」

「まさかなあ、あの頃はそんなこと考えなかったな」

「そうですね」

「同じ毎日が、ぐるぐる回ると思ってたぜ。永遠にな」

「そう、ですね」

「つい昨日まであったもんがなくなるってことをな、もうちょい前に気づいてればよかったのかもしれねえな。それが結構、大事なもんなんじゃねえかってことにもな」

僕は急に胸が熱くなって、喉が締まるのを感じた。息を吸って、ふう、と吐くと、息と一緒に両目から涙が零れて頬をつたい落ちた。

「真木さん、言わないでくださいよ、そんなこと」

「お、なんだよ急に。泣いてんのか?」

「泣いてないです」

「じゃあ、目から鼻から、なにを垂らしてんだ、それ」

病院に行ってこい、と、真木さんは笑い飛ばした。それがまた、僕にはどうしようもなく悲しくて、本格的に涙が止まらなくなった。僕はきっと、真木さんには変わらずにいてほしかったのだ。真木さんなら何年たっても変わらずにいてくれるだろうと勝手に期待して、なぜか疑うこともなく安心していた。短い間だが、僕が夢に向かって本気で生きた甘い思い出が、真木さんという生きる伝説の存在によって残り続けると思っていた。

僕は誰かに昔を語る時、「役者を目指してた頃に、真木さんていうめちゃくちゃな人がいてさ」と、話を始める。数々の武勇伝と、自分の味わった地獄を面白おかしく話し、十分に人の興味を引き、ひとつふたつ笑いを取って、最後は「役者になれるのは真木さんのような変人だけで、僕はそうじゃなかった」と締めくくる。だから、役者生活からドロップアウトした自分の決断は正しいのだ、という結論に着地するために。それなのに。

「いい動きだったな」

「え」

「キバタン星人。笑っちゃったぜ」

「見えて、ましたか」

「うっすらな。腹は出てたけど、まあまあ動けてたじゃねえか。一番目立ってたぜ」

「ほんとですか」

「まあ、よくねえんだけどな、ほんとは。ヒーローより目立っちゃよ」

僕は、すいません、と謝りながら、真木さんに言われたくないです、という言葉を呑み込んだ。

「もう、芝居はやってないのか」

「はあ、今は、全然」

「もったいねえなあ」

スゲエ役者に――、という真木さんの声が、僕の頭の奥でうずいた。スゲエ、なんていうことを言ってくれたのも、僕が役者を辞めたことをもったいないと言ってくれたのも、この地球上で、真木さんただ一人だけである。役者としての僕の価値を認めてくれた、唯一の存在ということだ。

「すいません」

「ま、気にすんなよ。おまえはおまえの人生を選んだんだし、それでいいんだろうよ」

なにしろ俺には見る目がねえからな、と、真木さんは反応しづらい軽口を叩き、自分で思い切り噴き出した。

「そろそろ、行くわ。暗くなると見えなくなっちまうからな」

「え、そうですか、あの、車で送っていきますよ」

「大丈夫だよ、まだ見えてる。ちょっとだけな」

真木さんは僕に向かって、右手を差し出した。ほんの僅か、真木さんの体の向きは正面からズレていた。僕は一歩体を滑らせて、真正面から真木さんの手を握った。

「おまえのキバタン星人が見られてよかったぜ、ジョニー」

僕の手から、するりと真木さんの手が抜けていく。真木さんは白い杖《つえ》を自分の前に出すと、リズミカルにこつんこつん、と地面を叩きながら、進行方向を定めた。

「じゃあ、さよなら。またな」

僕に背を向けたまま、真木さんが手を上げた。

「真木さん！」

僕が叫ぶと、真木さんの杖のこつんこつん、が止まった。いろいろなものが剝がれ落ちてしまった真木さんの背中は、小さく、頼りなく、弱々しい。声をかけてはみたものの、なにか言いたいことがあったわけではない。僕が現実を消化するまで待ってくれない時間の流れを、なんとか少しでも、止めたかっただけだ。

真木さんは僕に背中を向けたまま、しばし動きを止めた。僕が言葉をかけるのを待っているようだった。込み上げてくる感情は、どれもうまく言葉にはならないまま消えていく。そういえば、僕はアドリブの苦手な役者であった。

「また」

また、という言葉は、ひどく無力なものに思えた。もう二度と真木さんと会うことはないかもしれない。それで僕の生活が変わるかと言えば、驚くほどなにも変わらない。「また」は、社交辞令以外の何物でもなく、約束でもないし、拘束力も持たない。

でも、ほんのわずかな、可能性を残す言葉でもある。

真木さんは僕に背を向けたまま、杖を持っていない手を上げて軽く振り、歩き出した。次第に遠ざかっていく真木さんの背中を見ながら、僕は無意識にスマートフォンを取り出していた。

無性に、妻と娘の声が聞きたくなったのである。

さよなら遊園地（4）

午後になってから天気は急に回復し、あっという間に晴天が戻ってきた。良くも悪くも、標高が高い場所は天気が変わりやすい。あとは、最後までこの晴天がもってくれるように祈るばかりだ。

閉園日のフィナーレを飾る花火の準備は、おおよそ予定通りに完了した。以降は、配線や安全確認、リハーサルといった専門的な作業に入る。私は残りの作業を山寺煙火店の皆さんに任せ、本来の業務に戻ることにした。

朝に組まれた従業員シフトは、お客さんの増加に合わせて変更する必要があった。とはいえ、対応できる従業員のリソースは限られている。こういった場合は、私が園内を巡ってそれぞれの持ち場の状況を見定め、人の配置について指示を出す。それも、総合管理マネージャーという便利屋の仕事の一つだ。

「熊ケ根《くまがね》さん」

「あ、はい、お疲れさまです！」

入場ゲートでチケットの確認、いわゆる「もぎり」を担当しているのは、熊ケ根さんという女性アルバイトだ。地元の大学に通う現役の女子大生で、短期バイトでありながら、よく頑張ってくれている。飾らない感じの子で、スタッフ受けもいい。

熊ヶ根さんを配置している入場ゲートにお客さんが押し寄せることなどこれまではまずありえないことだったが、今日は珍しく、午後になってからの入場者が急増している。普段はのんびりした仕事であるだけに、私は熊ヶ根さんがパンクしているのではないかと心配になって見に来たのだった。

「お仕事、回ってる？　大丈夫かな」

「大丈夫です！　お客さんがいっぱいいらっしゃるので、今日は楽しいです」

少し日に焼けて赤くなった顔をくしゃっと崩して、熊ヶ根さんがにこやかに笑った。どうやら心配はなさそうで、ホッとする。横で、モモハル君が「マジでいい子っすね」と呟いた。

「どれくらい入ってるかな」

「晴れてから、やっぱり増えてますね。いつもの三倍以上です！」

いつもが大したことないからね、と、私は苦笑する。

「そっか。まだ増えそうだね」

熊ヶ根さんと会話をしているそばから、数組のお客さんが入場してきた。私が知っている限り、ここ何年かの間で一番の賑《にぎ》わいだ。看板アトラクションであるジェットコースターや観覧車に列ができ、園内で聞こえてくるお客さんの声が、明らかに多い。遊園地のようなサービス業は、やはりお客さんがいて初めて成立する仕事だ。私は年甲斐《としがい》もなく、少し興奮していた。

「モモハル君、悪いんだけど、このまま勤務に入ってもらっていいかな?」

「当たり前じゃないすか。そのために来てんすから」

「ちゃんとアルバイト代も出すように、事務所には言っておくから」

「オレ、今日は別に金とかじゃないって言ったじゃないすか。いいんすよ、金とか」

「それは、ダメだよ」

「ダメ、っすか」

「勘違いしてほしくないけどね、会社としてはお金を節約しなけりゃいけないけど、タダで働いて欲しいってことじゃない」

モモハル君は、わかったような、わからないような、という表情で、首を傾げた。

「会社がお金を払うってことは、モモハル君にもプロのスタッフとしての責任を持ってもらうってことだからね」

「責任、すか」

「そう。最後まで、お客さんの安全をきっちり守ってね。楽しく終われるようにさ」

モモハル君は少しだけ表情をきりっと整えると、わかってますって、と胸を張り、頼もしい返事をした。

「熊ヶ根さんも、よろしくお願いしますね」

「あ、はい」

私がモモハル君を連れて園内に戻ろうとすると、熊ヶ根さんが、あ、と声を出し、困り顔で目を泳がせた。

「すみません、松永さん」

「ん？　なにかあった？」

「あの、大したことじゃないというか、自分で考えることかもしれないんですけど」

「うん？」

「今日、お帰りになるお客様に、なんてお声がけすればいいでしょうか」

私は熊ヶ根さんの意図を図りかねて一瞬考え込んだ。だが、すぐに意味を理解した。

「そう、だね。どうしようかね」

入場ゲートの係員は、帰っていく客に向かって「ありがとうございました。またお越しください」という声がけをするよう、マニュアルに定められている。けれど、今日に限っては、マニュアル通りに「またお越し……」と声がけをすると妙な感じになってしまう。マニュアルに書かれていないことを独断でやるわけにもいかず、それで熊ヶ根さんは迷ってしまったのだろう。

「ありがとうございました、だけにしましょうか」

「長年のご愛顧、ありがとうございました。とかの方がいいかねえ」

「ちょっと、セリフが長いかもしれないですね」

私は、うん、と唸り、しばらくいろいろと考えを巡らせたが、最終的に熊ヶ根さんの提案を受け入れることにした。退園するお客様に向かっては、ありがとうございました、とだけ声がけをする。いろいろ伝えたい思いはあるが、その一言にすべてを凝縮することができるのではないか、と考えたのだ。

「そうだね。ありがとうございました、だけにしようか」

「は、はい、わかりました」

熊ヶ根さんが元気に返事をし、私に向かって、承知した、という笑顔を見せた。けれど、問題が解決したと思ったところに、傍らでやり取りをぼんやりと見つめていたモモハル君が異を唱えた。

「それ、寂しくないすか」

「寂しい？」

「なんか、ありがとうございました、だけで終わったら、全部終わりって感じするじゃないっすか。せっかくのさよなら日和なのに」

「さよなら日和なんだから、ありがとう、さよなら、で終わればいいんじゃないの？」

「そうじゃないんすよね。なんつうんすかね。例えば、学校のヤツとか、卒業式終わったらもう一生会わねえだろうなコイツ、みたいなのいるじゃないっすか」

モモハル君がなにを言い出すのか見当がつかなかったが、とりあえずは、うん、そうだね、と返事をしておく。

「そこでね、じゃあなさよなら、ってだけで終わったら、そいつとはほんとに二度と会わねえぞ、って言っちゃった気になるんすよね、オレ」

「でも、そういうものじゃないの？」

「いやいやいや。結局ね、そういう微妙なヤツと再会するかしないかっつうのはね、お互いがまた会いてえって思うかどうかなんすよね。さよなら、って言っちゃったら、会わねえぞ、っていう宣言なんすよ。さよならっつっても、それだけじゃねえっつうか。さよならだけど、さよならじゃない、的な」

どこかで聞いたことのある言葉だね、と、私は噴き出した。

「いつもみたいにね、またお越しくださいって言っとけば、いつかまたね、ここが復活したときに来てくれるかもしれないじゃないですか、そのお客さん」

復活、とモモハル君が言ったものの、星が丘ハイランドの跡地はすでに他の企業への売却が決まっている。売却先はレジャー系の企業ではない。星が丘ハイランドを再建するという話にはならないだろう。ただ、モモハル君の言いたいこともわかる気がした。実際に遊園地が再建されるか否かは、この際どうでもいいのだ。いつかはわからない未来に、そういう可能性を残すか、残しておきたいのか、という話だろう。要は、気持ちの問題だ。

私が社員として追求し続けたのは、リピーターの獲得だ。とりあえず行ってみようか、と来園したお客さんが、もう一度行きたい、と思ってくれなければ、来客数は伸び悩む。遊園地は、そういう満足感を提供できるかが重要だ。私は、一人でも多くのお客さんに、楽しかったな、また行きたいな、という思い出を作ってもらえるよう心を砕いてきた。近年は、時代の流れと資金不足で満足なサービスを提供できなくなってしまっていたが、気持ちだけは強く持って働いてきたつもりだった。だからこそ、今日はどこか自分の軸がなくなってしまったような気がしていた。最後に来てくれたお客さんを満足させることだけに一生懸命になっていて、私が持ち続けてきた「また来てもらいたい」という気持ちをどこかに追いやっていたせいだ。

「そうだね」

モモハル君の言葉で、薄曇りだった心のもやもやに晴れ間が見えた気がした。閉園という結末を、私は自分の生きざまの否定ととらえてしまっていたのだ。自分では精一杯やってきたつもりなのに、自分自身がその努力を信じられなくなっていた。

「じゃあ、いつも通りにしようか。変な顔されるかもしれないけど。いいかな、熊ヶ根さん」

熊ヶ根さんは少し困惑した表情を浮かべたが、私の言葉をきちんと呑み込んでくれたのか、はい、と元気に返事をし、くしゃりとした笑顔になった。

「わかりました！　いつも通りで！」

持ち場に戻る熊ヶ根さんの後ろ姿を見て、私は残り数時間の仕事の意味を見出した気がした。深いことを考えていたかはわからないが、モモハル君にお礼を言わなければ、と振り向くと、モモハル君は私のことなどそっちのけで、熊ヶ根さんの背中に向かって「マジでいい子っすね」などと呟いていた。

5 竹《たけ》本《もと》秀《ひで》人《と》とメリーゴーランド

1

暑いな、と独り言を吐きながら、空を見上げる。危惧していた雨は嘘の様に上がって、強い日差しが肌を焼く。私は汗を拭きながら胸を撫で下ろし、安堵《あんど》の息をひとつついた。

妻と連れだって外に出ると、私の両手は塞がってしまう。妻は病気の後遺症で足が動かず、自力で歩けない。外出する時には、私が車椅子を押して歩く必要があった。だが、雨が降ってしまうと車椅子を押しつつ傘も差さねばならない。八十の老人には、なかなか骨の折れる芸当だ。多少暑くなろうが、晴れてくれた方が良い。

「暑くないか」

「大丈夫よ」

日焼けを防ぐために長袖のシャツを着せているので暑くないわけがないが、妻は素直に、暑い、と言わない。私は背負っていたリュックから水のペットボトルを取り出し、妻に渡した。時々気を遣ってやらないと、妻は倒れるまで水を我慢してしまう。

「こんなところ、何年ぶりかしらね」

「もう、随分だな」

星が丘ハイランドパークの園内を歩いていると、朧気《おぼろげ》ながら、前にここを訪れた時のことが思い出された。丁度開園した当日だったから、三十年も前のことだ。その頃はまだ妻も自分の足で歩いており、私の髪の毛ももう少し頭に残っていた。

私は車椅子の車輪止めのレバーを引き、首から下げていた一眼レフカメラを手に取った。趣味らしい趣味のない私にとって、唯一と言っていい趣味が、写真だ。絞りとシャッタースピードを決め、カメラを構える。親指でレバーを回し、フィルムを巻き上げる。シャッターを切ると、軽い音が響いた。やれパソコンだ電子だというご時世だが、私のカメラはいまだに機械式のフィルムカメラであった。最近のカメラも使えば便利なのだろうが、機能が多すぎて、私の性に合わない。

「思ったより、子供たちがおらんね」

「それは残念ね」

記憶にある星が丘ハイランドは、もっと色鮮やかであった様に思う。開園してから三十年。私たちが老いた様に、遊園地の設備も老朽化し、くすんだ色になってしまっている。頭上にカメラを向けると、甲高い悲鳴を振りまきながら駆け抜けていくコースターが見えた。空の青さと波長の長い西からの光が、塗装の剝げや錆《さび》の目立つコースターのレールを浮き立たせている。少しシャッタースピードを上げて、一枚、ぱちり、と撮影する。私はカメラのレンズにカバーをはめ込むと、腕時計に目を落とした。年代物の機械式時計で、日に数十秒狂ってしまう様な代物だが、大体の時間が分かれば左程困ることはない。

時計の針は、もう午後五時を回っていた。

「行こうか」

ゆっくりと車椅子が動き出す。私たちの横を数組の家族連れが通り過ぎて行った。

2

三十年前の遊園地の開園日、私は妻と一緒に星が丘ハイランドにいた。できたばかりの遊園地は騒々しいほどの賑やかさで、赤、青、緑の原色に溢れていた。良く晴れた日だったことを覚えている。

「なにしてるんだ、ほら、笑って」

私がカメラを向けると、妻は恥ずかしそうに笑った。

「ちょっと、迷惑でしょう」

「いいから、ほら」

「あのね、ここは五十手前のおばさんがはしゃぐところじゃないのよ」

軽やかな音楽に合わせて、ゆっくりと遊具が回転を始める。妻はきらびやかな馬車の様な座席に座り、私は上下に動く白い馬に跨《また》がっていた。周りは子供や子連れの親たちばかりで、私たちの様な中高年の夫婦はいなかった。

メリーゴーランド。

仏語《ふつご》ではカルーゼル。

馬を模した座席に座り、乗馬を疑似的に体験する遊具だ。年端もいかない子供たちが好んで乗るもの、と考える人が多いのだろう。私たち夫妻の様に、大人二人だけで乗る者の姿は余り見ない。古典的な乗り物はあまり注目されることがないのか、遊園地の最も端、人通りの少ないエリアにひっそりと設置されていた。多くの人が見栄えのする派手な遊具に列を作る中、メリーゴーランドの周囲は閑散としていて、実に平和な空気が漂っていた。

カメラのファインダーから目を外して、馬車に座る妻を見る。妻は髪の毛を風に揺らしながら、嬉しそうに歓声を上げる子供の姿をじっと見ていた。

「撮るぞ」

妻が、私の声につられてレンズを見た。すかさず、シャッターを切る。良い写真が撮れたという手応えがあった。


——もう一枚、撮るぞ。


三十年前の記憶が急に蘇《よみがえ》ってきたのは、土曜日の夕方、少し早めの夕食を取りながらテレビを観ていた時のことだった。いつも観ている地方局の情報番組で、星が丘ハイランドパークの閉園についての特集が組まれていたのだ。画面には「あす、三十年の歴史に幕」という題目がつけられていて、若い女性レポーターが閉園前日の遊園地の様子を紹介していた。

私が画面に釘づけになったのは、カメラが園内の食堂の中を映した瞬間だった。レポーターが、食堂に設けられていた「星が丘ハイランドの歴史」と銘打った写真の展示を紹介する。模造紙と色紙で作った手作りの台紙には、着工時の写真、観覧車からの風景、遠足の小学生たちの笑顔といった写真が貼り付けられていた。レポーターが展示の前で足を止めると、画面の端に一枚の写真が映りこんだ。

「お、おい」

思わず声を上げると、座椅子に座っていた妻が目を丸くしながら私を見た。

「どうなさったの？」

「映ったぞ、今」

「映った？」

「写真だ写真、お前の」

わたしの？と、妻が怪訝そうに首を捻る。

「私が撮った、お前の写真だ」

その写真は、三十年前、星が丘ハイランドパークが開園した日に、メリーゴーランドに乗る妻を撮影したものだ。決して上手いとは言えない私の写真の中で、その一枚は奇跡的に良く撮れていた。丁度その頃、開園にあわせて星が丘ハイランドが写真コンテストを企画していて、私は件の一枚を送った。結果、私の写真は見事に最優秀賞を受賞したのだった。

貰った賞状と楯《たて》は今も誇らしげに居間の棚に飾ってあるのだが、肝心の写真は残っていない。三十年の間、何度かの引っ越しをするうちに、ネガがどこかにいってしまったのだ。唯一のポジは応募した写真だが、「応募作品は返却いたしません」という注意の通り、私の手元には返ってこなかった。気に入っていた写真なのにどこにやってしまったのか、と、ずっと心の端に引っかかっていたのだが。

その失われた傑作が、テレビに映りこんだのだ。珍しく興奮した私は、動悸《どうき》を抑えるためにコップ一杯分の水を飲み下さねばならなかった。

「テレビに出たのは、すごいな」

妻は私の興奮には同調せず、湯呑《ゆのみ》に口をつけながら、ぼんやりとテレビに目を向けていた。私はいまいち状況がわかっていないであろう妻に背を向け、箪笥《たんす》の奥にしまい込んでいたカメラを引っ張り出した。背面カバーを外し、買い置きのフィルムをセットする。

「行こう、明日」

「行こう、って、どこへ？」

妻は困り顔で、思い通りに動かない自分の体を見た。

「遊園地だ。決まっているだろう」

3

遊園地の非日常的な風景の中に、急に見慣れた日常の風景が姿を現す。「ラーメン」「たこ焼き」「味自慢」などと書かれた赤いノボリが立っていて、一目で、テレビで見たあの食堂だということが分かった。食堂内を見回すと、一角に「ありがとう星が丘ハイランド」と書かれた展示コーナーを見つけた。

「あれだ」

貼り出されていた写真の中の一枚に、私は吸い寄せられる様に近づいた。

間違いなく、それは三十年前に送った妻の写真だった。

回転するメリーゴーランドの風に乗って、妻の髪の毛がふわりと浮いている。妻は馬車に座り、柔らかな微笑《ほほえ》みをカメラに向けていた。ピントもばっちり合っていて、妻の横から差し込んだ光が写真に瑞々しさと輝きを与えている。自画自賛になるが、改めて見ても良く撮れた写真だ。

「懐かしいな」

私が車椅子越しの後ろ姿に話し掛けるが、妻はなにも言わない。頭を上げ、上体を前に出したり引いたりして、食い入る様に写真を見ている。

「あの」

「どうした」

「これ、どなたかしら」

私は、馬鹿、と口走りそうになるのを、必死に堪えた。

「誰だって、お前だよ、お前。自分の顔も覚えとらんのか」

「これ、わたしですか。ああ、そうでしたね」

妻は、わたしね、と繰り返しながら、じっと写真に見入っていた。

私は食堂にいる職員に向かって手を上げ、写真について話がしたい、という旨を伝えた。食堂の人間から連絡がいったのか、五分ほどで背広姿の男がやってきた。男は、葛岡、という名の入った名刺を差し出すと、丁寧に挨拶をした。名刺の肩書きには、事業部長とある。かなり上の人間である様で、驚いた。

「あの、お写真の件でお話があると伺ってまいりましたが」

「この写真、なんですがね」

私は、葛岡に経緯を全て話した。葛岡は、うんうん、と何度も頷きながら、私の話を真剣に聞いてくれた。ネガを紛失してしまったこと、思い出の写真なので引き取りたいということを、順を追って伝える。

「なるほど、よく分かりました。お写真は、お返しいたします」

「本当ですか」

「もちろんです。今日は、このお写真を見にご来園くださったんですか？」

「そうです。偶然、昨日テレビで観ましてね」

葛岡は、そうですか、そうなんですか、と、大仰に相槌《あいづち》を打った。

「こちらが、写真の奥さまですか」

膝を折り、車椅子の高さと同じ目線になって、葛岡が妻と向き合った。妻は、こんにちは、と言う様に、のんびりと頭を下げた。

「ええ、わたしです。もう、何十年も前ですけれど」

妻は、ついさっき「どなたかしら」などと言ったことも忘れて、葛岡の言葉に調子を合わせた。だが、葛岡は頬を引きつらせ、困惑の表情を浮かべながら、助けを求めるように私を見上げた。

無理もない。

妻の言葉を理解できるのは、おそらく、世界中で唯一人《ただひとり》、私だけだ。

「もう何十年も前ですが、と申しております」

「し、失礼しました」

妻は二年前に患った脳梗塞の影響で、左半身に麻痺《まひ》が残っている。自力歩行は困難な上、顔半分も上手く動かず、言葉をはっきりと発音することができない。葛岡には、妻がなにを言っているのかわからなかっただろう。私でさえ、妻の言葉が完全に聞き取れるわけではない。それでもある程度理解できるのは、長年連れ添ってきた経験に依《よ》るところが大きい。

葛岡と同じ様に膝を折り、私も妻の正面に回った。口の左半分が閉じておらず、微かに涎《よだれ》が垂れている。首に掛けていたタオルで、妻の顔を拭った。笑みを浮かべてはいるが、写真の中にいる妻とは別人の様に年老いてしまった。

機械弄《いじ》りしか能のない私の背中を押しながら、ちゃきちゃきと働く。溌溂《はつらつ》としていて、良く笑う。かつての妻は、そういう女だった。だが、倒れて歩けなくなると、それまでの活発さが嘘であったかの様に内向的な性格に変わってしまった。一日中なにもせずにぼんやりと部屋の角を眺めていることが増え、私との会話も減った。はじめは脳梗塞の後遺症だと思って余り気にしないようにしていたのだが、日が経っても戻らない妻を、私は病院に連れて行った。嫌な予感がしたのだ。

果たして、直感は間違っていなかった。

妻は、初期の認知症と診断されたのだ。

薬で病気の進行を遅らせているお陰でまだ辛《かろ》うじて意思の疎通はできているが、やはり時折、妻の記憶が錯綜し、話がかみ合わなくなることがある。どうやら、ここから回復することはないらしい。妻は数年のうちにゆっくりと、今までできていたことができなくなり、記憶を失い、性格が変わり、やがてなにも分からなくなる。妻というひとつの人格はどこかにいって、消えて失《な》くなってしまう。

「そういえば、お昼がまだでしたわね」

写真の郵送先を葛岡に伝えていると、背後で妻が独り言の様に喋り出した。また葛岡が困惑の表情を浮かべる。私が、腹が減ったそうで、と笑うと、ああ、と頷いた。

「どうぞ、お好きなものを召し上がって行ってください」

葛岡は親切にそう言うと、一礼して、また持ち場に戻って行った。

「なにか、食いたいものがあるのか」

「そうねえ、暑いし、冷たいお蕎麦《そば》でも食べたいわね」

「蕎麦か。食べ切れるのか？」

「大丈夫よ。お腹が空いちゃって」

私はかけそばの食券を一枚買い、暇そうにしていた厨房《ちゅうぼう》の女性に手渡した。冷たい方で、という言葉を添えた。

「本当に、食い切れるかねえ」

私は妻を抱え上げ、食堂の椅子に座らせた。妻がまるで子供の様に、ぎゅっとしがみついてくる。力は強い。病気をしたものの、体は健康だ。食欲もある。

「あなた、召し上がらないの？」

「私はいい。腹一杯でな」

今日は、家を出る前に二人で蕎麦を食べたばかりだった。

4

「少し、休んだらどう？」

話し掛けてくる妻に向かって、私は掌《てのひら》を広げた。少し遅れて視線を遣ると、妻が口元に手を置いて、チャックを閉める様な動作を見せる。

「ごめんなさい。お邪魔ね」

私と妻は、かつて小さな時計店を営んでいた。店には販売用の時計がずらりと並んでいたが、そういったものは月に一、二個ほどしか売れない。主な収入源は、機械式時計の修理やオーバーホールだった。暇な店番は妻に任せて、私は一日中、店の奥の工房で時計とにらめっこする毎日だった。

妻の声で途切れてしまった緊張を戻すために、机に向かって、鼻からゆっくりと息を吸い込む。そのまま、私は静かに息を止めた。片目を閉じ、もう片側の目のくぼみに挟んだアイルーペで手元を見る。使い古された机の上には、半日かけて修理をした機械式時計が置かれていた。針の様に細い精密ドライバーの先端で、最後の螺子《ねじ》を留める。螺子の直径は、約一ミリ。米粒よりも小さい。くしゃみでもしようものなら、どこかに飛んで行って見つからなくなってしまう。一つの時計を作り上げる部品は、小さな螺子から文字盤まで、実に百数十点にも及ぶ。古い時計には交換部品が製造されていないことが多く、一つでも部品を失えば、その時計は永遠に死んでしまうことになる。最後の最後で気を抜かないように、私は腹に力を入れた。

手の中に軽く収まる僅《わず》か数センチの円形のケースの中には、複数の歯車、ゼンマイ、テンプといった部品が、所狭しと詰め込まれている。その配置や組み合わせは、時計によってまるで違う。時計の構造は、時計職人たちが試行錯誤し、作り上げた小宇宙の様なものだ。修理人は一つ一つの時計の構造を理解しながら、分解や組み立てを行わねばならない。

骨の折れる作業ではあるが、それがたまらなく愉《たの》しい。

ドライバーを持つ指先に、ほんの少しずつ力を掛ける。最後の螺子が留まると、私は静かに息を吐いた。ルーペを外し、組み上がった時計を眺める。小さな部品が集まって、元の美しい時計の形を取り戻していた。指先で小さな竜頭《りゅうず》を回し、ゼンマイを巻き上げる。すると、黄金色《こがねいろ》のテンプが勢い良く動き出した。テンプが動くと、規則正しい動きで歯車が回る。内部機構が命を吹き返し、文字盤の上で止まっていた秒針が、微かな音を立てながら再び時を刻み出した。時計が動く小さな音を聞くと、私の張り詰めていた精神も少し解《ほど》ける。

「直った？」

妻が後ろから私の手元を覗き込む様にしながら声を掛けてきた。手にはカップの載った盆を持っている。ようやく、修理部屋に珈琲《コーヒー》の香りが広がっていることに気がついた。

「当たり前だ」

私は朝一番から低い作業台の前で胡坐《あぐら》をかき、飯も食わずに背中を丸めてひたすら作業に没頭していた。緊張で凝り固まった肩を回し、瞼《まぶた》の上から目を揉む。血が巡り出し、頬がぬくもってきた。妻が、持ってきたコーヒーカップを私の前に置く。受け取って口をつけるが、幾分温《ぬる》い。

「さすがね」

修理を依頼された品は、手巻き式の古い腕時計だ。一九二〇年代に作られたスイス製の高級品で、現在はもう作られていないものだ。時代を感じる金のケースと、白い文字盤がとても美しい。動かなくなった原因は、「テン芯」と呼ばれる部品の一部が折れていたことだった。幸運だったのは、現在も流通している同じメーカー製の時計の部品が流用できたために、部品交換だけで対応できたことだ。

時計修理は、時計の部品をひとつひとつ慎重に分解するところから始まる。洗浄液に浸して固まった油を落としながら、故障部分を探し、動かなくなった原因を突き止める。破損した部品があれば交換し、新しい油を注《さ》しながらばらばらした時計を組み直していく。油を多く注さなければならない箇所もあれば、油を注してはいけない箇所もある。どこにどれだけの油を注すのかを判断するのも、修理人の腕の見せ所だ。正確に組み直すには、構造もしっかり記憶しなければならない。部品がどう組み合わさっていたのか、忘れてしまったら一大事だ。古い時計に、設計図のようなものはない。

組み上げたばかりの時計を、手の中で回転させたり傾けたりして具合を確かめる。一度回り出した秒針が規則的に動いていて、その動きが止まるような様子はない。しっかり修理すれば、余程酷《ひど》い使い方をしない限り向こう数十年は修理の必要がなくなるだろう。次にこの時計が止まる頃には、私はもうこの世にはいないかもしれない。

「次は」

「今のところ、依頼は来てないわねえ」

私はため息をつき、そうか、とだけ答えた。

私たちが店を開業してからしばらくして、日本の時計市場は国産のクォーツ時計が席巻《せっけん》する様になった。クォーツ時計は、ゼンマイを使った機械式時計と比べて時間の狂いが圧倒的に少ない。しかも安価に製造することができ、市場価格も安い。皆、高性能で安い時計に飛びついた。結果、それまで機械式時計の開発や製造を担当していた職人が失業し、巷《ちまた》に溢れることになった。機械式時計の数が減り、修理を請け負う職人は増える。そうなると、数少ない修理依頼の奪い合いになった。腕には自信があるが、依頼が来なければ仕事はできない。私の小さな店はたちまち経営不振に陥った。

たまに来る依頼は、大抵、数軒の時計店に修理を断られた酷い状態のものだ。一つの修理にかける労力は日増しに大きくなるのに、労力と反比例して、店の売り上げは下がる。余裕のない毎日に心を擦り減らされて、私はあの頃、常に苛立っていた。

「その時計」

「うん？」

「お客様の、お父様の形見だそうですよ」

「そんな話、どこで聞いたんだ」

お客さんに電話を、と、妻は笑った。

「若い男性だと思うんですけど、どうしても直したいんだ、っておっしゃってね。うちなら直せます、って言ってしまったから、直ってよかったわ」

「勝手なことを言うな、馬鹿」

「大丈夫よ。あなたは誰よりも腕はいいんだから」

そうでしょ？　と、妻はまた笑って、私の隣に座った。

作業をしていれば、時間が経つのも忘れるほど没頭できる。時計と向き合っている間だけ、私はなにもかも忘れて、いち職人になることができた。仕事がしたいと口癖の様に言う私を見て、妻も妻なりに、仕事を取ろうと一生懸命やってくれていた。

「あのね」

「なんだ」

「うちの店、キャッチコピーでもつけたらどうかしら」

「キャッチコピー？」

「あるでしょ。『亭主元気で留守がいい』とか」

「悪かったな、毎日家にいて」

「そうじゃないわよ。例えばの話」

「売り文句をつけて宣伝でも出そうってのか」

「そうよ。こんなのどうかしら」

妻は朝刊に挟まっていたチラシを一枚抜いて裏返し、ボールペンでなにやら文字を書いた。


——時間は止められないけれど、止まった時計は動かせます。


「くだらん」

「素直に、良いって言うべきだと思うわよ」

「そんなもので客が増えるなら、苦労しないだろう。広告費もバカにならん」

「また、そういうひねくれたことを言って」

妻が、急須で珈琲を注ぐ。香ばしい豆の香りがさざ波を立てる心の水面をほんの少しだけ落ち着かせてくれる。妻に苛立ちをぶつけたことは悪いと思ったが、私は謝らなかった。当時は、男の意地、なんてものが当たり前に通用すると思っていたのだ。

「うちは子供もいないんですから、食べる分くらいはきっとなんとかなりますよ」

「呑気《のんき》だな、お前は」

「今はみんな上ばっかり見てるからわからないんですよ。新しいものがいいって思ってるけれど、そのうちきっとね、昔のものも良かったって気づきますよ。そしたら、あなたの出番」

「気の長い話だ」

「いずれね、壊れた時計が、わんさか届きますよ。止まった時計を動かしてくださいって。寝る暇もないくらい忙しくなって、あなたは時間を止めてくれって言いだすかもしれない」

変な慰め方をするな、と、私は笑い交じりの溜め息をついた。

「でも、そうなったら、少しくらい金になるか」

「十分すぎるくらいになりますよ」

「じゃあ、儲《もう》かったら、二人で欧州に行こう」

「海外旅行？　夢のある話ね」

私は眼鏡を掛けると、すぐ横に置かれた本棚から一冊の本を取り出した。世界の機械工芸を集めた資料集で、機械式時計やオルゴール、蓄音機といった機械が多数掲載されている。私が特に気に入っていたのは、カルーゼル、つまり仏国《フランス》の機械式メリーゴーランドのページだった。

日本では遊園地に備えつけられている遊具という印象が強いが、移動式遊園地が一般的だった西洋では、運んでいって組み立てることを前提に作られているものが多い。きらびやかな装飾が施され、美術品の様でありながら単純な機械構造のみで組み上げられたメリーゴーランドは、壊れにくく、長距離の移動にも耐える。仮に壊れたとしても、簡単な部品交換で修繕もできてしまう。半永久的に使い続けることができる強さと美しさに、私は心奪われたのだ。

「まあ、当分お預けだが」

「そうね。でも、楽しみにしてるわね」

妻は特に残念そうな顔は見せず、ただ頷いた。海外旅行に行く人間も増えてきたが、まだまだ庶民には縁遠い話だ。いつになったらそんな夢の様なことができるだろうかと思うと、また溜め息が出た。

「あの、海外旅行もいいんですけど」

「うん？」

「これでもいいんじゃないかしら」

妻が先ほどキャッチコピーを書いたチラシを持ち上げる。私が意味を図りかねていると、妻はチラシをくるりと回し、印刷面を私に向けた。チラシは新しい遊園地の開園を告知するもので、地域最大級、という謳《うた》い文句《もんく》が派手な色遣いで躍っている。今日がまさに、開園当日である様だった。

妻がチラシの端、小さな一角を指で差し示した。ジェットコースターや世界最大の観覧車といった目玉の遊具の中に紛れて、「ヨーロッパ製・機械式メリーゴーランド」という小さな文字が書かれていた。私は引ったくるようにしてチラシを妻から奪い取り、小さく印刷されたメリーゴーランドの写真に目を寄せた。

「どうせ、今日はもう、お仕事もないわけですし」

煩《うるさ》い、と言いながら、私は居間の戸棚を開けた。中には、古い一眼レフカメラが出番を待ちわびる様にして眠っていた。

5

メリーゴーランドは、三十年前と同じ場所に、同じ様に佇んでいた。昔の記憶と今現在の風景が重なって、私は思わず、ああ、と溜め息をついた。

妻がゆっくりと蕎麦を食べている間に日は暮れ、空は夕焼け色に染まっていた。メリーゴーランドのある一角は、木々に遮られて沈みゆく太陽の光も余り届かず、早々と暗がりになっていた。白い馬たちが前を向いたまま静かに動き出す時を待っている。だが、メリーゴーランドに乗ろうという客はいないのか、辺りはひっそりとしていて、人影がない。

「こう暗くちゃ、写真は撮れんな」

私は苦笑しながら、抱えていたカメラを下ろした。

――じゃあ、儲かったら、二人で欧州に行こう。

三十年。私はメリーゴーランドの馬の様に、浮き沈みを繰り返しながら、代わり映えのしない一日を毎日くるくると回り続けてきた。修理の依頼が来る。時計を直す。そんな毎日の中で、私は妻に、旅行に行こう、と話したことをすっかり忘れてしまっていた。

妻が倒れ、残された時間が左程ないことに気づいたときにはもう、手遅れだった。

いつの間にか、私も妻も紛《まご》うことなき老人になっていたのだ。体は思う様に動かなくなり、頭は新しい知識が入ってくることを拒む。二人きりで遠い外国を旅するなど、もう不可能だ。あの約束は、叶えようのない、ただの絵空事になっていた。

「メリーゴーランド、乗られますか？」

気がつくと、星が丘ハイランドのマークが入ったポロシャツを着た男が一人、私に近寄ってきていた。薄暗くても分かるほど健康的に日焼けしているが、年齢は七十近いだろう。胸には、「松永」と書いた名札をつけていた。

「乗れるんですか」

「ええ、もちろんです」

「以前、これに妻と乗ったことがありましてね。閉園と聞いて、最後に一目見られればと思ったんですが」

「それなら、是非とも、記念に乗って行ってください」

松永が、メリーゴーランドに向かって声を掛けた。近くの小さな機械室の中で暇を持て余していた大柄な若者が、はい、と返事をして立ち上がった。松永はなにやら指示を出し、若者が何度か頷く。

「あ、あの」

「はい、なんでしょう」

「妻は、この通り足が不自由でして」

松永は、大丈夫です、と頷いた。

「バリアフリーに対応していますから、そのままお乗りいただけますよ」

「そう、なんですか」

私は、ほっと息を吐き、良かったな、と、妻に声を掛けた。

「メリーゴーランド、お好きなんですか」

「あ、いや、そうですな。年甲斐もなくお恥ずかしいのですがね、ここのメリーゴーランドは、とても美しいから」

松永は、驚いた様に「へえ！」と声を上げると、満面の笑みを浮かべた。

「実は、当園一番の自慢は、このメリーゴーランドなんですよ」

「これが？」

「元々は、ヨーロッパで作られたものでしてね。おそらく、百年以上前のもので」

「百年も」

「それを、うちの前社長がどこからか買い上げてきましてね」

「社長さんが直々に、ですか」

「元々、ここはゴルフ場だけ作る予定だったんです。でも、社長がこのメリーゴーランドをいたく気に入ってしまったものだから、遊園地を作るんだ、と言い出して。だから、当園の生みの親は、実はこのメリーゴーランドなんですよ」

私は、そうだったんですか、と、思わず前のめりで返事をした。自分以外にもこのメリーゴーランドの美しさを知っている人がいたのだと思うと、妙に嬉しくなった。

「その社長もね、ずいぶん前に亡くなりましたけども、もし存命でしたら、閉園などするなと駄々をこねておったかもしれません。採算度外視でね。そういう人でした」

松永が、こちらへどうぞ、と、私たちに手を差し伸べた瞬間、目の前のメリーゴーランドに灯《あか》りが点《とも》った。橙色《だいだいいろ》の光が溢れて、私の体の中に流れ込んでくる。まさに、光の洪水だ。私は光の勢いに押されて足を一歩引き、呆《ほう》けた様に口を開けた。光の正体は、円形の屋根や内部の柱に連なるただの白熱電球だ。特別なものはなにもない。それなのに、私が圧倒されるほどの光を生み出している。木馬たちの目には命が宿り、今にも駆け出しそうだ。

私と妻が見ることのなかった異国の地。西欧風の建物が囲む広場に作られた移動式遊園地、そして真ん中で輝くメリーゴーランドを思い描くと、胸が疼《うず》いた。それは、どんなにか美しい光景であったことだろう。

「きれいね」

妻が、右手の人差し指を前に出しながら、私だけに分かる言葉で、そう呟いた。私は、そうだな、と答えるのが精一杯だった。

6

若者がマイクを片手に、いくつかの注意事項を滑らかな口調で読み上げた。操作盤の中の一つのボタンを押すと、発車ベルの音が鳴る。きっちり五秒。いってらっしゃいませ、という声とともに、ゆっくりとメリーゴーランドが回り出した。

私はあの時と同じ様に、白い木馬に跨っている。妻は、馬車を取り外して設けられた障がい者用のスペースに車椅子ごと乗り込み、ベルトで固定して貰っていた。軽やかなオルガンの音と共に、メリーゴーランドは速度を上げる。夏の夕暮れ、心地良い山の空気が肌を撫でていく。

妻は笑顔のまま、ぼんやりと車椅子に座っていた。照明のお陰で、写真を撮るのに必要な光源ができた。私はカメラを構え、ファインダーを覗き込み、夢中で数枚、続けざまにシャッターを切った。フィルムカメラは、写真が上手く撮れているか、現像するまで分からない。なんとか一枚だけでも良いものが残って欲しいと、私は祈る様にシャッターを切る。

私が使っているカメラは、妻と結婚した際に義父から贈られたものだ。子供が生まれたら必要になるだろうということであったのだが、結婚して五年、十年経っても、私と妻の間に子供はできなかった。存在価値を失ったカメラは戸棚の奥が定位置となり、時折、気まぐれに引っ張り出されては、店の周りの風景や庭に飛んできた小鳥という、ありきたりなものを数枚撮るだけのものになってしまった。さすがにそれだけではもったいないと思って、忙しい仕事の合間を縫って写真など撮りに出歩くようにしていると、だんだん写真が唯一の趣味になっていった。

カメラを片手にあちこちを回って撮りためた写真は、日付を入れてアルバムに綴《と》じてある。だが、私が死んだ後、その写真は誰が見るのだろう。このまま妻の認知症が進んで妻が私を忘れてしまったら、きっともう誰も見てくれる人はいない。写真を撮ることなど無意味なことなのだろうかと思うと、私の指がシャッターを切るのを止めた。虚《むな》しさに溜め息をつきそうになった、その瞬間だった。

「あっ」

声にならない声が、妻の口から洩《も》れた。メリーゴーランドの回転のせいか、それとも急に吹いてきた山の風のせいか、妻が被っていたつばの広い帽子がふわりと浮いて飛んでいったのだ。細く、白くなってしまった妻の髪が、風に吹かれて頼りなくたなびいている。それがおかしかったのか、驚きをごまかそうとしたのか、妻は私に向かって微笑んだ。私は、ファインダーを覗いたまま息を呑む。メリーゴーランドの光を受けて、妻の目に輝きが戻っている様に見えたのだ。急いでフィルムを巻き上げようとするが、焦って指が上手く動いてくれない。

「わたし、本当は嫌だったんですよ」

「なんだって？」

「嫌だったんです、これに乗るのが」

妻の声が、はっきりと聞こえた。

「暑いし、しんどかったか、今日は」

「いいえ。昔、来た時のことですよ」

「覚えてるのか」

「周りみんな、子供だらけだったでしょう。わたしは子宝に恵まれなかったから、なんだかいたたまれなくって、情けなくって、嫌だったのよ」

夢だろうか。認知症を患ってから、どこかぼんやりとして見えた妻の輪郭が、くっきりと浮かび上がって見える。妻の目の焦点《ピント》が、私にぴたりと合っているのがわかった。

「それは、その、すまなかった」

「でも、今は、風が気持ちいいし、とても楽しいの」

メリーゴーランドの中には心地よい音楽が響いていた。柔らかいオルガンの音、耳に余り馴染みがない三拍子の律動。遊園地という場所柄、曲は明るく楽しいものだが、なぜか、辛く物悲しい音楽にも聞こえるし、懐かしさ、郷愁も感じさせる。

「わたし、最近、頭がちょっと変でしょう。いろいろよく分からなくなってしまって、怖くなって、迷惑をかけて」

「迷惑だなんて、言うんじゃない」

「ごめんなさいね。わたし、全部分からなくなって、今日のことも、今から言う言葉も忘れてしまうかもしれないんだけど」

妻は震える右手を目の辺りにもっていって、一粒零れた涙を拭った。感情が溢れたのか、風を受けて目が乾いただけなのか、表情から窺い知ることはできなかった。

「わたし、とても、幸せですよ、今」

妻の言葉が響いて、私は息を漏らした。カメラを構え、片目を瞑《つぶ》ってファインダーを覗き込んだまま、言葉を失う。こんな時に、なにを言えば良いのか。妻になんと言葉を掛ければ良いのか。私の頭の中に、言葉は浮かんでこない。嬉しかったのか、情けなかったのか。幸せなのか、辛いのか。自分がどう感じているのかすら分からないが、私の目からは、涙が溢れ出していた。いつ以来のことだろう。とうに涸《か》れたつもりでいた私の中に、これだけ涙が溜まっているとは思いもしなかった。

私は、恥も外聞もなく、声を上げて泣いた。

妻は、視線を外すことなく、私をじっと見ていた。

「このまま、時間が止まってしまえば、いいんですけどね」

「すまない」

「あら、あなたが謝るなんて、珍しい」

「私には、時間を止めることは、できないから」

私にできることは、止まった時計を動かすことだけだ。

妻は、そりゃそうよ、と言うと、また、ころころ笑った。私ははっとして、人差し指に力を込めた。シャッターが切られたが、視界がぼやけていて、なにをどう撮ったのかは分からなかった。

ひとしきり写真を撮り終えると、私はカメラを下ろし、目頭に溜まった涙を拭った。洟《はな》をすすり、はあ、と息を吐いて目を開けても、まだ橙色の光の粒が滲んでいる。ここは、星が丘ハイランド。メリーゴーランドの上。一つ一つ確かめる様に、今、自分のいる場所を見つめ直した。少しの間、三十年前に戻ったような気になっていた。

「このまま、時間が止まれば、良かったな」

時計修理職人がなにを言っているの？　と、妻が笑い出すかと思ったが、言葉が返ってくることはなかった。妻の目に宿っていた光は、ほんの一瞬だけ強く輝いた後、また潮が引く様にすっと弱くなっていった。顔から感情が消え、ぼんやりとした目が、なにもない空間を見ていた。

「おい」

「お腹が、空いたわね」

お昼を食べてないから。

私は、喉をこじ開けて固い唾を無理矢理飲み込み、そうだな、とだけ返した。

7

ほんの数分間、メリーゴーランドは息を吹き返した様に躍動し、またゆっくりと停《と》まった。私たちの様子が外から見えていたのか、係の若者は、規定より少し長めに機械を回してくれていた様に思う。メリーゴーランドが完全に停止すると、松永という男と若い係員の二人は手際よく車椅子の固定を解除し、妻を降ろしてくれた。私は木馬の頭に引っ掛かっていた帽子を取り、再び妻の頭の上に戻した。

「いかがでしたか」

松永がにこやかに笑いながら、私と妻に向かって礼をした。

「久々、昔に戻った様な気分でした。ありがとうございます」

「またお越しください、と言えないのが、誠に残念ですが」

そうか、と、私はメリーゴーランドに目を遣った。星が丘ハイランドは、このまま今日の営業をもって閉園するのだ。

「ここは、どうなるんですか、今後」

「そうですねえ。私もその辺りは詳しく聞いていないんですが、土地は売却が決まっていまして。一旦、更地にすることになりますね」

「それじゃあ、遊具も」

「来月中旬から、取り壊しが始まる予定です」

目の前で煌々《こうこう》と輝くメリーゴーランドも、あと数週間もすれば撤去、解体されてしまうと思うと、信じられない気持だった。

「この、メリーゴーランドも、でしょうか」

松永は、ああ、と声を上げると、首を何度も横に振った。

「これだけは、譲渡先が決まっておりましてね。ずいぶん遠いところにある美術館なんですが、展示品として買い取りたいというお話がありまして」

「ああ、それは、良かった」

「元々、移動式遊園地のために作られたものですから、輸送もそれほど手間ではないので。第二の人生が決まってよかったです」

あ、第三の人生ですね、と、松永は笑った。

「美術館に行くということは、美術品ということになるのですか」

「そうなんでしょうねえ。でも、それだけの価値はあると思いますよ。さんざん使われてきたものも、百年も経つと美術的な価値を持つようになるんでしょうね」

私は、確かに、と頷いた。

「私たちが若い頃に使っていたものが、高く売れたりしますしね」

「若い人たちが古いものの美しさに気づいたとき、きっと新しいものが生まれるんですね」

松永はよく回る口で軽やかに喋ると、ごゆっくりお楽しみください、と笑顔を見せた。

「あの」

私はカメラを握り締め、意を決して声を出した。

「はい、なにかご案内が必要ですか」

「大変恐縮なのですが、一枚、写真を撮って頂けないでしょうか」

私と、妻の写真を。

シャッターを押すだけで結構です、と、私はカメラを差し出した。松永は、喜んで、とカメラを受け取った。

「懐かしいカメラですね、これも」

「あ、いや、どうも私は、最近のカメラについていけなくてですね」

「親父が同じものを持っておりました。子供心にかっこいいなと思っていたんですよ」

また会えて嬉しいです、と、松永は小躍りしながらカメラを構えた。

車椅子の妻の横に立ち、光り輝くメリーゴーランドの前で、私は背筋を伸ばした。

松永が、慣れた様子で、笑ってください、と緊張をほぐしてくれる。シャッターを押すだけでいい、と言ったのだが、松永はカメラの扱いを知っていたようで、レンズに手を添えてフォーカスを合わせてくれているようだった。

――ハイ、チーズ。

私の世代の人間には当たり前だったその掛け声も、時代の移ろいと共になくなっていくのだろうか。

「あのな、明日から、店をもう一度やろうと思うんだ」

正面を向いたまま、私は隣の妻に向かって頭に浮かんだ言葉をそのまま口に出した。妻はなにも答えなかった。聞こえなかったのかもしれないし、聞こえてはいたが、言葉の意味が理解できなかったのかもしれない。だが、私の耳には「いいんじゃない、腕のいい職人だもの」という妻の声が聞こえていた。

「もう一枚いきますよ！」

カメラの前でやったことはなかったが、私は右手の指を二本立て、ピースサインを作った。シャッターが切られる。シャッター幕が一瞬開閉する、ぱちり、という軽やかな音が聞こえた。目に映る景色は、音もなく過ぎ去る。私や妻が死んだ後、この写真がどういう運命を辿るのかは分からないが、もしかしたらなにかの種になって、花を咲かせることがあるかもしれない。

妻がまた、私にしか分からない言葉で、お腹が空いたわね、と呟いた。

私は、そうだな、とだけ、返した。

さよなら遊園地（5）

太陽が西の空に落ちていくと、遊園地は空気を一変させる。通常営業時はまだ少し明るい午後五時が閉園時間だが、今日は最終日ということで特別に午後八時まで営業する。地元のバス会社に交渉して、帰宅便の増便もしてもらった。日没は午後六時過ぎだが、山の上の遊園地は木々に囲まれているせいもあって、その少し前に暗くなる。

今日は数年ぶりに園内がライトアップされ、アトラクションが夜空に浮かび上がった。ライトアップと言っても、都心のテーマパークが企画するような、何万個、何十万個もの電球を使った大掛かりなイルミネーションを展示することはできない。予算が限られている中、社員たちは倉庫に眠っていた古めかしい投光器なんかを駆使して、うまいことそれらしく演出している。私は照明が間違いなく点灯しているか園内を見て回りながら、夏の夜の不思議な空気を楽しんでいた。

夜間のライトアップは、ハイランドの集客に陰りが見えてきた十五年ほど前に、ファミリー層だけではなく大人もターゲットに、という意図で企画されたことがあった。大観覧車をはじめとするアトラクションに照明設備が取りつけられ、観覧車は夜の市街地からもその姿を見ることができるようになった。それからは、毎年夏季に「星が丘スターライト」と題された週末限定の夜間ライトアップ営業が開催されるようになった。起死回生をかけて大々的な宣伝も打ったのだが、残念ながら期待されていたほどの集客効果はなく、収益がぐんと悪化した五年ほど前から予算の確保も難しくなり、開催が中止されてしまっていた。

私は十五年前当時、遊園地の営業課長であったが、夜間営業には強硬に反対した。他の遊園地の成功例もあったとはいえ、近隣の人口、立地、交通の便などを比較すると、星が丘ハイランドでの夜間営業には成功の目がほとんどなかったからだ。

しかし、夜間営業は社長の発案であったために、私の反対は無視されることになった。社長はどうやら自分がヨーロッパから買いつけてきたメリーゴーランドがライトアップされた姿を披露したかったらしい。確かに、古き良き時代のヨーロッパを感じさせるメリーゴーランドの照明は美しいが、それでも、集客の目玉にはなりえなかった。今思えば、マーケティングを無視したトップダウンが横行したことも、ハイランドの寿命を縮めた一因だったように思う。

「お疲れさま」

後ろから唐突に声を掛けられて、私は驚いて振り向いた。立っていたのは、清掃担当の高瀬《たかせ》さんという恰幅《かっぷく》のいい女性で、開園当初からここで働いている最古参のパートタイマーだ。

「お疲れさまです。そろそろ、勤務終了ですよね」

「最後にいっぱいお客さん来てよかったわね。午前中は雨でどうなるかと思ったけど」

「そうですね。晴れてよかったですよ」

「おかげでね、お仕事もいっぱい。疲れちゃったわ」

ゴミでいっぱいになった塵取《ちりと》りを私に見せながら、高瀬さんが豪快に笑った。疲れた、という言葉とは裏腹に、表情は楽しげだ。

「最後まで、ありがとうございます」

「ほんとよね。三十年もここで働くなんて思ってもいなかったのに」

高瀬さんはまじまじと私を見ると、「あんた、老けたわねえ」と笑った。そう言う高瀬さんも、三十年前は大人しそうなご婦人といった雰囲気だったが、今や、社員たちも無下には扱えないほどの大御局《おおおつぼね》様になっている。私生活でも孫が四人もいるおばあ様らしい。とても、「お互いさまです」と言う勇気はなかったが。

「明日からね、体に気をつけなきゃね。結構、いい運動になってたからね、ここのお仕事」

「健康第一ですからね」

「松永さんもね、少し休みなさいね。あんたはすぐ無理しちゃう人なんだから。もう若くないんだし、そういうのダメよ」

人が老いるのは当たり前だ。なのに、自分だけはいつまでも変わらないつもりでいる。私も髪が白くなり、体がシミだらけになっていてもなお、若いつもりで働こうとしてしまう。なまじ健康体で今までに大病を患ったことがない分、自分の体調に鈍感なのかもしれない。健康第一、などと口では言っているが、どこかで、変わらない毎日が永遠に続くような気になっている。

もちろん、それは幻想だ。

三十年後に私がまだ生きている確率は、おそらくほとんどない。わかっている。わかってはいるのだが、日々を追われるように生きていると、ついつい人生が有限であることを忘れてしまう。

「ちゃんと休みます」

「そういう意味ではね、閉園も一区切りついてよかったのかもしれないわね。じゃないと、松永さん、死ぬまでここにいそうだもの」

「そうですかねえ。私としては、やっぱり閉園は不本意でね。百年経っても愛される遊園地になってくれたらと思ってたんですけど」

高瀬さんが、贅沢よ、と、また笑った。意外な反応に、私は思わず「贅沢ですかね」と聞き返してしまった。私は、閉園は経営的敗北であって、存続こそが価値の証明であると、当然のように思っていたのだ。

「百年続いてる遊園地なんて、いくつもないでしょう」

「まあ、確かに」

「そういうもんなんじゃないのかしらね、遊園地なんて。三十年も続いたんだから御の字よ」

「とはいえね、私の人生の半分を捧げた遊園地ですから、やっぱり残念だなあとは思っちゃいますよ」

歳は比較的近いのだが、高瀬さんはどことなく母のような懐の深さがあって、ついつい本音を話してしまう。高瀬さんと話していて初めて、私は自分の本音を知ることもあった。

「そりゃ、わたしだって三十年もお世話になったんだし、寂しいですよ。でも、別に、費やした時間が無駄になったわけじゃないからねえ」

「そうでしょうか」

「だってね、きっと、ここに来たお客さんの心には残ると思うのよ。そりゃ、細かいことは忘れちゃうかもしれないけどね、来たってことはずっと覚えているでしょ」

「だといいんですけど」

「きっとね、二十年か三十年して、今の子供が大きくなった時にね、小さかった頃、遊園地楽しかったなあ、ああいう場所作りたいなあ、って思って、また新しくこういう場所ができるのよ。人の心の中でね、この遊園地もちゃんと生き続けて、新しい遊園地として生まれ変わってくるんじゃないかしら」

新しく、生まれ変わる。

私は噛みしめるように、高瀬さんの言葉を復唱した。

遊園地の歴史は、流行と衰退の繰り返しだ。雨後の筍のように日本各地に作られて、やがてうまくいかなくなって廃園になる。いくつかの特別な場所のみが生き残るものの、ほとんどは、流行り廃《すた》りの回転について行くことができずに終わる。それでも、また新しいコンセプトの遊園地が作られて、進化し、増える。数十年周期で繰り返されるサイクルだ。

幾多の失敗があろうとも、人はなぜか遊園地を作ろうとする。それはきっと、この国に生まれ、成長する中で体に刻み込まれる「楽しさ」の原風景、郷愁のようなものがあるからかもしれない。幼い頃、なんの苦労も知らずに、ただ楽しさだけを感じていられた頃の記憶を、人は追い求め、再体験したくなるのだろう。だとしたら、私の三十年も少しは意味のあるものと言えるかもしれない。星が丘ハイランドの一日が誰かの一生に深くかかわって、なにか新しいものが生まれてきたら、それほど嬉しいことはない。

「星が丘ハイランド」という一つの存在が、今日訪れてくれたお客さんたちと再会することはおそらくないだろう。でも、この遊園地のDNAを引き継いだなにか、誰かが、ハイランドの思い出のかけらを携えて、いろいろな人の人生と交わることとなるかもしれない。それは、ただの「さよなら」ではなかった。

さよなら、またね。

遊園地の最後は、そんな終わり方がふさわしい、と、私は思った。

傍らでは、高瀬さんが悪戯っぽい表情で私の顔を覗き込んでいた。私が視線に気づくと、眉間にしわ、と指摘された。慌てて顔の緊張を緩め、大げさに笑顔を作る。

「花火、観てから帰ろうかしらね。やるんでしょ？」

「あ、ああ、是非」
「きっと、きれいね」

6. 松《まつ》中《なか》理《り》絵《え》と観覧車

1

日曜日のオフィスには、どこかピリッとしない気怠《けだる》い空気が満ちている。本来、休日は休息をとって英気を養うべき日なのに、残務処理のためにみんな平日よろしく朝から出てきているのだから、仕方がないと言えば仕方がない。ワタシも同じだ。

休日出勤とは言っても、会社からは「自発的な業務調整」とみなされている。当然、給料も出ない。建前上は任意出勤だけれど、上長が出るのに、部下が休むわけにもいかない。中には、すでに半月ほど連続出勤している人もいた。しょうがない、というムードに抑え込まれて、自分の権利を主張することもなく黙々とノートパソコンに向かっている。社畜とはよく言ったものだと思うけれど、ワタシも、同じだ。

「ねえ理絵、いいの?」

自前のコーヒータンブラーをデスクに置きながら、同い年の愛子《あいこ》が小声で話しかけてきた。ワタシはマウスを操作していた右手を止めて、うん、とだけ返事をした。肯定したかったのか、否定したかったのか、自分でもわからない。

「今日、昼過ぎには帰るって言ってたじゃん」

「そうなんだけど」

時計を見ると、もう午後五時を回っている。いつの間にか、貴重な日曜日を取り返しのつかない時間まで消費してしまっていた。

八月も月末にさしかかり、日没の時間は随分早くなった。窓の外を見ると、出社した頃に降っていた陰気な雨も止んで、空はすっかり晴れていた。せっかく出てきた太陽なのに、ほどなく西の空に沈んでしまう。焦る心とは裏腹に、時計の針も太陽も、円を描きながらどんどん時間を進めていく。一日はあっという間に終わって、ワタシはまた一段、降りることのできない人生の階段を上がる。

「今日、約束あるんでしょ？　彼と」

ワタシは思わず周りを見回し、軽く頷いた。今、ワタシに交際中の彼がいることを知っているのは、愛子だけだ。

「うん、まあ、そうなんだけど」

「間に合うの？」

「どうなんだろう」

「待ち合わせ、何時？」

四時、と答えると、過ぎてるじゃん、と、愛子がため息をついた。

「一時間くらい遅れるって、さっきメールしたよ」

「さっきっていつよ」

「一時間くらい前かな」

ワタシはディスプレイに向き直り、すでに出来上がった見積《みつもり》の集計データを開いた。何度も見直して、もう手を入れるところはどこにもない。データが提出できる状況になったのは、きっちり午前中だ。けれど、上長からは「後で見る」という返事があっただけだった。上長承認をもらって、担当営業にデータを渡すところまでやらないと今日は帰れない。

「ねえ、帰っちゃいなよ」

オフィスを見渡せる上長席には、資料のチェックをしてくれるはずの課長がいない。二時間ほど前に奥の会議室に入っていったが、なかなか出てこないのだ。会議室からは和気あいあいとした笑い声が聞こえてくる。会議などとうに終わって、雑談でもしているのだろう。ワタシの資料の件は完全に忘れられているか、夜遅くなる前にざっと目を通せばいいと思われているか、どちらかだ。

「修正くらいやっといてあげるよ。チェックOKもらったら、営業さんにメールしとけばいいんでしょ？」

「でも」

いいって、と、愛子は少し声を荒らげた。

「変なところ真面目すぎるんだよ、理絵は」

「そうかな」

「そうだよ。時間なんてさ、止まってくれないんだから。今を大事にしなきゃ、あっという間におばあちゃんになって死んじゃうよ？」

時間、と聞いて、無意識に時計を見た。秒針が一定のスピードで円を描き、それにつられて長針がもう傾きを随分変えている。

「愛子も、子供のご飯支度とかあるでしょ？」

「うちの子は大丈夫。じぃじとばぁばが面倒見てくれてるから」

「でも、やっぱりワタシの仕事だし」

愛子は不機嫌そうに鼻から息を抜くと、椅子を四分の一回転させてワタシを正面から見た。ワタシの椅子も同じだけくるりと回されて、膝同士が向き合う。ワタシは悪いことをした子供のように、やや伏し目がちに愛子に目を遣る。

少し茶色がかった髪の毛を後ろでまとめ、おでこを丸出しにするのが愛子のいつものスタイルだ。化粧などほとんど必要ないほど肌がきれいで、ワタシとは大違いだな、かわいいな、といつも思う。愛子の直視に堪えられなくなって視線を外すと、愛子のデスクに飾ってある子供の写真が視界に入った。かわいい男の子だ。隣で仕事をしている同い年の愛子に今年十歳になる子供がいると思うと、自分はこの十年間、いったいなにをしていたのだろうと考え込んでしまう。

「あんま、いい表現じゃないけどさ」

愛子は短く前置きをすると、コーヒーを一口飲んで間を取った。

「ここで、定年まで働く気なの？」

中途採用で今の会社に入ったのは三年前、三十歳になってすぐだった。転職の結果、前の仕事より随分年収は上がったし、通勤時間は二十分ほど短くなり、仕事の幅もずっと広くなった。けれど、定年まで、と言われると、六十歳までここで働く自分をイメージすることが難しい。毎日毎日、時計が描く円をなぞるような代わり映えのしない仕事を六十歳まで続けて、最後に部下から花束を受け取って清々《すがすが》しい顔で退職する自分の姿は、どうやっても想像ができなかった。

「それだったら、仕事にすべてを捧げてもいいと思うけど」

「そりゃ、そこまで仕事人間でもないけど、正直」

だったら、と、愛子はオフィスの出口を親指で指した。

「行っちゃいなよ。待たせてるんでしょ？」

まっすぐ目を見つめられているうちに、冷え固まっていた心が少しずつ動き出した気がした。そうだ。ワタシは今、会う約束をしている彼を待たせている。本来あるべき時間軸に心が追いついて、壁掛け時計が指し示す現実の時刻とのギャップが縮まっていくと、心臓が勢い良く、どきんどきん、と拍動を始めた。

「やばいかな」

「やばいでしょ」

どうしよう、急がなきゃ。ワタシは急に焦りだして、いそいそと身支度を始めた。整理しなくていいものを整理しようとして、同じ引き出しを二度三度開ける。早く行かなければという思いと、人に仕事を任せて先に帰るといういたたまれなさに挟まれて、どうすればいいのかよくわからなくなったのだ。

「じゃあ、あの、本当にお願いできる？」

「もちろん。早く行きなよ」

愛子が背中を押してくれる。ワタシはようやくバッグを引っ掴んで、パソコンの電源を落とした。じゃあ、と手を上げると、愛子が早く行け、というように手をひらひらと振った。

ごめんなさい。

ワタシは心の中で、愛子に向かって何度も頭を下げた。

2

星が丘ハイランドに行ったときのことは、おぼろげながら記憶に残っている。ワタシはまだ小学生になったばかりで、両親が今のワタシくらいの歳だった頃だ。

「ねえ、パパ！　見て！　ママがちっちゃいよ！」

観覧車のゴンドラから見える風景は、驚きに満ちていた。高いビルも、せわしなく走る車も、なにもかもが小さく見える。観覧車が回転してゴンドラが地上から離れていくにつれて、自分が大きな怪獣になっていくような気分だった。

「危ないから、ちゃんと座って」

「ねえ見て、あっち、ほら、電車が走ってる！」

小さなワタシが興奮しながらゴンドラの窓を両手でバンバン叩く。父親が、青い顔をして手を伸ばしてくる。ワタシは捕まるまいと腕をすり抜けて、狭いゴンドラの中をくるくるとはしゃぎ回った。高所恐怖症の父は高いところがまったくダメで、ゴンドラが揺れると腰が引けてしまい、なかなかはしゃぐワタシを捕まえることができなかった。

「ねえ、あっちの人たち、チュウしてるよ、パパ」

「理絵、やめなさいって」

「ねえ、ブランコみたいに揺らしていい？」

「ダメだって。観覧車、止まっちゃうだろ」

「止まるの？　止めたい！」

ゴンドラは、一番高いところに差しかかろうとしている。そこを越えてしまえば、あとは徐々に地上が迫ってくる。そしてまたワタシは、つまらない世界に戻らなければならない。

母は、狭いところは嫌だ、と言って地上に残り、観覧車には乗らなかった。おかげで、ゴンドラが一周する間、ワタシは完全に父を独占できることになった。ワタシは優しい父が好きだった。もし母が乗っていて、ワタシが靴を履いたまま座席によじ登ろうものなら、ものすごい剣幕で怒鳴りつけられただろう。だが、父は引きつった笑みを浮かべながら、やんわりと注意するだけだ。ゆっくりと動く小さな空間は、ワタシにとって自由そのものだった。できることなら時間を止めて、父と思う存分一緒にいたかった。

ワタシが立ち上がったり飛び跳ねたりしていると、ゆっくりと観覧車の動きが遅くなった。やがて、ごうん、という不気味な音を響かせながら、回転が止まった。ゴンドラがゆらゆらと揺れ、座席によじ登っていたワタシは、そのまま後ろ向きにひっくり返った。あっ、と思った次の瞬間、背中に温かいものが触れていた。父だ。高所の恐ろしさよりも父親としての本能が勝ったのか、両腕でワタシの体を抱きかかえ、包み込むようにしてゴンドラの床に座り込んでいた。上を見上げると、父の逆さまの顔が、ワタシを覗き込んでいた。

「ほら、止まっちゃったじゃないか」

「りえのせいじゃないもん」

「理絵が暴れたからだよ、絶対」

ワタシが、ちがうもん、と言いながら膨れると同時に、ゴンドラに備えつけられたスピーカーから、女の人の声が聞こえてきた。

『只今《ただいま》、一部のゴンドラが大きく揺れましたため、お客様の安全確認のために緊急停止いたしました。皆さま、座席にお座りいただきますよう……』

再び、ワタシと父の視線が合った。

「ほら、見ろ」

「ちがうよ。りえじゃないよ」

観覧車がまた動き出し、ゆっくりと時間が過ぎていく中、ワタシは父の胸にしがみついていた。ワタシにはパパがいるんだ。そう思うと、なにも恐ろしいものなどない気がしたのだ。でも、ずっとこうしていたいという思いも空《むな》しく、ゴンドラは大きな円を描いて地上に戻っていった。ワタシがゴンドラを揺らして運行を止めた一部始終を地上から見ていた母に、ワタシと父はこっぴどく叱られることになった。

3

「お客さん、お急ぎなら、有料道路に乗っちゃってもよろしいですかね」

「あ、はい。そうしてください」

タクシーの運転手に声をかけられて、ワタシは反射的に頷いた。ぼんやりとする頭

をほぐそうと額に指を立て、平静を装いながら前を向く。運転手はウインカーを出す

と、有料道路に向かうランプを上がりながら、左腕をメーターに伸ばした。運転手の

腕に巻かれている、きれいな金色の腕時計に目が行く。時計の針は、もうすぐ午後六

時になろうとしている。

愛子に仕事を任せて会社を飛び出し、ワタシはすぐにタクシーを捕まえて滑り込んだ。やや年配の運転手に行先《いきさき》を告げ、後部座席で一息つくと、あっという間に眠気が襲って来た。自分ではあまり意識していなかったが、かなり疲れていたのかもしれない。眠りに落ちたのはおそらくほんの一、二分だったが、小さい頃の夢を見ていた。運転手が、少しだけワタシの父親に似ていたせいもあるだろう。

目的地の星が丘ハイランドは、地元の人間なら誰でも知っている遊園地だ。ワタシも、「ハイ、ハイ、ハイランド」という、印象的なテーマソングを口ずさむことができる。けれど、実際、遊びに行ったのは、幼い頃の一度きりだ。小学校に入って初めての夏休み、炎天下でアトラクションの行列に並ぶのがひどく嫌だったことを覚えている。

「今日、最後なんですよねえ」

ハイランド方面に向かう有料道路に乗ると、運転手が唐突に口を開いた。最後、と

いう言葉がピンと来ずに、ワタシは、はあ、と気の抜けた返事をした。てっきり、運転手が今日で仕事を辞めるのかと思ったのだ。

「あれ、ご存じないんですか。遊園地、今日で閉園なんですよね」

「え、そうなんですか？」

「それで、最後に行かれるのかなあと思ってたんですけどね」

ワタシは、そういうことか、と小さく呟いた。彼がいきなり遊園地に来いと言い出したので、どういう風の吹き回しなのかと思っていたのだ。遊園地にどんな思い入れがあるのかは知らないが、最後に見ておきたいものでもあったのかもしれない。

「いや、ワタシは誘われただけで。そっか。なんか、寂しいですね」

「そうですねえ。最後だと思うと寂しいですけど、なかなかね、僕みたいな歳になると行かなくなりますからねえ」

「それは、そうですよね」

「孫でもいりゃね、行く機会もあるかもしれないですけど」

「いらっしゃらないんですか」

「いないんですよ。娘がね、うち三十過ぎのがいるんですけど、子供は作らない、なんて言いましてね」

三十過ぎ、という言葉が、ちくりと胸に刺さる。悪気はないのだろうが、三十三になった女にしてみれば、あまりいい気分で聞ける言葉ではなかった。

「そういう女の人、結構多いですよね」

「父親としては、孫ぐらい抱きたいとも思うんですけどね。でも、そんなこと言っちゃうと、娘に古いとか差別とか、えらく怒られちゃうもんで」

バックミラー越しに見える人のよさそうな運転手の目元を見ると、腹立たしい気持ちにはならなかった。悪気があって言っているわけではないだろう。だが、心臓を思い切り鷲摑みにされるような苦しさに、ワタシは自分の頰が強張っていくのを感じていた。

——子供産むだけが、女じゃないから！

同じようなことを言う父に向かって、そう叫んでしまったことがある。自分の口から出ていった言葉は、後悔しても戻って来ない。あまり感情的にならない自分から、どうしてあんなに鋭い声が出てしまったのだろう。

「見えてきましたよ」

また少しぼんやりしかけたワタシの意識を、運転手の声が呼び戻す。言われるがままにフロントガラスの向こうに目をやると、丘の上に立つ観覧車が見えた。記憶の中にある光景より大きく見えて、思わず見入ってしまう。

「観覧車ですね」

「五、六年前まではね、あれが世界一の観覧車だったんですよ」

ワタシは、へえ、と素直に頷いた。自分の地元に、数年前まではいえ、世界一のモノがあったと思うと不思議な気分だった。

「詳しいですね」

「あ、僕はですね、昔、あそこで働いていたんですよ」

「ホントに？」

「ホントです。大観覧車、ホイール・オブ・フォーチュン。高さは一〇七メートル、世界一の観覧車は一周十五分でゆっくりと回ります。どうぞ、素晴らしい景色をお楽しみください」

運転手は、調子をつけながら、すらすらとナレーションを諳《そら》んじた。ゴンドラの中で流していたもののようだが、真偽は定かではない。

「ホイール・オブ・フォーチュンて、タロットカードにありますよね」

タクシーの中で知らない運転手と話をするのはあまり得意ではなかったが、眠気を覚まそうと、当たり障りのない会話をすることにした。ぱっと思いついたことを口にすると、バックミラーに映る運転手の口元が、少し緩んだ気がした。

「よくご存じですねえ。運命の輪、大アルカナ10番目のカード。正位置の時の暗示は、チャンス到来、運命の好転」

運転手は、またもすらすらとカードについてのうんちくを語る。

「く、詳しいですね」

「あ、僕はですね、昔、占い師をやってたんですよ」

「ハイランドで働いていたんじゃないんですか？」

「ハイランドを辞めた後、占い師になったんですよ」

冗談と受け取って笑うところなのか、感心するべきところなのかはわからない。運転手のトークは軽妙だが、軽すぎて本心がわからない。

「そう、なんですか」

「お見受けしたところ、少しお悩みがあるようですね」

「え？」

「もしよろしければ、占って差し上げることもできますよ」

有料ですがね、と、運転手は一人で話のオチをつけ、一人でからからと笑った。ワタシは、いつもよりほんの少しだけ強い力で拍動する心臓をなだめるように、握った左手を胸に軽く当てた。

4

こんなところに入るの？　と思うほど薄暗くて細い山道を抜けると、タクシーは殺風景な駐車場に着いた。料金メーターに表示された額の現金を運転手に手渡すと、小さなレシートとともに、電話番号が書かれた名刺を渡された。名刺の端には、「占いも承ります」と書いてある。どこまで本気かはわからないが、顧客確保に役立てているようだ。個人タクシーも、付加価値をつけないと生き残れないのかもしれない。帰りもどうぞ、と、運転手は笑顔で頭を下げる。またよろしくお願いします、と社交辞令を残して、ワタシは車外に出た。

日は落ちて、辺りはだいぶ暗い。真っ白な光を放つ電灯には、大小の羽虫が群がっている。正面には、古めかしい書体で「入場口」と表示された入口ゲートがあった。ゲートからは、ちらほらと家族連れや中学生と思われるグループが出てきている。暗くなって、家に帰らなければいけない時間なのだろう。これから入場しようという客はあまりいない。というか、ワタシだけかもしれない。

穴の開いたアクリル板の向こうから、いらっしゃいませ、と落ち着いた女性の声が聞こえる。ベテランであろう係員は、丁寧ながらもやや無愛想にチケットの案内をしてくれた。入園券のみにするか、アトラクション乗り放題のフリーパスつきのものにするかを選べるようだ。この時間の遊園地で、いい大人二人がアトラクションに乗ってはしゃぎまわる姿は想像できなかった。一瞬考えて、入園券のみを購入した。

——とりあえず、入園券だけでいいよな？

トボけた顔で振り返る父の顔が浮かんだ。当時は、「フリーパスを買わないなんて、そんなバカな話があるか」と大騒ぎをしたものだが、どうやらワタシもすっかり大人になったらしい。

チケットを購入して入場ゲートに向かうと、アルバイトだと思われる若い女の子が一人だけ、「もぎり」として配置されていた。もう、ゲートから外に出る客に向かって頭を下げることがメインの仕事になっている。おかしなことに、今日が最終日だというのにもかかわらず、「ありがとうございました。またお越しくださいませ」と声をかけている。マニュアルでそう挨拶をするように言われているのだろうが、そこは臨機応変に変えるべきではないのか、などと考えてしまう。

ワタシがチケットを差し出すと、アルバイトの子が日に焼けて真っ赤になった顔に満面の笑みを浮かべて、ごゆっくりお楽しみくださいと声をかけてくれた。大学生だろうか。もしかしたら高校生かもしれない。日焼けが気にならない若さが羨ましいな、と思った。

ゲートを抜け、いよいよ夢の国へ、とはいかない。入場客は、まず初めにやたら現実感のある土産物屋を通ることになる。ハイランドのオリジナルグッズがいくつか並べられているものの、その他は駅でも売っているような土産用の菓子だとか、子供が好きそうな玩具、果ては地元になんの関係もない木彫り細工やオルゴールなんかも売っていて、随分興を削《そ》がれる。子供の頃の記憶にこの光景がないのは、土産物になど目もくれずに駆け抜けていったからだろう。

「うわ」

園内に入ると、口からなんとも言えない声が出た。思い出にあるハイランドの風景はどこまでも広がる夢の国だったのだが、大人になって改めて見ると、想像以上に狭苦しい。夜になってアトラクションがライトアップされてはいるものの、光には虫が群がり、また光の届かない薄暗い場所もそこかしこに目立っている。組み上げられた鉄骨や仕切り用の柵には赤い錆が浮き、足元はアスファルトがボロボロにひび割れていた。

首都圏の有名テーマパークや海外の観光地の大がかりなアトラクションを経験してしまった今となっては、三十年前に作られた遊園地を「ショボい」と感じてしまうのは仕方がないことなのかもしれない。とはいえ、星が丘ハイランドがこの地方で最大級の遊園地というのは間違いない事実だ。小さな頃から「大きな遊園地」というイメージを持ち続けていたワタシは、イメージと現実とのギャップが余りにも大きいことにひどく戸惑った。

周りを見回すと、うっすらと記憶に残っているアトラクションがあった。二回転するループコースターに、エンジンの音がやかましいゴーカート。海賊船を模した乗り物。どれも、記憶の中にあるものよりも小さく、古びている。だが、レトロ、という一周回った価値が生まれるほどの古さではない。センスも雰囲気も、ただただ前時代的なだけだ。三十三の女が乗るには、どれも子供じみている。乗っている姿を見られるのも恥ずかしい。今日で閉園だから最後に、という思いはわからなくもないが、それにしたって、大人が来るところではない。ほぼ一ヵ月ぶりのデートが、なぜここなのかとため息が出た。

「もしもし？」

スマートフォンを手に通話を開始する。耳元で、ずいぶん遅かったな、という「彼」の声が聞こえた。怒っている様子がなくて、ほっとした。

「ごめん、仕事で」

「仕事じゃまあ、しょうがないけどさ」

彼は、メリーゴーランドの前の喫煙所にいる、と告げた。もう、五年も一緒にいる相手だ。付き合い始めの頃のようなワクワクやドキドキはなく、一緒にいるのが当たり前になってきている。ワタシは、迎えに来てほしい、などとは言わず、さっさと歩きだした。三十を過ぎた女がそんなことを言っても、どうせ面倒と思われるだけだ。

彼の言うメリーゴーランドも、すぐに見つかった。敷地の隅っこ、ライトアップもあまりされていないエリアに、ひっそりと佇んでいる。馬に乗って回るだけの簡単な遊具には誰も乗っておらず、動いてもいなかった。ただ、遊具の形をなぞるように配置された照明はとても美しく、しばしの間目を奪われた。以前ヨーロッパを旅行したときに似たようなメリーゴーランドを見たことがある。歴史を感じる街並みと、溶け込むように存在するメリーゴーランドの姿は美しかったが、日本の、地方の古い遊園地の端に置かれていると、価値が半減してしまう気がした。

彼は、メリーゴーランドの陰、遊園地という空間から蹴り出されてしまったような現実感のある、粗末な造りの喫煙コーナーに座っていた。ワタシの姿を見つけると、ようう、と言うように、煙草《たばこ》を持った手を軽く上げた。

5

彼と初めて会ったのは、五年前のことだ。通勤途中の路上という、偶然としか言いようのない出会いだった。

「あの、すみません、本当に申し訳ないお願いなのですが」

出勤途中、駅を出るなり見知らぬ男性に声をかけられて、ワタシは足を止めた。サラリーマンのようにも見えるが、スーツを崩して着ていて、こなれた感じのある男だった。悪い人には見えないが、いい人にも見えないという、微妙な風体だ。

「はい」

「電車の中に財布とスマホが入ったカバンを置き忘れてしまいまして。改札はなんとか出られたんですが、落し物が返ってくるまで相当時間がかかるみたいで。早く客先に行かなければいけないんですが、タクシーに乗らないといけなくて――」

つまりは、金を貸してくれ、ということなんだろう、と、ワタシはすぐに男の話を理解した。困っている人を助けてあげたいとは思うが、街には人をだまして金を得ようとする者も多い。ワタシは、注意深く男を観察した。額にはうっすら汗がにじんでいて、笑顔ではあるが、焦りと恥ずかしさで引きつっているように見えた。

「おいくら必要なんですか」

「あ、すみませんあの、三千円ほどあれば、きっと」

ワタシは財布から五千円札を取り出すと、男に向かって差し出した。あまりにもすんなりと出てきた現金に驚いたのか、男は急いでスーツの内ポケットから名刺を取り出し、お金と交換する形で恭しくワタシに手渡した。三角、という珍しい苗字だった。

男は、絶対にお金はお返しします、と深々と頭を下げ、ワタシの連絡先を聞いてきた。一瞬、教えることを躊躇したが、ナンパの類ではないだろうと自分を納得させた。ワタシの容姿はよく言っても十人並みというところで、顔もスタイルも男性の目を引くようなものではない。ナンパなら、もっときれいな人がそこらじゅうを歩いている。普段だったら、すみません、できません、と頭を下げ、我関せずとばかり通り過ぎていただろう。でも、その日のワタシは、少しおかしかった。

男に声をかけられる一ヵ月ほど前、ワタシは女友達と海外旅行に行ったのだが、その道中で、とんでもなく当たるとガイドブックに載っていた占い師のもとを訪ねた。占い師の専門はタロット占いで、女子四人、海外の解放感に浮かれながら、恋愛運について占いを依頼した。過去、現在、とカードがめくられていく。占い師の指摘は、ズバズバと当たった。そして、ワタシの、近い未来。数ヵ月以内に訪れるであろう出来事を、カードが示した。

ワタシが引いたのは、円が中央に描かれたカード。

運命の輪《ホイール・オブ・フォーチュン》だ。

占い師が、片言の日本語で、「いい出会いがあります」と断言した。友達が大いにはしゃぎ、ワタシはさんざんからかわれた。それ以来、心のどこかで「いい出会いがある」という言葉が引っかかっていた。

周囲の友人が次々に結婚、出産という人生のステップを上がっていく中、ワタシは、代わり映えのしない毎日をただぐるぐると繰り返していた。占いの結果云々《うんぬん》は別として、婚活でもしなければと思っていたところだ。運命の人、運命の出会い、などというおとぎ話を夢見る歳ではなかったが、二十八歳だったワタシは、人生のわずかな波にすがりたくなるほど、心の奥底では、結婚に焦っていたのかもしれない。

「本当にありがとうございます！」

金を貸すと、男は何度もお辞儀をしながら広い道路に飛び出し、タクシーに向かって手を上げた。まさか、これが出会いになるわけがないよね、と思いつつ、運命の輪のカードを思い出していたことを覚えている。タロットカードが示した運命なのかはわからないが、その時出会った彼が、今、隣にいるワタシの恋人だ。

お金を貸した日、ワタシは夜遅くに帰宅した。忙しさのあまり男に金を貸したことすら忘れていたのだが、普段はほとんどない着信があって驚いた。彼は約束通り、律儀に連絡を寄こしてきたのだ。お金は銀行振り込みで構わないと告げたが、彼は、是非とも直接会ってお礼を言いたい、と言った。半信半疑で空いている日を教えると、そこそこ高級なレストランを予約してくれた。ワタシは本当に食事をごちそうになり、お金も返してもらい、思いのほか楽しいひと時を過ごすことができたのだった。

彼は私より一回り年上で、輸入高級車販売店の営業だという。稼ぎも悪くないのか、ファッションも洗練されていたし、仕事柄か、遊び慣れているからか、話が軽快で面白かった。中学、高校、大学と女子校だったワタシは、男性に「持ち上げて」もらうのはほとんど初めての経験だった。いつもは、調子に乗らないように、うまい言葉に乗せられないように、と自分を律しながら生きているのだが、思い返せば、あの時は完全に心が浮わついていてしまっていたと思う。

ワタシは結局、そのまま彼と一晩を共にした。ワタシは恋愛経験こそ少なかったけれど、さすがにセックスをすることは初めてではなかった。それなのに、ワタシはベッドの中で、まるで処女のように震えた。今まで積み上げてきたものが崩れてしまいそうな恐怖と、停滞する人生が動き出すような期待感に踊る心を、どうやって落ち着ければいいのかわからなくなったのだ。

彼の目には、そんなワタシが面白く映ったのかもしれない。

以来五年間、月に一、二度会って食事をし、バーでお酒を飲んで、ホテルに泊まって一晩過ごす、というパターン化された週末を、ワタシはずっと繰り返している。今日は珍しく遊園地に行こうと言われて驚いたが、最終的には、同じコースを辿ることになるだろう。お互い忙しいし、相手に過度な期待をするのはよくない。変にベタベタした関係よりは、多少ドライでも、負担のかからない付き合いの方が自分には合っている――。

と、思っていたのだけれど。

「飯でも食う？　さすがに旨《うま》いものはなさそうだけど」

「あー、うん。大丈夫。そんなにお腹空いてない。ショウちゃんは？」

「俺、さっきホットドッグ食っちゃったんだよ。やることなくってさ」

軽く責められた気がして、ワタシは、ごめん、と謝った。

「待ってる間に、いろいろ乗っててくれてもよかったのに」

「四十半ばのおっさんが一人ではしゃいでたら、頭おかしいと思われるだろ」

「じゃあ、なんでここにしたの、今日」

「今日、最後だからさ」

「ああ、閉園するんだってね。なにか、思い入れとかあるの？」

「初めて付き合った子と、デートに来たのがここだった」

彼は、三十年前の話だぞ、と一言断りを入れて笑いながら、ワタシの頬をつついた。どうやら、無意識のうちに不機嫌そうな顔になったらしい。平静に見えるよう注意しながら、別に気にしないよそんなの、と答える。

「せっかくだから、あれに乗っておこうと思ってさ」

彼は、遊園地の中心にそびえ立つ大きな観覧車を指差した。

「観覧車？」

聞き返しはしたものの、いくつかのアトラクションの中で、観覧車が一番違和感なく乗れるような気がした。だが、遠くから見るとライトアップされていてきれいな観覧車も、近くに寄ると老朽化の様子が見て取れる。わざわざ一日つぶして乗るようなものかな、などと思ってしまう。

「まさか、高所恐怖症とかないよな?」

高所恐怖症であった父の顔が浮かんで、ワタシは一瞬、言葉を詰まらせた。

「ううん、違うよ」

「じゃあ、行こうか」

うん、と、ワタシは頷き、歩き出した彼の斜め後ろ、触れるかどうか、という距離感でついていく。ゴンドラに乗り込むホームへと続く緩やかな階段を上ると、小さなチケット売り場がある。入場券しか持っていないワタシは追加でチケットを買う必要があったが、なにも言わずに彼がその代金を支払ってくれた。

大観覧車、ホイール・オブ・フォーチュン。

タクシーの運転手の声が、頭の中で再生される。高さ一〇七メートル。世界一の観覧車。正しくは、かつて世界一だった観覧車、だ。ゴンドラに乗り込むホーム上から見える景色は、なんとなく覚えていた。見上げると、首が痛くなるくらいの高さがある。あの時は、父に手を引かれワクワクしながらゴンドラを待っていたのに、今はなぜか体が重い。

6

父が突如倒れ、入院したのは、昨年の暮れのことだった。

知らせを聞いて驚いて病院に行くと、病室には拍子抜けするほど穏やかな父が待っていた。枕元のキャビネットに、頼まれた数冊の文庫本と水の入った吸飲みを置く。白い布団のかかったベッドで、上半身だけ起こした父が、ありがとう、と呟いた。

「いい歳なのに、無理するからだよ」

「すまんな」

父は、ばつが悪そうに、頭に手をやりながら苦笑した。

母から、お父さんが血を吐いた、という連絡を受けた時はどうなることかと思ったが、胃潰瘍が原因だと父は言った。安静にしていればすぐに退院ができると聞いて、とりあえずは安心することができた。仕事人間の父は定年間近だというのに相変わらず仕事漬けの毎日を送っていた。家のローンは完済し、娘も独立して金銭的にも余裕があるはずなのに、働いていないと落ち着かないらしい。でも、もういい歳だし、さすがに無理がたたったのだろう。

「働き過ぎなんだよ」

「わかってる」

「わかってないよ」

「でもまあ、たまにはこう、寝っ転がってのんびりするのも悪くないな」

呑気なことを言いながら、父親は、うん、と伸びをした。病院の窓からは、外の景色が見える。緑に囲まれていて、晴れていると気持ちがよかった。

「覚えてるか」

「うん？」

父が、窓の外を指差した。ずいぶん向こうにある丘の上に、ハイランドの観覧車の頭だけがひょこっと飛び出しているのが見えた。

「覚えてるよ、もちろん」

「すまなかったなあ」

「なにが？」

「あんまり連れて行ってやれなかっただろう」

今更、と、ワタシは笑った。

小さい頃、父とどこかに遊びに行ったという記憶はあまりない。当時の父はいつも忙しそうで、土日は疲れ切って寝てばかりいた。今になってみると、三十代後半のサラリーマンだった父がどれほどの激務をこなしていたか、ある程度想像がつく。週末の朝は、泥のように眠る父を容赦なく叩き起こしたものだが、本当は申し訳なかったな、とつくづく思う。

「別に、根に持ったりしてないから大丈夫だよ」

「そうか」

水をくれ、と、父が呟く。吸飲みを口の端にさして傾けてやると、かすかに喉が動いた。腹が痛むのか、顔をしかめて、ため息をついた。

「観覧車」

「観覧車？」

「観覧車の、ゴンドラの中以来だな、こうして、二人だけでしゃべるのは」

父のいる大部屋には他に数人の患者が入院生活をしているが、今は検査やらリハビリやらで全員出払っていた。父と二人きりになるのは、確かにあれ以来初めてかもしれなかった。

「いくつになるんだっけ、理絵」

「歳？　もう、来年三十三になるよ」

「そうか。誰か、いないのか」

面会者用の小さな椅子に腰かけたまま、ワタシはなにも答えなかった。誰か、の意味がわからなかったわけではない。

結婚とか、出産とか。

またそういう話か。

二十八、九の頃は、親戚から「結婚はまだか」と冗談交じりに囃《はや》したてられたが、三十を過ぎると、だんだん腫物に触るような扱いを受けるようになる。母からは何度か見合い写真を見せられて、そのたびにケンカをした。母が、いい歳して嫁に行かないのはみっともない、という言い方をしたからだ。結婚が女の幸せなんていつの時代の価値観か、と辟易したが、学生時代から仲の良かった友人たちも、結婚して出産すると家庭の話ばかりになった。以前は海外旅行やファッションの話で盛り上がっていたのに、子育ての大変さアピールと夫への愚痴ばかりになっていく。わたしが、それ以外の話はないのか、と遠回しに話を変えようとしても、子供を産んだらわかる、といったことを何度言われただろう。

うんざりだ。

ワタシはなんのために生きているのだ。

ただ、父だけは、結婚だの子供だのという面倒な言葉をワタシに押しつけてこなかった。年々、追い詰められていくような気がする中で、父は唯一、精神的な避難場所である気がしていたのだ。なのに。

「もしなあ、理絵が結婚して、孫でもできたら、また観覧車に乗りたいな」

「やめて。そんな予定ないから」

「でも、そろそろ真剣に考えてもいいんじゃないか？」

「仕事が忙しい」

「それはそうなんだろうが、時間ていうやつは、止まってくれないからな。仕事が仕事が、と言ってるうちに、あっという間に――」

わかってるから、と、ワタシは声を荒らげた。思った以上に声が大きくなった。父の表情が、土を押し固めたように、ぎゅっと強張る。

「仕事バカのお父さんが言うセリフじゃないと思う」

「俺だから言えるんだ。いつかこうしたい、いつかこうやりたい、と思いながら、なにもできずにここまで来てしまった」

「それはそれで、一つの人生じゃない？」

「取り返しのつかないものも、いっぱいあるんだ。後悔もな。女性の場合は特に、子供を産める年齢というのは、どうしても限られているからな」

「やめてよ！」

ごとん、と音がして、椅子が倒れた。ワタシは立ち上がって、ベッドの父を睨《にら》みつけていた。お腹の中がかっとなって、手が震えた。力を抜いたら、涙が出てしまう気がした。

「子供産むだけが、女じゃないから！」

ワタシは傍らに置いてあったショルダーバッグを摑み上げると、踵《きびす》を返《かえ》して仕切り用のカーテンに手をかけた。

「おい」

「もうすぐ、お母さん戻って来るってさ」

母にも会いたくないし、父との時間も壊れてしまった。ちょっと待て、という父の声が聞こえたが、無視をして飛び出した。苛立ちを、どこにぶつけていいのかがわからなかった。

7

葬儀会場に設けられた祭壇の前、棺の中で花に包まれた父は、笑みを浮かべているようでもあり、苦悩しているようでもあった。ワタシは父の頬を指先で撫でた。まるで、蠟人形《ろう》を触っているかのように冷たく、硬い。自然と涙が溢れ出てきて、喉がひきつった。

父が亡くなったのは、ワタシが病室にかけつけた日の深夜だった。胃潰瘍と聞かされた病気は、まったくの大嘘だったのだ。かなり進行した膵臓《すいぞう》がんであったと、ワタシは後になって聞かされた。娘には伝えない、というのが父の意思であったらしい。

父のがんが見つかったのは、亡くなる半年ほど前だった。膵臓のがんは初期症状がほとんどないのが厄介で、見つかったときにはもうステージ4、末期がんで転移も進み、手の施しようのない状態だったらしい。父は余命宣告を受けてもしばらくは入院することなく、背中や腹部に激痛を抱えながら普段通りに仕事をしていたそうだ。だが、ついに仕事場で吐血し、病院に運び込まれることになった。職場の人々も、父が末期がん患者であることに誰一人気づいてはいなかった。

父は病院でいったん持ち直してワタシと話をすることができたものの、体はもう限界に達していたようだった。夜中に再び吐血し、そのまま意識が戻ることなくあっという間に亡くなった。その時、ワタシは彼と一緒にいた。母からはさんざん電話がかかってきていたが、面倒な叱責だと思ってスマホの電源を切ってしまった。ようやく父の死を知ったのは、朝方だ。トイレに起きて電源を入れ直すと、叔父からメッセージが入っていることに気づいた。ワタシが裸のまま彼とベッドの中で眠っていたまさにその時、父は息を引き取っていた。

ワタシは泣きじゃくりながら服を着て、彼の車で病院まで送ってもらい、もうとっくに冷たくなってしまった父と対面することになった。母の電話に出ていれば、意識はなかったものの、父の心臓が動いている間に着くことができたかもしれなかった。

「理絵ちゃん、すまなかったなあ」

葬儀場での精進落としの時間、隣に座って話しかけてきたのは、父方の叔父だ。父のがんについて、叔父夫婦は知っていたらしい。

「いえ」

「俺は、言った方がいいぞ、って言ってたんだけどな。兄貴が頑《かたく》なに嫌がってなあ」

「そう、ですか」

「がんだって知らなかったんだからな、理絵ちゃんは悪くないと俺は思うよ」

病院に着いたとき、遅れて来たワタシを、母は言葉の限りをつくして面罵した。人でなし、親不孝者。父の死を悼むことも許されないまま、ワタシは次々と突き刺さる母の言葉に、ただただ堪えるしかなかった。母の少々エキセントリックな性格は、親戚も皆知っている。叔父は、ワタシを気遣ってくれたのだろう。

「兄貴、頑張ってたんだけどなあ。まだ死ねない、つってな」

「死ねない？」

「孫を抱くまでは生きたいってな。丘の上のさ、遊園地に連れて行って、観覧車に乗せてやるんだって言ってたよ。自分は高所恐怖症のくせにな」

叔父は、ワタシを責めるつもりで言ったわけではないだろう。けれど、ワタシの頭の中には、病室で観覧車を眺める父の姿がありありと浮かんでいた。

――誰か、いないのか。

自分の体の限界を悟っていたのだろうか。それは、父の最後の弱音だったのかもしれない。結婚や出産が女のすべてではないとはいえ、父のささやかな希望を、ワタシは叶えてあげることができなかった。目の奥がツンとなって、涙が出そうになるのを必死で我慢した。周りに誰もいなかったら、子供のように大声で泣いていたかもしれない。

「だから、私の言った通り、見合いで結婚すればよかったのよ」

いつの間にか、目の前に母が座ってワタシをねめつけていた。呂律《ろれつ》があまり回っていない。喪主だというのに、酷く酔っていた。

「おい、別に俺は」

フォローを入れようとする叔父を無視して、母はなおもワタシにからんだ。お酒の臭いのする息で頰を叩かれているような気分だった。

「仕事が、って言ったって、大した稼ぎがあるわけでもないし、美人でもないんだから、つまらない意地なんか張らずに、私の言う通りにすればよかったのよ。あなたのためを思って言ってるのに、ぎゃーぎゃーと反抗して。バカみたい」

お父さんが可哀《かわい》そうよ。

母の言葉を聞くか聞かないかのうちに、ワタシは立ち上がり、自分のバッグを引っ摑んで外に出た。後ろから、非常識な！　という母の怒鳴り声が聞こえていたが、もうこの家に戻ろうとは思えなかった。

その瞬間、ワタシは、家族も思い出も、すべてを捨てたのだ。

頭の中で、母の声がこだまする。ワタシだって、なにもしてこなかったわけじゃない。結婚だって考えていたし、子供だって父に見せたかった。母に言い返したいことは山ほどあったが、できなかった。

なぜなら、ワタシの彼には、妻子がいたからだ。

8

ワタシが複雑な過去を思い出しているのを知ってか知らずか、ゴンドラの中、対面に座った彼は呑気な様子で外を見ていた。

「どうも、ここが閉園するのはさ、こいつのせいらしいよ」

彼がゴンドラの内側からアクリル製の窓を拳でこつんと叩く。三十年の間にどれほどメンテナンスが行われたかはわからないが、ゴンドラの窓は「自分たちがここにいた」という痕跡を残さずにはいられない愚かな人たちに無数のひっかき傷をつけられて、透明度を半ば失っている。雨雲も去って、本来は市街地の夜景がきれいに見えるはずなのだが、傷だらけの窓のせいでうすぼんやりと煙ったように見えるのがもったいない。

「観覧車のせい？」

「今年いっぱいで更改が必要だったらしいけどな、このデカさだろ？　取り壊して新しいのを建てるとなるとウン十億の世界になっちゃうんで、諦めたらしいな。正直、今の売り上げじゃ、回収の見込みがないんだろう」

「そうなんだ」

「集客の目玉として作ったものが、瀕死《ひんし》の遊園地にトドメを刺すってのは皮肉だな」

まさに、運命の輪《ホイール・オブ・フオーチユン》だ、と、彼は笑った。

外があまり見えないせいもあって、ワタシはじっと彼の様子をうかがっていた。彼が饒舌《じようぜつ》に話すときは、だいたいなにかを言いだすタイミングを計っていることが多い。ベッドを共にした後、交際してほしい、と告白された時もそうだった。実は妻と子供がいる、と明かされた時も、同じだった。

彼に妻子がいることを知ったのは、付き合いが始まって二年が過ぎてからだった。二年も気づかないワタシも相当な鈍感だが、彼はその間、家族の存在をにおわせるような空気をおくびにも出さなかった。本当だったら、不倫であることを知った時点でワタシは別れを切り出すべきだったのだが、妻には愛情を感じられない、子供がもう少し大きくなったら離婚するつもり、という彼の言葉をワタシは信じた。彼はすでに、失うことのできないワタシの拠《よ》り所《どころ》になってしまっていたのだ。

彼にしてみれば、ワタシはただの「都合の良い女」なのかもしれない。だが、彼はワタシのすべてを肯定してくれた。あまり自信のない容姿もほめてくれたし、悩みがあれば真剣に聞いてくれた。ワタシにとって、彼の存在はなくてはならないものだったのだ。

ワタシは、彼の家庭のことなど知らなかった。

そして、知らないまま、彼を愛してしまっただけ。

自分に言い訳をしつつ、ワタシは彼との関係をずるずると継続した。それでも心が罪悪感で埋まりそうな時は、「運命」のせいにした。彼との出会いはタロットカードが指し示したものなのだから仕方がないのだ、と。

タロット占いにおける「運命の輪」のカードは、逃れられない大きな力を意味しているそうだ。この世界に溢れる偶然はすべて必然であり、そこには人智《じんち》の及ばない、大きな摂理が働いているのだという。あの日、彼と出会ったことも運命、今ワタシが彼と一緒にいることも、運命だ。

「そういえば、もう奥さんとは会ってないの？」

彼の話を遮るように、ワタシは胸の中に滞っていた言葉を吐きだした。彼は一瞬押し黙ったが、元・奥さんな、と訂正した。

ワタシの存在は、彼の家庭を粉々に砕いた。彼に本気で離婚する意思があったのかどうかはわからないが、事実として彼の婚姻関係は破綻し、彼の妻は子供を連れて出て行った。ワタシは、彼とワタシという二人の異なる人生をつなぎ合わせるために、偶然という必然を重ねて、運命の輪が人生を導いている、と考えることにした。その過程で痛みが生じることはしょうがないことだ。そう思いこむことで、罪悪感から逃れようとした。

「会ってない」

「そっか。寂しくない？」

「遅かれ早かれ別れてただろうから、ようやく重荷がなくなったって感じかな」

この遊園地の最後の日、光を放つ大きな「運命の輪」と、その中にいる彼とワタシ。雨は晴れ、眼下にはこの地域で一番高くから見下ろす街の夜景が広がっている。ワタシはゴンドラに揺られながら、ゆっくりと頂上に向かっていた。「運命の輪」が表すのは、大きな変化、運命の好転だ。次第に、そんな空気がゴンドラに満ちていく。

ゴンドラが、頂点に達したとき。

彼は、小さな「運命の輪」を、ワタシの薬指に通してくれるだろうか。

心臓が強く胸を叩く。音が彼に聞こえるのではないかと思うほど。

でも、雑音のように、耳の奥に母の声が響いている。

――略奪婚なんて、認めない。

――みっともない。

自分がしたことの重さ、みっともなさはよくわかっている。もし、ワタシが母の言う通りにしていたら、父と、母が選んだワタシの結婚相手と、そしてワタシが産んだ子供という、傍目にはそれなりに幸せそうな家族が出来上がっていたのかもしれない。彼の家庭も、壊れずに済んでいただろう。でもワタシは、母のコントロールを逃れ、ワタシ自身に与えられた運命に身を委ねた。父の希望を踏みつけ、彼の家庭を壊し、母を落胆させ、自分の選択を貫いてきたのだ。もう、後戻りはできなかった。母に、世間に、なんとそしられようとも、彼がワタシを求めてくれるなら運命を受け入れる。五年もの間、ワタシは待ち続けたのだ。報われたって罰は当たらないはずだ。

観覧車は十五分で一周する。もうじき、ゴンドラは頂点に達する。ワタシは緊張に堪えられなくなって、彼に背を向けるようにして行儀悪く座席の上に膝立ちになり、上ってきた軌跡に目をやった。ほとんどのゴンドラは空だったが、すぐ下のゴンドラにカップルが乗っているのが見えた。

「ねえ、隣のゴンドラ、キスしてる」

ワタシがそう言いながら振り返ろうとすると、ごうん、という不気味な音を立てながら、観覧車の動きが止まった。ゴンドラに慣性の力が加わり、大きく揺れる。ワタシの体は、思いがけず、進行方向に強く引っ張られた。あっ、と思ったときにはすでに、体が後ろに向かって倒れていた。手を伸ばしてなにかを掴もうとするが、遅かった。もうすでに、ワタシの脆弱《ぜいじゃく》な筋力では支えられないほど体は倒れていて、あとは座席から落ちるのを待つばかりになっていた。後頭部や背中への衝撃に備えて、必死で体を丸める。ふわりとした一瞬の浮遊感。だが、どん、という衝撃も、痛みも、訪れなかった。

ワタシは、柔らかいながらもしっかりとした温かいものに包まれていた。彼の腕がワタシの胸元に回っている。背中には彼の心臓の鼓動を感じる。そして、ひっくり返ったワタシの顔を、彼の顔が覗き込んだ。

お願い。言って。

ワタシを、一人にしないで。

「理絵が座席に立ったから止まったんじゃないのか」

「別に、揺らしたわけでもないし、違うよ」

「じゃあ、なんだろうな」

ゴンドラはちょうど頂点に到着した状態で、軽く揺れていた。このまま時間が止まって、彼に決断する時間を与えてほしいと、ワタシは願っていた。

「あの、な」

ワタシは、彼の体に身を預けたまま、ぎゅっと手を握る。彼がなにか言おうとしている。言葉が、彼の喉元を上がり下がりしている。

「その、さ」

彼が意を決して言葉を発しようとした瞬間、ゴンドラの中に、サーッ、というノイズが溢れた。備えつけのスピーカーに、音声が通ったのだ。

――車椅子のお客様のご乗車のため、一旦停止いたしました。

——運転を再開いたします。


「ちゃんと座席に腰かけとけよな。危ないぞ」

彼の喉に引っかかっていた言葉は、出てこなかった。彼の腕はワタシを包み込むことはなく、肩に置かれた。そして、ワタシの体を引きはがすように、静かな力が加えられた。

彼は、父とは違うんだ。

ワタシは彼の力の動きに任せて体を起こし、つい先ほどまでそうしていたように、お行儀よく座席に腰をかけた。誰かに頼ることなく自分の力で背筋を伸ばして、自分の力で体を支える。当たり前のことだ。

なのに、無性に寂しかった。

「いい景色だな」

彼の目が、ゴンドラの外を向いた。ワタシの姿は、そこにはない。彼はもっと別のものを探すような目をしていた。なんだろう。もっと別の、形のないあやふやなもの。例えば、未来、とか、夢、みたいな。

観覧車が、ゆっくりと運転を再開する。ワタシの乗るゴンドラは、頂点を越えた。

これから、七分三十秒の間、ゆっくりと、だが確実に、下降していく。

9

「おい、待てよ」

ワタシは、係員がゴンドラの扉を開けるなり、彼をおいて外に飛び出した。きっと、ひどい顔をしていたに違いない。ワタシを見た係員が驚いたような表情を浮かべていた。でも、恥なんかすべてかき捨てて、そのまままっすぐ遊園地の出口ゲートへと向かった。大股で、後ろも振り返らずに。

「おい、ちょっと待てって、理絵」

追いついてきた彼の手が、ワタシの左手首を摑んだ。男の力で強引に反転させられる。少し息を荒くした彼が、眉間にしわを寄せて立っていた。混乱しているようでもあり、少し苛立っているようにも見えた。

「なに怒ってんだよ」

「怒ってないよ」

「じゃあ、どうしたんだよ、急に」

「急にじゃないよ。決めてたんだ」

「決めていた？」

「別れる」

彼の表情が、見る間に曇った。

「俺、悪いことでも言ったか？」

ワタシは、首を横に振る。

「じゃあ、なんで」

「三十三の女をこんな子供だましみたいな場所に呼びつける男に幻滅したから」

「おい、そんな」

「嘘。冗談。でも、別れようって、ショウちゃんが言おうとしたんじゃない？」

泣くまいと思うと、言葉が詰まって出てこなくなった。もう、長い付き合いだ。彼の思っていることは、なんとなくわかってしまう。言うか言うまいか最後まで迷ってはいたが、彼はおそらく、そう言おうとしたはずだ。

「俺が？　なんでそんな」

「違うの？」

「なんか、気に障ったんなら謝る。少し落ち着こう。ホテルの部屋、取ってあるからさ。一旦そこで休んで、ゆっくり話でもしよう」

ワタシは彼の腕を振りほどき、一歩後退した。彼は一歩近づいてきて、ワタシの肩に手を置こうとする。でも、摑まれたら、引き戻されてしまう。体も、心も。

「触らないで！」

近づいてきた彼に向かって、ワタシは右手を思い切り振り抜いた。ばちん、とものすごい音がした。平手打ちをされた彼は、驚いたせいか、ワタシが込めた力以上にバランスを崩し、数歩後退して尻もちをついた。周囲にいた何人かの客が、いったい何事かと好奇の視線を寄こす。生まれて初めて人を叩いた感触が、ワタシの右の手のひらにじっとりと残っていた。ああ、叩いた側も痛いんだな、と思う。

「もう、連絡するのも、やめて」

「おい」

「さよなら」

口にした瞬間、腹の底から頭のてっぺんまで、体じゅうから熱の塊が駆け抜けていったような気がした。最後に残った熱が、目の奥に留まっている。ワタシの決して強くない涙腺は、涙を吐き出して、心をふやかそうとする。

涙が零れないように、歯を食いしばる。

胸を張って、まっすぐ歩く。

背後で彼の声が聞こえたが、懸命に振り切った。柔らかい光が照らし出す思い出の中の世界のような遊園地から、ワタシは、自分が本来いるべき現実世界へと帰ることにした。いつまでも、夢の中にいるわけにはいかなかった。

出口ゲートをくぐろうとするぼろぼろのワタシに向かって、まだ時間も若さもたっぷりと残されたアルバイトの女の子が「ありがとうございました」と頭を下げた。やめて！と叫びたくなるのを我慢して、ワタシは、勢いよく外に飛び出した。

「ショウちゃん」

たった数メートル、遊園地の出口から離れただけで、ワタシは無人島に取り残された船乗りのように孤独になった。今しがた振り切ったはずの彼の名を呼びながら、回れ右をして遊園地を見る。園内から幾筋もの光が帯を作って、夜空の一角を照らし出していた。漏れ聞こえてくる音楽も人々の喧騒《けんそう》も、遠い異世界のもののように感じた。

ワタシが遊園地に背を向けると、ころん、と軽い音がして、スマートフォンがメッセージの着信を知らせた。取り出して画面を見ると、「仕事終わり。営業に渡しておいた」という、簡潔な文章が届いていた。差出人の氏名欄には、「三角愛子」とある。珍しい苗字だ。愛子は、もろもろ面倒、という理由で、離婚した今もなお、「元夫の姓」のままでいる。

ごめんなさい。

三年前、ワタシは彼のスマートフォンを手に取り、行為を終えてホテルのベッドで熟睡する彼の人差し指にあてた。思ったよりも簡単に生体認証のロックが解除されて、ワタシは彼のスマートフォンの操作権を得ることに成功した。すぐにメッセージアプリを開いて、彼の奥さんの痕跡を探す。どんな人なのか。どんな口調なのか。どんな会話を彼としていて、本当に関係は冷め切っているのか。知りたいことがたくさんあって、知りたいという気持ちは止められないほど膨らんでしまっていた。たった数分の間に、ワタシは彼の妻が「愛子」という名前であること、そしてその仕事先を知った。

ワタシはその頃、ちょうど転職活動の最中だった。「愛子」は、地元ではそこそこ名の知られた企業で営業事務をしていて、ワタシが求人に応募したいくつかの企業の一つに、その企業の名前があった。応募した職種も、「愛子」と同じ営業事務だった。これも運命なのだろうか。そんなまさか、と思いながらも、ワタシは運命の奔流に導かれるように、「愛子」の会社の面接を受け、採用が決まった。知名度のわりに社員数はさほど多くない地方企業で、営業部に所属する営業事務は数名しかいない。偶然か必然か、ワタシは「愛子」の後輩として、一緒に働くことになったのだ。

まさか自分が、そんな大胆な選択をするとは考えてもみなかった。不倫相手の妻と同じ会社、同じ部署で働くなんて、どうかしている。採用の話を蹴って、別の働き場所を探すべきだと思ったが、「愛子」と彼との関係がどういうものか知りたい、という気持ちがわずかに勝った。

そのくらい、ワタシは彼に固執していた。

彼のことがどれくらい好きだったのか、今になってみるとよくわからない。どちらかと言うと、手に入れたものを失いたくなかった、というのが正直な気持ちだ。見た目もそれなりによくて年収も高い彼と結婚すれば、きっと幸せになることができて、いちいちワタシを否定する母の鼻を明かしてやれる、と、どこかで思っていたかもしれない。たかが結婚したというだけでいつも上からものを言ってくる友人たちにも、一矢報いたかった。

ワタシが彼と結婚して幸せになるためには、「愛子」は彼に捨てられるべき女である必要があった。ワタシは不倫の果てに彼を略奪するのではなく、妻との関係に悩む彼を支え、彼が今の家庭から解放された結果、彼に選ばれたのだと言えなければならない。そのためには彼の妻「愛子」は、彼の人生における障害であり、自分勝手でろくでもない女でいてくれる必要があった。

なのに。

実際に接してみると、愛子は良くも悪くも普通の女性だった。サバサバしていて、誰に対しても思ったことをずばりと言ってしまう性格ではあるが、それがどうしようもない欠点だとは思わなかった。完璧な人間ではもちろんないが、よく笑い、よくしゃべり、息子のことをなによりも大切にしている。どこにでもいる一人の女性で、どこにでもいる一人の母だった。仕事では頼りになる先輩で、嫌な思いをさせられたこともなかった。夫である彼とはあまりうまくいっていない様子ではあったけれど、それも、性格の不一致とか、夫婦間のすれ違いとか、そういう個人同士の相性のようなものが原因だったのだろう。「ろくでもない女」「夫に捨てられて当然の女」などではありえなかったのだ。

関係が破綻していたとしても、ワタシが自分の夫と不倫をしている女だと知ったら、彼女はワタシを憎んだだろう。どの面を下げて自分と同じ会社に入ってきたのかと罵ったはずだ。だが、それはどんな人間でもそうだろう。愛子の人格を否定する理由にはならなかった。自分は、妻子ある男性と知らずに、ただ純粋に好きになっただけだ。悪いことはしていないはずだ、と思いたかったのに、愛子と接すれば接するほど、日に日に罪悪感が募っていく。ワタシは、運命の輪に弄《もてあそ》ばれて、進むことも、引くこともできなくなってしまった。

「違う」

違う。

ワタシは、たぶんずっとわかっていた。なにが正しくて、なにが間違っているのか。でも、それを「運命」という言葉で包み込んで、目をそらしていただけだ。結局、結婚や出産をするだけが女ではない、と口では言いながら、ワタシが一番、女であることに執着していたのだろう。子供のように人のものを欲しがって、手に入れる理由を、運命、なんて言葉で正当化しようとした。

一番卑怯で、ろくでもない女だったのは、ワタシだった。

目の前で、巨大な「運命の輪」が、ゆっくりと反時計回りに回転していた。時計の針が同じように逆回転して、時間が巻き戻ったらいいのに、と思ってしまう。考えたところでどうしようもないことだが、でも、それでももし、時間を巻き戻せるなら。ワタシはどこまで時間を戻せばいいのだろう。数分前か、半年前か。五年前、十年前？　あるいは、もっと前だろうか。

うなだれて、顔を上げると、目の前に父が立っていた。

ワタシの全身が硬直し、誇張ではなく、一瞬だけ心臓が止まった気がした。喉に息がつっかえ、声が出なくなる。最低な女になったワタシを、父があっちの世界から叱りに来たのだ、と思った。

「お客さん」

「あ」

目を凝らしてみると、父のように見えた人影は、背格好のよく似た男性だった。男性の背後で、見覚えのあるタクシーがほのかなアイドリング音を立てている。ついさっき乗ったタクシーと、その運転手だ。運転手はワタシの姿を見ると、深々と頭を下げた。

「お帰りですよね。そして、本心の見えない満面の笑みを作る。

「お乗りになられますか」

「どうして、ここに？」

「そりゃもう、僕は、元・占い師ですから、こうなるとわかっておりましたからね」

運転手はポケットからタロットカードを取り出すと、両手で軽やかにシャッフルして見せた。ワタシが驚いて、ホントに？　と聞き返すと、運転手はあっさりと「嘘です」と答えた。

「ホントだったら、すごかったのに」

「ここであの観覧車を見てましたらね、なんだか懐かしくなっちゃいましてねえ。ああ、あの頃に戻れたら、なんて思ってたら、いつの間にか時間が経っていまして」

「それは、ホントの話？」

「半分本当です。もう半分は、駅の方に戻るお客さん出て来ないかなあと思いましてね。お客さん乗せないで帰ると、ガソリンがもったいないものですから」

緊張感のない運転手の話に、ワタシは思わず噴き出した。笑うと同時に、ぽろぽろと涙が出た。そのまま、ワタシは一分間だけ泣いた。運転手の顔を見て、なぜだか安心できたのだ。

目の前で急に泣き出したワタシを見て、さすがの運転手も少しだけ驚いたような顔を見せた。けれど、遊園地の中でなにが起きたのか、輪郭だけは想像がついたのかもしれない。ワタシが泣き出して泣き止むまでの一分間、運転手は黙って見守ってくれていた。

「運転手さんは、なにかあったんですか？」

「なにかあったかって、それ、お客さんが僕に聞くんですか」

ワタシは、涙を拭いながら笑った。急に泣き出した訳あり女に、なにかあったのかと聞かれるとは思っていなかったのかもしれない。

「さっき、あの頃に戻れたら、って言ってたから」

運転手が観覧車を見上げて、ああ、と、少しため息をついた。

「この観覧車を設計したのはね、僕の親父なんですよ」

これは本当です、と、運転手が言葉を加えた。ワタシは、たぶん本当のことなんだろうな、と、疑いはもたなかった。運転手の顔つきが、少しだけ硬くなったように見えたからだ。

「僕は、ガキの時分は手のつけられないドラ息子でしてね。親父は優秀な人間だったんですが、僕は勉強ができなくてグレちゃいまして。家を飛び出して、全然帰らなかった」

「そんな感じに見えないですけど」

「遊び歩いているうちに、今の奥さんとの間に子供が生まれましてね。でも、ろくに働いてこなかったから、金がない。しょうがなく、数年ぶりに実家に帰って泣きつこうと思ったら、親父がいないんですよ」

「お父さんが？」

「お袋に聞いたらね、突然死んだって言うんですよ。当時は携帯電話なんてありませんでしたし、僕がどこをほっつき歩いているのかわからなかったんで、親父が死んだってことも連絡できなかったんですね」

「そう、なんですか」

「ここが、開園する年のことでした。もう、三十年前のことです。親父の形見だけ一つもらって、それ以来実家には帰ってませんが」

ふと、運転手の左腕の時計に目が行く。タクシーに乗っていた時にも目に入ったが、きれいなアナログの腕時計だ。シンプルながら上品なデザインのもので、失礼だが庶民的な運転手の雰囲気には似つかわしくない高級品だ。おそらく、この時計がお父さんの形見なんだろう、と、ワタシは勝手に納得した。

時計の針は、逆に回らない。

時間は、巻き戻せない。

「そんなこんながありましてね、ここに来ると、親父のことを思い出すんですよ」

「それで、ハイランドで働いていたんですか？」

運転手は、そうだ、とも、違う、とも言わず、ごまかすように微笑んだ。掴みどころのない、軽いノリのタクシー運転手の顔に戻っている。

「あれ、乗られました？」

「観覧車、ですか？」

「そう。運命の輪《ホイール・オブ・フォーチユン》」

「乗りました」

運転手は、ありがとうございます、と、頭を下げた。

「運転手さんは、お父さんに会いたいと思ったりしますか？」

「会いたい？」

運転手は、怪訝そうな顔をしてワタシを見た。言葉を選んでいるのか、少し考える様子で、夏の煙った夜空に浮かぶ運命の輪に目を移す。

「まあ、そのうちまた会えますしね」

「え？」

「あと三十年もすりゃ、僕も死にますから。せいぜい、向こうで怒られないように、ちゃんと生きていこうかなとは思いますけどね」

そうか、と、ワタシの胸の中につっかえていたものが、すとんと落ちた気がした。

「運転手さん」

「はい？」

「もしよかったら、ワタシのこと、占ってくれませんか」

「いいですよ。有料ですけれども」

もう、運命のせいにするのはよそう。一度リセットして、すべてやり直すのだ。愛子には、本当のことを話そう。ワタシはそれで職を失うことになるかもしれないけれど、そうしなければ始まらない気がした。

「なんについて占いますか」

「もちろん」

ワタシは少し躊躇しながらも、恋愛運、と力を込めて言った。運転手がカードをシャッフルしながら、思い切り噴き出した。

「じゃあ、一番シンプルな方法で占いましょう。これなら無料で結構」

「シンプル？」

「ワンオラクルという方法ですね。デッキから一枚、好きなカードを引いてください」

「一枚？」

「一枚だけ」

運転手は鮮やかな手つきでカードを扇形に開き、ワタシの前に差し出した。一枚、と言われると、妙なプレッシャーがかかる。「死神」や「塔」のカードを引いてしまったら、立ち直れる気がしない。

ワタシは、意を決して、真ん中あたりから一枚のカードを抜き取る。一旦、胸の前に両手で抱え込み、大きく深呼吸をすると、ゆっくりとカードの表面を見る。

「どうでした？」

運転手が、ワタシの顔を覗き込む。ワタシは、二度、カードを確かめてから、運転手に表面を向けた。

「いいカードですね」

「そう、ですか」

カードは、正位置の、「運命の輪《ホイール・オブ・フォーチュン》」だった。

「運転手さん、占い師って嘘でしょう」

「嘘？」

「元・マジシャンですよね？」

「占い師は本当ですよ。遊園地で働いた後、占い師になりましてね。その後は、とにかくいろいろやりましたけど、いろいろやり過ぎて忘れちゃいまして、今はタクシー運転手です」

運転手はワタシの手からカードをそっと取ると、手に持ったカードの中に加えて再びシャッフルした。今度は、カードをキッチリそろえると、ぱちん、と指を鳴らす。

ワタシが、山の一番上のカードをめくると、やっぱり、「運命の輪」のカードが出た。何度やっても同じだ。ワタシが引くカードは、すべて「運命の輪」になった。ワタシは、涙の跡が乾いて突っ張る頬を精一杯引っ張り上げて、笑った。

「どうされますか？」

「乗ります。いいですか？」

「もちろん。有料道路は使いますか？」

ワタシが後部座席に乗り込むと、静かにドアが閉まった。タクシーがそろりと動き出し、遊園地から遠ざかっていく。動く大観覧車も、見納めだ。

「シートベルト、お締めくださいね」

夜空に美しく浮かび上がった運命の輪に向かって、私は「さよなら」と、別れを告げた。目から、一粒だけ涙が零れて、手の上に落ちた。

さよなら遊園地（6）

閉園セレモニーはつつがなく進行し、特設ステージ上では、「園長」という肩書の葛岡が、最後まで残ってくれたお客さんに向かって謝辞を述べているところだった。ステージ前には、遅い時間にもかかわらず予想を上回る数のお客さんが集まっていた。地方局のテレビクルーの姿もちらほらと見かける。今日一日の来園者数は、今夏一番。星が丘ハイランドの平均入園者数の三倍を軽く上回る数字になった。

「オレが言うのもなんですけど」

仕事を終えたモモハル君が私の隣にやってきて、最後の挨拶を並んで聞いていた。薄暗くてよく見えないが、ひと夏の仕事をやり切ったという安堵感が、表情に出ている気がした。

「どうしたの」

「これだけ来てくれるならね、もっと早めに来てくれてたら、ここがなくなることもなかったんじゃねえかって思っちゃったんすよね」

「まあ、しょうがないよ」

訪れた客の多くは、閉園と聞いて、最後に行っておこう、と思い立って来てくれた人々だろう。俗に言う、閉店需要というものだ。

今年の夏は、閉園決定後の来園者数増加を見込んで、例年の夏よりも多くのスタッフを雇い、多くのイベントを仕掛けた。実際、例年より多くのお客様をお迎えすることができたし、目標の売り上げも上回った。最盛期の集客とは比ぶべくもないが、それでも、久しぶりに「忙しい」という状況を体感することができた。モモハル君の言うように、これだけのお客さんを目の当たりにすると、まだ続けていきたいと思うのも人情だ。が、今日の集客は、閉園に喚起されたものでしかない。最後に少しだけ賑わいを取り戻せた、というところで満足しなければならない。

「そろそろっすか」

「そろそろだね」

打ち上げ花火開始予定時刻は、セレモニー終了間際、午後七時四十分だ。あと数分。私は耳につけた無線機のインカムで、打ち上げ場所の山寺さんに連絡を入れる。こちら、予定通り。時間になったら打ち上げ開始をお願いします。私がそう連絡すると、こっちも準備完了！　という元気な返事が来た。高齢の山寺さんは少し疲れた声をしていたが、威勢はいいままだ。

ステージ上では葛岡の挨拶が終わり、集まったギャラリーから大きな拍手が起こった。葛岡が珍しく涙ぐむような仕草を見せながら、壇を降りる。時間は予定通りだ。一瞬、会場が水を打ったように静まり返った。司会のスタッフがなかなか次の一言を声に出さない。違和感を感じ取ったのか、会場がざわつき始めた。

「五秒前」

私の耳に、山寺さんのしわがれた声が聞こえてきた。本来なら司会がフィナーレを飾る花火について案内し、ギャラリーの視線を花火が打ち上がる方向に誘導して然《しか》るべきなのだが、会社として公式に企画されたものではないこともあって、司会は花火の紹介を控えていた。せめてもの配慮として、打ち上げの時間、セレモニーは中断することになっていた。

「打ち上げ開始」

園内の照明が一斉に落ちた。何事かとざわめくギャラリーの向こうに、漆黒の夏の夜空を駆け上がっていく、一筋の光が見えた。

どん。

花が開く。距離が近いせいか、音がほとんど遅れることなく、腹の奥に響く。続いて、第二弾。いくつかの小さい花が、続けざまに咲いた。歓声が沸き上がり、その場にいる全員の視線が空に向かった。私は打ち上げが予定通り開始されたことを確認すると、本来の業務に戻った。暗がりの中、お客様が転倒したり、窃盗被害を受けたりすることがないよう、数名のスタッフとともに周囲を見回るのが私の最後の仕事だ。

＊

おい、イソタニ、と、トシがオレの背中をつつく。背中というよりは、脇腹に近いところだ。くすぐったさで変な声が出た。

「なんだよ」

「なんだよ、じゃねえって。お前さ、言わないの？」

「なにをだよ」

トシの視線を追う。数メートル先に、亜美菜と連れ立って歩く真由美の後ろ姿があった。

一通りアトラクションをエンジョイしたオレたちは、夕方、少し早めにハイランドを出て、駅前行きのバスに乗った。駅近くのファミレスでだらだら二時間ほど雑談をして、そろそろ帰るか、と、またバスプールに向かっているところだ。トシとオレの家がある県営団地と、亜美菜や真由美が住んでいる住宅地は帰るときに乗るバスが違う。つまり、今日はここで解散ということになる。

「なにをって、おまえさ、好きなんだろ」

「は？」

「真由美のこと。最後だぞ？　いいのかよ」

「いや別に、そういうんじゃねーし」

オレが口を尖《とが》らせると、トシは半笑いになって、いやそこ否定すんのは無理があるだろ、と頬を引きつらせた。

「仮に、オレがあいつのこと好きだったとして」

「うん」

「仮にな、仮に」

「わかったよ。仮に、な」

「アメリカ行っちゃうだろ、あいつさ。好きだって言ったって、意味ねえじゃん」

「じゃあ、このままさよならするつもりか？」

「そういうもんだろ」

そういうもんだろ？　と、オレは心の中で繰り返した。

中学生の恋心なんて、きっと風邪みたいなものだ。熱は上がるけど、すぐに収まる。オレはきっと何ヵ月もしないうちに真由美のことなど忘れて、誰かほかのやつを好きになるだろう。真由美は真由美で、アメリカに旅立ち、オレとは違う人生を送る。日本にはいつ帰ってくるかわからないらしいが、帰ってくる頃には、オレと真由美は完全なるアカの他人になっている。

バスが来て、じゃあな、と手を振ったら、きっともう真由美と会うことは二度とない。好きだと伝えてもなんにもならないし、真由美が、私も好き、と返してくれたところで、どうにもならない。中学生には、時差のある遠距離恋愛なんて現実的じゃないし。

「後悔すると思うぜ」

「後悔？」

「なんかさ、言葉にすると違うじゃん、こういうのって」

大人ぶってんじゃねえよ、と、オレはトシに悪態をついた。

「あ！」

突然、トシが大声を上げて走り出し、遠くの空を指さした。オレはびっくりして心臓をばくばく言わせながら、トシの指が示す方向を見た。

「花火だー！」

亜美菜が甲高い声を上げ、飛び跳ねる。遠い空に、きらきらとした光が散らばっているのが見える。夏の夜には珍しいものでもないが、いざ花火が上がると、ついつい見てしまう。トシが亜美菜の横に行って、建物に邪魔されずに見えるベストポジションを探し始めている。

「星が丘の方向だね」

「たぶん、ね」

やかましい二人が離れると、あとにはオレと真由美が残された。真由美が振り返って、自然に話しかけてくる。明日になったら、今日一日の全部が思い出になって、真由美とこうして話すこともなくなるなんて、到底信じられなかった。

「花火が上がるなら、近くで見たかったよね」

「そうだよな。結構、至近距離で見れただろうし。告知しとけよって思うけどな」

「ハイランドからの、お別れの挨拶って感じ？」

「最後は派手に笑って終わろうぜ、的な？」

まだ時間があるなら、話したいことはいっぱいある。けれど、真由美が乗る予定のバスがくるまで、もう何分も時間がない。限られた時間の中でなにを言うべきか、オレは迷った。真由美も同じかもしれない。貴重な一分が、無言のまま流れていった。

「ねえ」

「なんだよ」

「ジェットコースター乗った後さ、なんか言おうとしたでしょ」

「あ？　そうだっけか」

「私が転校するって言って、そのままになっちゃったけど、なんだった？」

――好きだ。

――大好きだ！

勢いで言ってしまいそうになった言葉は、今思うと、ヤバいくらいダサい。ノリで言ってしまわなくてよかったと、オレは内心胸を撫で下ろした。

「なんでもねえよ」

「なんか、気になるじゃん。アメリカまでモヤモヤを持っていきたくないからさ」

遠くの空が激しく光る。真由美の目が、するりと花火に向いた。ずいぶん距離はあるのに、花火の音がかすかに聞こえてくる。空全体が、花火が開くのに合わせてほんの少しだけ明るくなった。あまり日に焼けず、白いままの真由美の横顔がオレの目の前にある。たいしてかわいくもないのに、オレはどうして、こんなにもこいつの顔が見たくなるんだろう。そう思った瞬間、体の奥の辺りが、雑巾を絞るみたいにぎゅっとなった。

「ずっとさ」

「うん？」

「好きだったよ、オレ。おまえのこと」

夏の夜の花火ってやつはズルい。きれいで、なんか切なくて、雰囲気にやられる。大人たちが行きかうバスプールに続く道で、オレは胸につかえていた一言を、さらりと吐き出していた。真由美が、目を丸くしてオレを見る。オレがそんなことを言うとはまったく思っていなかった、なのか、うすうす感づいてはいたけれど本当に言うとは思わなかった、なのか、どちらのリアクションなのかは、わからなかった。

「ってこと」

「そっか」

「まあ、今さらだけどな」

オレは死ぬほど震える体をごまかすように、精いっぱいカッコつけた。気を抜くと涙が出てしまいそうな気さえする。真由美の頬がみるみる赤くなっていって、耳まで真っ赤に染まった。真由美は真由美で平静を装おうとしているのか、何度か「そっか」と繰り返していた。

「なんか、なんて言ったらいいかわかんないんだけど」

「そうだろな」

「でも、ありがと」

「ああ、うん」

「私さ」

真由美の唇が、静かに動いた。オレから視線を外し、次々に上がる花火を見ている。花火が開くたび、少しだけ潤んでいる目が、きらきらと光った。

「おう」

「イソタニのこと、そういう風に見たことなかったんだよね、全然」

思っていたのと違う言葉が返ってきた。意表を突かれたオレは、上手いこと切り返すことができずに、「マジか」とだけ言って沈黙した。この雰囲気で？　そんな言葉が出てくるか？　フッー。

「おまえさ」

「なに？　おまえって言わないでよね」

「ここはさ、私も、って言うとこじゃね？」

真由美は一瞬真顔になって、思い切り噴き出した。

「そうだね。ごめん」

「やめろ。謝んな」

「カッコ悪いね、イソタニ」

カッコ悪い。

今日一日、オレはとにかく死ぬほどカッコ悪かった。お陰で、もうカッコ悪くなるのが怖くはなくなった。宣言するが、ジェットコースターには今後一生乗らない。怖いもんは怖い。女の前でも、カッコつけない。フラれたって別にどうってことない。

「イソヤだって言ってんだろ」

亜美菜が、バス来た！　と騒ぎ立てながら、トシと連れだって戻ってきた。トシがオレの目を見て、無言でにやりと笑った。どうせあいつは、真由美がオレのことをなんとも思っていないことも、全部わかっていたんだろう。いつか復讐《ふくしゅう》してやる、と、オレは心に誓った。

最後は、ドタバタだった。花火が夜空に打ち上がる中、四人で階段を駆け下り、十番乗り場に到着する。乗り場前では、スーツ姿のサラリーマンやら遊び帰りの大人やらが、きれいに列を作っていた。亜美菜と真由美が、列の最後尾に並ぶ。真由美がオレとトシに向かって、ちょこんと頭を下げた。

「一日付き合ってくれて、ありがとう」

「いい思い出になったっしょ？」

「うん。トシくんのおかげ。たぶん忘れないと思う」

たぶんかよ、と、オレは横からツッコむ。

「元気でね、イソタニも」

「おう、おまえもな」

「おまえ、って言うな」

最後だというのに、真由美があまりにもあっけらかんとしていて、拍子抜けだった。もっとしんみりしてもよさそうなものだが、バスに乗るまでのバタバタ感がひどくて、お別れモードな雰囲気にはならなかった。

亜美菜と真由美が、振り返って手を振りながら、バスのステップを上がる。バスの中を移動して、後方の二人掛け席に座るのが見えた。窓際の真由美が、こちらに向かってまた手を振った。

――ね。

オレに向かって、真由美がなにか伝えようと、口を動かした。よくわからない。オレも口を動かして、なに？　と伝える。

――ま、た、ね。

ようやく言っていることがわかって、オレは何度か頷いた。またね、って。きっと、もう会わないのに。バカかよ。

――ま、た、な。

結局、オレは手を振りながら、同じような言葉を返した。たとえこのまま音信不通になっても、そう言っておけば、いつかまた会う可能性が残るような気がしたのだ。ぷしゅ、という空気の音、間抜けなブザーの音がして、バスの扉が閉まった。エンジンが動き出して、静かにバスが動いていく。手を振る真由美の顔がどんどん小さくなって、そして見えなくなった。夏も終わっちまうな、と、オレは隣のトシに向かって呟いた。

＊

痛みは引いたが、ほっぺたがまだ熱を持っている。スマートフォンをいじるが、理絵からの返信はない。

四十五年生きてきて、それなりに女ともめたことはあったが、頬を引っぱたかれたのは初めての経験だ。ついさっきまで、ショウちゃん、などと呼ばれていたのに、関係が壊れるのはあっという間だった。もう理絵から連絡が来ることはないだろうし、二度と会うこともないかもしれない。不倫を続けた自分が悪かったとはいえ、五年という月日を共にした相手だ。それなりに心は痛い。

いろいろ諦めて、スマートフォンをしまう。ため息を深々とつきながら、誰もいない遊園地の片隅に置かれたベンチに寄りかかって、空を見た。かなり近いところで、花火が上がっていた。

「あの、お客さん、大丈夫？　かしら？」

俺は、うわあ、と声を上げながら振り返る。闇と照明の弱々しい光との間に女が立っていて、じっとりとこっちを見ている。時折、花火の光が女の全身を浮かび上がらせた。

「だ、大丈夫、ですけど」

よく見ると、どうやら清掃員のおばちゃんだ。胸の名札には、「高瀬」という名前が書かれている。おばちゃんはベンチの傍らにある金属製の大きな屑籠《くずかご》を開け、中からゴミが満載になったポリ袋を引っ張り出した。客が隣にいても、お構いなしだ。

「さっきの子、大丈夫なの？」

「え」

「ごめんなさいね。お兄さんが叩かれてひっくり返るところ、わたし見ちゃってね」

「あ、ああ」

そうですか、と、俺はごまかすように笑った。ずいぶんなところを見られたものだ。周囲を見回すが、人の姿はない。こんなところにおっさんが一人でいたら、そりゃ変に思われるだろう。高瀬というおばちゃんも、不審者かと思って声をかけてきたのかもしれない。

「大丈夫、だとは、思いますけどね」

「女ってのはね、強く見えて、弱い生き物なんだから。傷つけちゃだめよ」

おばちゃんも？　と、俺が軽口を叩くと、当たり前でしょ、という答えが返ってきた。目が笑っていない。

「ちょっと聞いてくれます？　俺の話」

「いいけど、仕事中だから、簡潔にお願いね」

おばちゃんはポリ袋の口を縛り、俺の横に座った。

「見てくださいよ、これ」

俺は、持っていたバッグから小箱を取り出し、手で弄んだ。

「なあに、それ」

「指輪。婚約指輪」

「へえ、あの子に？」

「今日、大観覧車に乗って、てっぺんで渡そうと思ってね」

「どうしてまた、観覧車なんかで？」

理絵は、半年ほど前に父親を亡くした。以前、父親の話を聞いたときに、ここの観覧車に乗ったのが一番の思い出だと話していたのを、俺は覚えていた。

お父さんを亡くしてから、理絵はふさぎ込むことが多くなった。これからは俺が理絵を守る。だから結婚してほしい。俺はそう言うつもりで、ハイランドの大観覧車をプロポーズの場所に選んだのだ。

そこまで話すと、おばちゃんは笑いながら、キザね、と言った。

「渡さなかったの？」

「渡さなかった」

「なんで？　自信なくなっちゃったの？」

俺は少し俯《うつむ》き、見ず知らずの人に話すべき内容なのかと、自問自答した。本来、自分語りをするのはあまり好きではないが、今日だけは誰かに話を聞いて欲しい気分だった。

「俺ね、昔、カーレースやってたんですよ。隣にあったサーキットで」

「ああ、あそこで。すごいわね」

「そこそこ速かったんですけどね。レースで優勝したこともあって」

高瀬というおばちゃんは、妙に話しやすいオーラを持った人だった。俺はいつの間にか、実家に帰ったような気分で話をしている。

「で、今日のね、午前中、俺は息子とここにいたんですよ」

「息子？　あら、お子さんがいるの？」

「いろいろあって、バツイチなんですよ。息子の親権は向こうが持ってて、俺は月一で面会してる状態で」

おばちゃんは状況を理解したのか、ああ、と頷いた。

「その息子とね、今日、ゴーカートで勝負したんですよ。一周、ハンディキャップつけてね。俺も、アマチュアだけどレーサーの端くれでしたから、ガキに負けっこないと思ってたんですよね」

「負けたの？」

「負けたんですよ。ハンデありとはいえ、まだ小四のガキんちょに」

おばちゃんが豪快に笑う。

「お父さん、形無しじゃない」

「親バカも少し入っているかもしれないですけどね、あいつ、ドライビングセンスがすごいんですよ」

赤いマシンを駆って、俺の前を走っていく世那の後ろ姿を思い出す。親が勝手に夢を託すのは、子供にとってあまりいいことではないのかもしれないが、それでも、今から鍛え上げれば俺が叶えられなかった夢を叶えてくれるかもしれない、と胸が高鳴った。世界で一番なるのが難しい職業、F1レーサーだ。

もちろん、それがあまりにもぼんやりした夢だということは、俺もわかっている。F1の世界は、すべてがケタ違いだ。収入もすごいが、支出もすごい。現実的でない金額が動くし、ドライバーにもその負担がのしかかってくる。多少人より稼げているとはいえ、俺のようないち会社員が背中を押したくらいで続けられる仕事ではない。

でも俺は、やっぱり夢を見てしまったのだ。F1レース決勝の舞台で、いまだかつて表彰台のてっぺんに上ったことがある日本人はいない。日本人初の偉業を自分の息子が達成したら、どれほど感動するだろう。

世那は、イメージ通りにマシンを動かす天性のセンスを持っている。スピードへの恐怖心があまりないのは、マシンをコントロールする自信があるからだろう。レーサーとしての資質は間違いなくある。将来、レーサーになれる可能性はゼロではない。

「息子さんと、指輪と、関係がある？」

「大ありなんですよ、これがね」

もし、俺が理絵に指輪を渡して結婚することになったら、俺は二度と世那に会えなくなる。それは、離婚調停時に元妻と交わした取り決めだった。世那との月一の面会を認める代わりに、元妻が出した条件は一つ。俺が再婚した場合は、面会の権利を放棄すること。自分の父親が母親以外の女と結婚することで子供にショックを与える可能性があるから、という理由だ。だが、もしかしたら、元妻は俺が不倫していることに気づいていたのかもしれない。

「それで、指輪を渡せなかったのね」

「俺は、ダメなんですよね。女より、夢を追っちゃうんですよ。離婚した理由もそれでね。今日も、息子の未来に俺自身が夢見ちゃって」

「なるほどね」

「不倫状態で五年も待たせておいて、息子と彼女を両天秤《りょうてんびん》にかけたんです。ほんと、最低のね、クズ男ですよ。ほっぺた叩かれるくらいで済んだのが不思議なくらいの。つくづく自分が嫌になりましたよ」

「そうね。男としては、最低ね」

客に向かって、おばちゃんは躊躇なくダメ出しをした。だが、苛立ちは感じなかった。歯切れのいいスパッとした言葉は、腹に刺さってもなぜか心地よい。

「です、よね」

「でも、父親としては、それが正解じゃないの。やっぱりね、自分の子供と会えなくなっても平気、なんて言えるの、なにかが欠けちゃった人だと思うわよ」

「そういうもんですかね」

おばちゃんに言葉を返しながら、迎えの車に向かっていく息子の姿を思い出す。


——またね。


世那がその言葉を発しなかったら、俺は理絵に指輪を渡していたかもしれない。だが、その一言が、俺の決断を変えた。世那はまだ俺のことを父親だと思っていてくれている。またね、の一言で、別れ際に俺との絆《きずな》を残したのだ。それをちぎって捨てて女を取ることは、俺にはどうしてもできなかった。たぶん、父親として。

「話したら、ちょっとすっきりした」

「それはなにより。じゃあわたし、仕事に戻るわね」

おばちゃんは立ち上がると、ゴミでぱんぱんに膨らんだポリ袋を、よっこいしょ、と担ぎ上げ、手押しワゴンに放り込んだ。

「花火、こんなに近くで見るのは久しぶりだ」

「今度は、息子さんと見られるといいわね」

俺は、ありがとう、と礼を言い、おばちゃんに向かって軽く頭を下げた。おばちゃんは、いいのよ、と笑った。

「じゃあ、また」

「はいはい、またね」

きっと、おばちゃんと会うことは二度とないだろう。けれど、ほんの数分だけつながった縁を、無下に切り捨てることはしたくなかった。また、と言っておけば、いつかどこかでまた会える。そんな気がした。

夏の空に花火の大輪が次々と咲く中、俺は出口ゲートに向かって歩きながら、スマートフォンを耳にあてた。いろいろ、反省しなければいけないことはあるし、気持ちの整理をしなければならないこともある。だが、まずは一つ、息子と交わした男の約束を守らなければならない。

「もしもし、愛子か？」

後ろがドンドンいっててうるさいんだけど、どこにいるの？

元妻の、やや冷たい声が、耳に刺さる。

＊

どん、という花火の衝撃に合わせて、アタシはぎゅっと手を握った。細くて華奢《きゃしゃ》なシーナの手が、お返し、と言うように握り返してくる。ほぼ真上に上がる花火を、二人して口をぽかんと開けながら見上げる。打ち上げ場所が近いせいか、迫力がすごい。花が開くと同時に音が聞こえるし、火薬のにおいも漂ってくる。

夏の夜にシーナと一緒に花火を見るなんて、何年ぶりだろう。きれいな浴衣でも着ていられたらよかったけれど、贅沢は言わないことにした。泥だらけのシーナの横に、砂だらけのアタシがいる。それで十分だ。

「不思議な場所だよね」

花火の合間、シーナが空を見上げながら、ぽつりと呟いた。

「不思議？」

「正直さ、なんでこんな作りにしちゃったのかな、と思うよね。テーマパークみたいな一貫性があるわけでもないし、アトラクションの配置も雑だし。配色なんか原色の暴力みたいな」

「まあ、昔のセンスなのかなあ」

「でも、大正ロマン、とか、昭和レトロ、みたいなのとも違う。まだ半周しか回ってない感じ。今、こんなデザインのパークを提案したら、頭大丈夫かって言われそう」

散々な言われよう、と、アタシは笑った。

「なのに、こんなに愛されてるんだよね」

シーナにつられて、周りを見る。多くの客が、夜空に打ち上がる花火に釘づけになっていた。あまり交通の便がいいとは言えない場所に、これだけの人が集まったのだ。時代の波にうまく乗ることはできなかったのだろうけれど、もうここはダメだ、と見放されたわけでもない。シーナが言うように、不思議な場所だ。

「ここはさ、これでいいのかもしれないね」

「そう？　閉園しちゃうのに？」

「なんか、下手に今っぽく改装しちゃったらさ、違うもんになっちゃう気がする」

「確かに」

「そしたら、今こうやって、昔を懐かしんでいる人たちの中には残らなくなって、ほんとに消えていっちゃうんだよ。だから、潔く消えたほうがいいのかもしれない。花火みたいに」

時代を超越してずっと存在し続けるものを作るのは、きっと難しい。でも、時代に合わせて日々変わっていくものだけが正しいとは限らない。一つの時代を彩って、時代とともになくなっていくものが、深く心に残ることだってある。

「三十年前にさ、行ってみたい気がするよね」

「三十年前に？」

「ここが、お客さんでいっぱいだった時代。こんなカオスみたいな場所に、みんなわちゃわちゃ集まってきてたんだよ？　コンセプトだのテーマ性だの、細かいことなんか気にせずにさ。絶対、楽しい時代だよね、それって」

「それ、ほめてんの？　バカにしてんの？」

シーナは、にやりと笑いながら、半々、と答えた。アタシは周りの人に聞こえてなかったかとひやひやしながら、やめなよ、と、シーナの頭を引っぱたく。

「三十年後、俺たちも、どこかを思い出したり、懐かしんだりするのかな」

「三十年後かあ。わかんないね。遠すぎて」

「五十五歳だよ、俺たち」

アタシは、大げさに「ひゃあ」「ほんとやだ」とリアクションをとった。五十五歳のシーナは、どうなっているだろう。今でこそ、細身でゆるめのパーマなんかをかけてコジャレているけれど、三十年後には、中年太りのオジサンになっているかもしれない。アタシはアタシで、シミやシワに悩むオバサンになっているかもしれない。

「でも、今日のことは多分、忘れないと思う。アタシ」

「俺もそう思う」

「最初はさ、天気もいまいちだったし、なにここ最悪、って思ったんだけど。でも、最終的にはさ、かなり楽しかった」

「ね。三十年経ってもさ、絶対思い出すよ。カエがコーヒーカップでハシャいでさあ、とか」

「やめて。それは忘れて」

やめて、と言いながら、アタシは上機嫌でシーナの腕にしがみついた。三十年後も一緒にいることを前提に話してくれるのが、嬉しかったのだ。

花火は、そろそろクライマックスに差しかかろうとしているように見えた。息をつく間もなく、次から次へと花火が打ち上げられ、色とりどりの花が夜空に咲く。

「そろそろ、行こうか」

出口が混んじゃう前に、と、シーナがアタシの手を引いた。名残惜しいけれど、一日歩いて脚が棒だ。帰りのバスで座れなかったらさすがにしんどい。

「うん、行こ」

「星が丘ハイランドに、さよならだな」

「それ」

アタシがシーナのおしりの辺りをつねると、シーナが軽く悲鳴を上げた。

「な、なに？」

「さよなら、だけじゃ、なんか寂しくなっちゃうでしょ」

不条理で、感情論丸出しのワタシの言葉を、シーナは寛容な心で受け止めてくれる。あと少しだけアタシの成長を待ってほしい。もっと大人になって、ちゃんとシーナに追いつきたい。三十年も経てば、アタシだってきっと、シーナのわがままを受け入れたり、なにを考えているか見透かすことだって、できるようになっているはずだ。

「さよなら、またね」

シーナが、これでいい？　と、アタシに笑顔を向けた。

＊

「で、そのナントカさんには会えたの？」

「真木さん？」

「そう、その人」

「うん、一応ね」

星が丘ハイランドパークの閉園セレモニーは、思った以上に人が集まっていた。僕は、ショーを見に来ていた妻と娘と一緒に、ハイランド最後の瞬間に立ち会っていた。もっとも、娘はもうすでに腕の中で完全に眠りに落ちていたが。

数時間前に僕が立っていたステージで、事業部長の葛岡さんが最後の挨拶をし、少し涙ぐみながら深々と礼をした。葛岡さんは僕がヒーローショーのバイトを始めた頃、新卒でハイランドに配属された社員さんだ。当時は、「誰よりも頼りにならない」と評判のへっぽこ社員で、数々のポカをやらかしては仏の松永さんをも怒らせていたのに、遊園地以外の部署も経験しながら成長し、出世して、事業部長としてきっちりと最後の挨拶をやり切ったのだから、人というものはわからないものである。挨拶の一言一言にも重みがあって、思わず涙が零れそうになった。

「ナントカさん、ショーには出なかったの？」

「ちょっと遅れてきたからね。間に合わなかったんだ」

視力のほとんどを失い、まっすぐ歩くこともままならない真木さんの後ろ姿を思い出して、僕はいたたまれない気持ちになった。妻には一部始終を包み隠さず話してもよかったのだが、あえて話さずにおくことにした。

真木さんはやはり、いつまでも真木さんのままでいるべきだ。妻や娘との会話の中で登場する真木さんを僕がどう演出しようが、傷つく人は誰もいないし、文句を言う人もいない。だったら、せめて僕の中だけでは、かつての真木さんのままでいてもらったほうがいい。誰よりも熱苦しく、誰よりも激しく悪役を演じたマギーこと真木さんは、ちんまりとした2LDKの我が家の中で、伝説の男として生き続けるのだ。

「でも、思ったより動けてたよね、パパ」

「え、そうかな？」

「お腹も出てるし、どうせどんくさいだろうと思ってたけど、一番キレがよかった気がする」

どんくさいとは失礼な、と、僕は憤慨する。

「まあ、昔、真木さんに鍛えられたお陰かもね」

「あれだけ動いたし、痩せたでしょ、三キロくらい」

妻は娘を抱いた僕が無抵抗なのをいいことに、腹の肉を摑み、捻り上げたり伸ばしたりする。それがまた痛い。

「一応、三キロ痩せるとは言ったんだけどさ」

「うん？」

「それって、ほぼ汗の水分なんだよね」

「うん。それで？」

「もうさ、ショーの後、死にそうになって、スポーツドリンクがぶ飲みしちゃったからさ、今は、たぶん、元通りに」

妻が、なにそれ、とまなじりを裂き、さらに激しく僕の腹肉を震わせる。空にはあんなに美しい花火が上がっているというのに花火も見ずに夫の腹の肉を摑んでどうするのだ、と言いたくなる。

「こんだけすごい音が鳴ってるのに、全然起きないね」

僕はとにかく腹肉から話題を変えようと、泥のように眠る娘の顔を、妻に向けた。

「疲れたよね、そりゃ。暑かったし、騒いだし」

悪役として登場しているのに、客席から「パパがんばれ！」と連呼した娘の声が、まだ耳に残っている。ショーの演出上はありがたくない声援であったが、父親としては、その声のお陰で踏ん張れたし、暑さにも負けずに最後まで演じ切ることができた。その点については、後で改めてありがとうと言いたい。だが、ショーを見るときは中の人の情報をバラしてはいけないということも、教えなければならないだろう。世の中には、着ぐるみのキャラクターに向かって「中の人」なんて言おうものなら、つまみ出されて出入り禁止になる遊園地もあると聞く。本当か嘘かはわからないが。

「間近で花火を見る機会なんかないし、せっかくだから一緒に見たかったのになあ」

ね、と同意を求めて娘の体を揺らすが、ちょっとやそっとでは起きそうにない。

「また、そのうち機会があるでしょ」

「あのさ」

「なに？」

「僕さ、明日から、夜、白米は要らないや」

えっ、と、妻が素っ頓狂な声を上げた。無類の炭水化物好きである僕が、炭水化物抜きを宣言したことに驚いたのはわからないこともない。だが、それにしても妻の声はかなりの音量であった。花火の音に相殺されて、周囲の人に迷惑をかけずに済んだのは幸運であったが。

「どうしたの、急に」

「いや、ね。今日、ショーに出ててさ、やっぱり体が重いなって思っちゃってね」

「そりゃね。こんなお腹して、重くないわけないよ」

「今度真木さんに会うまでには、もう少しキレのいいキバタン星人にならないとさ」

人生は、なにが起きるかわからない。殺しても死なないのではないかとさえ思われた真木さんが目の病気に罹《かか》り、夏休みには家族連れが雲霞《うんか》の如《ごと》く集まってきていた星が丘ハイランドが集客力を失って閉園する。万物は流転する、とは哲学者・ヘラクレイトスの言葉だが、全くその通りだ。同じ毎日を過ごしているように錯覚するが、我々は日々、螺旋階段を下りているのである。僕がこのまま不摂生を続けて、万が一、大変な病気にでも罹れば、あっという間にこの世とさよならである。またね、などと言えるものではなく、大病を患ったり、命を失ったりしてしまえば、今のように妻や娘と過ごすことはできなくなる。

「えらいじゃん」

「運動もして、健康体になる。約束する」

妻が僕の肩に頭をそっと乗せ、耳元に口を寄せた。

「でも、明日は筋肉痛で地獄を見るんだよー、きっと」

僕は、ふん、と鼻で笑い、花火が照らす空を見上げた。

「バカ言うなって」

明後日《あさって》だ、地獄は。

＊

——あなたは、いつもそう。嘘ばっかりついて。
——早く帰りたいと言っているのに。

薄暗くなってしまった遊園地の片隅、私は長椅子に腰掛け、車椅子に座った妻と正対しながら、なんとか機嫌を取ろうと必死になっていた。つい先程まで観覧車に乗って上機嫌だった妻は、口をきっと結び、私を睨みつけている。原因は、迎えの介護タクシーの到着が遅れているせいだ。

午後七時半に迎えに来る予定であったタクシーだが、道路の混雑の影響で、三十分程度到着が遅れる、という連絡があった。妻に少し待つ必要があることを伝えると、みるみるうちに、妻の機嫌が悪くなった。妻は私を「嘘つき」と罵り、感情のままに怒りをぶつけてきた。感情の抑制が上手くいかなくなることは、認知症の症状として典型的なものだ。元々温厚で細かいことは気にしない性格であった妻が、帰りが三十分遅れるというだけでこれほど腹を立てるなどありえないことだった。普段、何気なく日常を過ごしているとなかなか気づくことができないが、妻の病は明らかに進行しているのだろう。

「もう少しだから、勘弁してくれ。な？」

駄々っ子をあやす様に、私は妻を宥める。だが、私自身も慣れない外出で疲れ果ててしまっていた。体が疲れていると、心にも余裕がなくなる。妻の言動に私自身も苛立ち、感情的になりそうな自分を抑えることで精一杯だった。

意思の疎通ができるうちなら、二人の時間を大事にすれば認知症だって回復するかもしれない。外に連れ出して、脳を刺激すれば、あるいは。そう願った私の淡い想いは、見事に打ち砕かれた。妻が、妻らしい人格を取り戻すことはあるが、それは刹那の輝きでしかないのだ。医者の言う通り、この病が回復に向かうことはきっとない。

「だって、言ったじゃありませんか、もう帰るって」

「そうなんだけど、タクシーが遅れているんだよ」

「知りませんよ、そんなこと。約束じゃありませんか。早く帰らないとね、困るんです、私」

「そんなことを言っても、タクシーが来ないと帰れないんだよ」

困るんです！と、妻が大きな声を出した。私は、思わず周りを見る。幸い、近くに人影はない。だが、もし誰かがこの光景を見ていたら、あらぬ疑いをかけられてしまうのではないかという恐怖感があった。

「早く、帰してください！」

「だから、もう少ししたら帰るからな」

妻は見たことのない目で私を睨みつけながら、誰か！　助けて！　と声を上げた。

私は、なぜそうなったのかが理解できずに混乱し、思わず妻の口に手を伸ばした。口を塞がれた妻は、赤子がぐずるように体をくねらせ、藻掻《もが》いた。このままでは車椅子から転げ落ちてしまう。お願いだから落ち着いてくれと祈りながら、私は立ち上がり、妻の体を後ろから抱え込んだ。その瞬間、異変に気づいてはっとした。

ぷん、と、嫌な臭いがする。

鼻の奥に刺さる臭いに驚いて、私は妻の体から手を放した。なんの臭いかはすぐに分かった。便の臭いだ。

車椅子での生活になってから、万が一のことを考えて、妻には介護用のおむつをつけてもらっていた。だが、それはあくまでも緊急用のもので、妻はトイレにはまだちゃんと行っていた。だが今日は、トイレに行きたい、と言えないまま、おむつの中に用を足してしまったのだろう。その臭いが、外に漏れてしまっている。子育ての経験がない私にとっては、漂ってくる便の臭いは衝撃的なものだった。どうしていいかわからず、車椅子に縛り付けられている妻を見下ろしながら、呆然と立ち尽くすしかできなかった。

妻はきっと、私に悟られたくなかったのだろう。トイレに行って用を足すということができなかった自分に困惑し、混乱している。おむつの中の不快感と戦いながら、自分自身の人間性に縋《すが》りつこうと必死なのだ。早く帰りたい。日常に戻りたい。それは一刻も早く、この自分ではないはずの自分から逃げたいという、妻の悲愴《ひそう》な叫びだった。

最早、私の目からは涙すら出てこなかった。妻の記憶が失われないうちに、夫婦二人で思い出を作りたい。それは、私の自分勝手な独りよがりでしかなかったのだ。

「すまない」

私は、妻の前に跪《ひざまず》き、頭を下げた。鼻に刺さる臭いが、私を責めているかの様だった。

「帰りたいのよ、私。帰りたいの」

「分かった、帰ろう。な」

どうしていいか分からないまま、私は車椅子を押した。とにかく遊園地の外に出て、それから。

それから、どうすればいいんだ。

私が途方に暮れていると、突然、甲高い音が響いた。私と妻の正面の空に、一筋の光の帯が見える。次の瞬間、どん、という大きな音がして、空一杯に、大きな光の花が開いた。すぐに、二つ目、三つ目と花火が上がる。花火玉が炸裂《さくれつ》する度に空が光に包まれて、夜であることを忘れさせる。車椅子で喚《わめ》き続けていた妻も動きを止めて、花火が打ち上がる空をぼんやりと見上げていた。

「覚えています？」

突然、妻が口を開いた。私は驚いて、ああ、と些《いささ》か乱暴な返事をした。

「なにをだい」

「あの、二人でお祭りに行ったときね、あなた急に迷子になって」

「いつの話だ、それは」

「行ったじゃないですか、あの、お盆の時」

妻の目に、また急に光が宿る。まるで、打ち上がった花火の光が妻の目に吸い込まれて、記憶を掘り起こしているかの様だ。妻は私と花火大会に行った時のことを、饒舌に語った。私ははっきりとは覚えていない話だったが、おそらくそれは、妻と出会っていくらもない頃の記憶だ。

「それでね、私が一時間も探し回ったら、あなた、独りで河原に座っていて」

妻の目には今、若かった頃に見た花火が鮮やかに見えているのかもしれない。だが、それも一時的なものだろう。今日一日で、私は実感した。もう、夫婦二人だけで出掛けることは難しい。誰かの手を借りなければ、妻の面倒を見切れない。妻と出かけるのは今日が最後だと思うと、胸が締めつけられる思いだった。

「綺麗だな、花火」

「花火もきれいでしたけどね、私はやっぱり、メリーゴーランドが一番きれいだったって思うんですよ」

「メリーゴーランド？」

「そうですよ。昔、一緒に遊園地に行ったじゃないですか」

あなたはそうやってなんでも忘れちゃうのね、と、先程までの荒れ方が嘘の様に、妻は笑った。なんでも忘れてしまうのはお前じゃないか、と皮肉めいた軽口が口を突いて出そうになったが、すんでのところで言葉を呑み込んだ。

「いや、覚えているとも」

「本当に？」

「本当だ。じゃあ、今から見に行こう」

「見られるんですか？」

「もちろんだ」

妻は、嬉しい、と声を上げ、両手を広げた。最初はなにをしようとしているか分からなかったが、正面に回ってみると意味が分かった。妻は、私に抱きつこうとしていたのだ。今までに、私は妻と正面から抱擁を交わしたことなど一度もなかった。出掛ける時に手をつないだこともないし、子供を諦めてからはお互いの体に触れることもなくなった。私たちは、触れ合うことのない夫婦だった。にもかかわらず、妻は私に向かって手を広げた。無邪気に、さも当然の行為であるかの様に。驚き、戸惑いながら、私はおずおずと妻の腕の中に体をうずめ、不器用に腕を回した。

「じゃあ、メリーゴーランドを見たら、帰ろうな」

「そうね。また来られるといいわね」

花火の音が続いている。カメラのフラッシュの如く、光が瞬《またた》く。写真には収められないこの瞬間を生涯忘れぬ様に、私は妻の体を抱きかかえ、その温《ぬく》もりを感じ取ろうとしていた。妻の体は、温かいミルクのような甘い匂いがした。

＊

タクシーを降り、夜の街を歩く。

遊園地から離れるにしたがって、恋人を失った寂しさがじわじわと募ってきた。ワタシは理由もなく人の多い場所に行きたくなって、自宅から少し離れたターミナル駅の前でタクシーを降りた。タクシーの運転手は降り際に「運命の輪」のカードをくれたが、カード一枚で喪失感が埋まるわけもなかった。

バスやタクシーも多く集まる駅前は、休日の夜ということもあって、それなりに人がたくさん歩いていた。これだけたくさんの人がいるのに、ワタシとつながっている人は一人もいない。父を亡くし、母とも関係をほぼ断ってしまった。恋人と別れ、おそらくは、現在の仕事も失うことになるだろう。広い世界の中、ワタシはどうしようもなく孤独だった。

遊園地に、戻ろうか。

心が揺れる。今ならまだ間に合う気がした。彼はきっと笑って許してくれるだろう。結婚とか出産とか、高望みをしなければ、彼との関係は続くに違いない。大人の付き合いと割り切ってしまえば、この堪えようもない孤独感だけは癒《いや》すことができる。

バッグから、スマートフォンを取り出す。彼から何通かメッセージが届いていた。さっきはごめんなさい。その一言を返すだけで、ワタシは五年間続いた同じ円運動に戻ることができるはずだ。

「あ！」

急に、背後から大きな声が聞こえて、ワタシは手を止めた。

見ると、中学生か高校生くらいの男の子が、遠い空を指さしている。ビルの狭間《はざま》、きらきらとしたネオンの光の向こうに小さく見えるのは、ライトアップされた星が丘ハイランドの観覧車だ。

「花火だー！」

今度は、女の子が大きな声で叫ぶ。恋人同士だろうか。先ほどの男の子の隣に寄り添って、きゃっきゃと騒いでいる。いつものワタシならきっと、なんて迷惑な、と眉をひそめていただろう。でも今は、腹を立てる元気すらなかった。

遠くに見える花火には、大掛かりな花火大会のような派手さはない。けれど、時間を追うごとに、メッセージが伝わってくるような気がした。遊園地から、地域の人々への別れの挨拶。いくつもの光の輪が重なり、浮かんでは消えていく。ワタシには、何度も何度も、さよなら、さよなら、と繰り返しているように見えた。

花火を見ているうちに、スマートフォンを握っていた手から力が抜けていく。ぼんやりとした光を放ち、彼からのメッセージを表示していた画面が、ふっと消えた。無操作のまま一定時間が過ぎ、スリープ状態になったのだ。ワタシはそのままバッグにスマートフォンを戻した。すとん、と肩から力が抜けて、なんだか体が軽くなった。

不倫というよくない関係だったが、彼は優しい人だったと思う。その優しさに寄りかかっているのが心地よくて、ワタシはずっと甘えてきた。父と観覧車に乗ったあの日から、ワタシは安心して寄りかかることのできる相手を無意識に探してしまっていたのだろう。でも、大丈夫。ワタシは今、自分の両足で立っていて、ちゃんと歩ける。自分の人生を、自分の意思で、歩んでいける。

さよなら。

まだ、彼はあの観覧車のふもとにいるのだろうか。

同じ花火を、見上げているだろうか。

またね。

別れたとはいえ、彼とは生活圏が近い。また、どこかの駅でばったりと会ってしまう気がした。その時には、ちゃんと改めてさよならを言おうとワタシは決めた。そして、ありがとう、とも。

家に帰ろう。自宅方面に向かうバス停に向かって歩き出す。けれど、何歩も歩かないうちに、靴のヒールが側溝の蓋にハマって、あえなく転んだ。自分の両足で歩いていける、と調子に乗ったそばからこうでは、先が思いやられる。

「大丈夫ですか？」

不意に、頭上から声が降ってきた。びっくりして顔を上げると、目の前に男性が立っていて、ワタシに向かって手を差し伸べていた。歳の頃は二十代後半くらいだろうか。ややがっちりとした体つきで、身なりは悪くない。

「だ、大丈夫です」

気が動転したまま男性の手を握ると、体が力強く引っ張り上げられて、ワタシはするりと立ち上がることができていた。

「ケガとかないですかね」

「ありがとうございます。大丈夫です」

礼を言ってそそくさと帰ろうとすると、男性は慌てたようにワタシの前に回った。

「あ、あの」

「なんでしょう」

「すげえ失礼かもしれないんですけど、なんか辛いことでもありましたか？」

「え？」

男性は、持っていたスマートフォンをカメラモードに切り替え、ワタシに向けた。画面に、ワタシの顔が映っていて、なぜこんなことを聞かれたのかという意味もよくわかった。酷く泣いたせいか、マスカラが落ちて、大変な顔になっている。男性は、気を使って呼び止めてくれたのだろう。家に帰る前に、まずは化粧を直さなければならない。

「わ、あの」

「いやね、さっきから、切なそうな感じで花火なんか見てたから、失恋かなんかかなって」

「それは、その、まあ、そんなところで」

「俺も、最近失恋したんですよね。大学のサークルの後輩なんですけどね。ずっと好きで、飲み会までセッティングしてもらったんですけど、ダメだったんですよ。だからね、お姉さんの気持ち、よくわかりますよ」

「そうなんですか」

「もしよかったらですけど、傷心同士、飲みに行きませんか？　日曜日ですけど、開いてる店知ってるんで」

え！　と、ワタシの口から、自分ですら聞いたこともないような声が出た。男性は大真面目な顔で、「自分、白沢といいます」と、自己紹介をした。

これは、所謂ナンパというやつなのだろうか。だとしたら、三十三年の人生の中で初めての出来事だ。あまりの出来事に、ワタシは両手で思い切り自分のバッグを握りしめていた。バッグの中には、「運命の輪」のタロットカードが入っている。いろいろな思考が頭を巡るものの、うまいことまとまってはくれない。

「まあ、急なお誘いなんで、もちろん断っていただいても全然大丈夫なんですけど」

「あの、一つお伺いしても？」

「あ、はい、なんですか？」

ワタシが、既婚者じゃないですよね？　と聞くと、白沢という男性は頬を引きつらせながら、違います、と答えた。

＊

最後の数分、次から次へと間断なく花火が上がり、星が丘の空が昼間のように明るくなった。たった十分。私の私財では、これが限界だ。けれど、予算も条件も限られた中、素晴らしい花火を見せることができたと思った。想像以上に、「花火を見た」という充実感がある。閉園セレモニーの会場からも、拍手が沸き起こった。同時に、園内放送が流れ始める。蛍の光、窓の雪。物悲しいメロディーが、一つの歴史の終焉《しゅうえん》を告げていた。

私の精一杯の別れの挨拶は、どこまで届いただろうか。火薬のにおいと煙が漂う空を見上げても、もうなにも残っていない。比較的明るい夏の一等星が、花火の名残のようにちらちらと瞬いているだけだった。

すでに、すべてのアトラクションは運行を終了した。あとは全スタッフが出口に集まり、お客様が退園するのを見送るだけだ。私は、胸にせり上がってくる熱いものを抑え込みながら、入退場ゲート前に向かった。ゲート前には、業務を終えたスタッフがきれいに整列している。ある人は、満足げに。ある人は、寂しそうに。

いろいろな思いを抱えながら、一人、また一人と、ゲストが外に出て行く。スタッフが声をそろえて、ありがとうございました、と別れの挨拶をした。
その中で、ひときわ大きな声が響いた。

ありがとうございました！
また、いつか、お越しください！

見ると、熊ヶ根さんとモモハル君だ。花火が上がっている十分ほどの間になにが起こったのかわからないが、モモハル君はちゃっかり熊ヶ根さんの隣に陣取って、肩を寄せている。鈍感な私でも、二人の距離感で察するものがあった。私は苦笑しながらも、整列に加わった。園内放送がまた響く。文章は、先ほど私が急遽考えたものだ。

皆様、午後八時をもちまして、当園は閉園いたします。
三十年もの長きにわたりご愛顧頂き、スタッフ一同、心より感謝申し上げます。
夏の終わり、楽しい一日をお過ごし頂けましたでしょうか。
どうぞ、お気をつけてお帰りください。
いつかまた、どこかで皆様とお会いできる日を楽しみにしております。

さよなら、またね。

本日は星が丘ハイランドパークにご来園頂き、誠にありがとうございました。

本書は二〇一八年四月、小社より単行本として刊行された
『廃園日和』を改題し文庫化しました。

|著者| 行成 薫　1979年宮城県生まれ。東北学院大学教養学部卒業。2012年に『名も無き世界のエンドロール』で第25回小説すばる新人賞を受賞しデビュー。同作は'21年に映画化された。第77回ヴェネチア国際映画祭銀獅子賞（監督賞）を受賞した映画『スパイの妻』の小説版を執筆。'21年に『本日のメニューは。』が第２回宮崎本大賞を受賞。他の著作に『バイバイ・バディ』『ヒーローの選択』『僕らだって扉くらい開けられる』『怪盗インビジブル』『できたてごはんを君に。』などがある。

さよなら日和《びより》

行成《ゆきなり》 薫《かおる》

講談社文庫
定価はカバーに
表示してあります

2023年８月10日第１刷発行

KODANSHA

発行者——髙橋明男
発行所——株式会社　講談社
東京都文京区音羽2-12-21　〒112-8001
電話　出版（03）5395-3510
　　　販売（03）5395-5817
　　　業務（03）5395-3615

デザイン—菊地信義
本文データ制作—講談社デジタル製作
印刷———株式会社KPSプロダクツ
製本———株式会社国宝社

Printed in Japan

ISBN978-4-06-532250-5

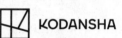

講談社文庫刊行の辞

二十一世紀の到来を目睫に望みながら、われわれはいま、人類史上かつて例を見ない巨大な転換期をむかえようとしている。

世界も、日本も、激動の予兆に対する期待とおののきを内に蔵して、未知の時代に歩み入ろうとしている。このときにあたり、創業の人野間清治の「ナショナル・エデュケイター」への志を現代に甦らせようと意図して、われわれはここに古今の文芸作品はいうまでもなく、ひろく人文・社会・自然の諸科学から東西の名著を網羅する、新しい綜合文庫の発刊を決意した。

激動の転換期はまた断絶の時代である。われわれは戦後二十五年間の出版文化のありかたへの深い反省をこめて、この断絶の時代にあえて人間的な持続を求めようとする。いたずらに浮薄な商業主義のあだ花を追い求めることなく、長期にわたって良書に生命をあたえようとつとめるところにしか、今後の出版文化の真の繁栄はあり得ないと信じるからである。

同時にわれわれはこの綜合文庫の刊行を通じて、人文・社会・自然の諸科学が、結局人間の学にほかならないことを立証しようと願っている。かつて知識とは、「汝自身を知る」ことにつきていた。現代社会の瑣末な情報の氾濫のなかから、力強い知識の源泉を掘り起し、技術文明のただなかに、生きた人間の姿を復活させること。それこそわれわれの切なる希求である。

われわれは権威に盲従せず、俗流に媚びることなく、渾然一体となって日本の「草の根」をかたちづくる若く新しい世代の人々に、心をこめてこの新しい綜合文庫をおくり届けたい。それは知識の泉であるとともに感受性のふるさとであり、もっとも有機的に組織され、社会に開かれた万人のための大学をめざしている。大方の支援と協力を衷心より切望してやまない。

一九七一年七月

野間省一

講談社文庫　目録

堀江敏幸　熊の敷石
本格ミステリ作家クラブ編　ベスト本格ミステリTOP5〈短編傑作選002〉
本格ミステリ作家クラブ編　ベスト本格ミステリTOP5〈短編傑作選003〉
本格ミステリ作家クラブ編　ベスト本格ミステリTOP5〈短編傑作選004〉
本格ミステリ作家クラブ選・編　本格王2019
本格ミステリ作家クラブ選・編　本格王2020
本格ミステリ作家クラブ選・編　本格王2021
本格ミステリ作家クラブ選・編　本格王2022
本格ミステリ作家クラブ選・編　本格王2023
本多孝好　君の隣に
本多孝好　チェーン・ポイズン〈新装版〉
穂村　弘　整形前夜
穂村　弘　ぼくの短歌ノート
穂村　弘　野良猫を尊敬した日
堀川アサコ　幻想郵便局
堀川アサコ　幻想映画館
堀川アサコ　幻想日記店
堀川アサコ　幻想探偵社
堀川アサコ　幻想温泉郷

堀川アサコ　幻想短編集
堀川アサコ　幻想寝台車
堀川アサコ　幻想蒸気船
堀川アサコ　幻想商店街
堀川アサコ　幻想遊園地
堀川アサコ　魔法使ひ
堀川アサコ　メゲるときも、すこやかなるときも
本城雅人　境界〈横浜中華街・潜伏捜査〉
本城雅人　スカウト・デイズ
本城雅人　スカウト・バトル
本城雅人　嗤うエース
本城雅人　贅沢のススメ
本城雅人　誉れ高き勇敢なブルーよ
本城雅人　シューメーカーの足音
本城雅人　ミッドナイト・ジャーナル
本城雅人　紙の城
本城雅人　監督の問題
本城雅人　去り際のアーチ〈もう一打席！〉
本城雅人　時代

本城雅人　オールドタイムズ
堀川惠子　裁かれた命〈死刑囚から届いた手紙〉
堀川惠子　死刑の基準〈「永山裁判」が遺したもの〉
堀川惠子　永山則夫〈封印された鑑定記録〉
堀川惠子　教誨師
堀川惠子　戦禍に生きた演劇人たち〈演出家・八田元夫と「桜隊」の悲劇〉
堀川惠子・小笠原信之　チンチン電車と女学生〈1945年8月6日・ヒロシマ〉
誉田哲也　Qros《キュロス》の女
松本清張　草の陰刻
松本清張　黄色い風土
松本清張　黒い樹海
松本清張　ガラスの城
松本清張　殺人行おくのほそ道（上）（下）
松本清張　邪馬台国　清張通史①
松本清張　空白の世紀　清張通史②
松本清張　カミと青銅の迷路　清張通史③
松本清張　天皇と豪族　清張通史④
松本清張　壬申の乱　清張通史⑤
松本清張　古代の終焉　清張通史⑥

講談社文庫　目録

講談社文庫 目録

宮城谷昌光 湖底の城〈呉越春秋〉九
宮城谷昌光 俠骨記〈新装版〉
水木しげる コミック昭和史1〈関東大震災～満州事変〉
水木しげる コミック昭和史2〈満州事変～日中全面戦争〉
水木しげる コミック昭和史3〈日中全面戦争～太平洋戦争開始〉
水木しげる コミック昭和史4〈太平洋戦争前半〉
水木しげる コミック昭和史5〈太平洋戦争後半〉
水木しげる コミック昭和史6〈終戦から朝鮮戦争〉
水木しげる コミック昭和史7〈講和から復興〉
水木しげる コミック昭和史8〈高度成長以降〉
水木しげる 敗走記
水木しげる 白い旗
水木しげる 姑娘《クーニャン》
水木しげる 決定版 日本妖怪大全〈妖怪・あの世・神様〉
水木しげる ほんまにオレはアホやろか
水木しげる 総員玉砕せよ!〈新装完全版〉
宮部みゆき 新装版 震える岩〈霊験お初捕物控〉
宮部みゆき 新装版 天狗風〈霊験お初捕物控〉
宮部みゆき ICO《イコ》—霧の城—(上)(下)

宮部みゆき ぼんくら(上)(下)
宮部みゆき 新装版 日暮らし(上)(下)
宮部みゆき おまえさん(上)(下)
宮部みゆき 小暮写眞館(上)(下)
宮部みゆき ステップファザー・ステップ〈新装版〉
宮子あずさ 看護婦が見つめた人間が死ぬということ
宮本昌孝 家康、死す(上)(下)
三津田信三 忌《い》館《かん》〈ホラー作家の棲む家〉
三津田信三 作者不詳〈ミステリ作家の読む本〉(上)(下)
三津田信三 蛇《じゃ》棺《かん》葬《そう》
三津田信三 百《ひゃく》蛇《じゃ》堂《どう》〈怪談作家の語る話〉
三津田信三 厭魅《まじもの》の如き憑くもの
三津田信三 凶鳥《まがとり》の如き忌むもの
三津田信三 首無《くびなし》の如き祟るもの
三津田信三 山魔《やまんま》の如き嗤《わら》うもの
三津田信三 水魑《みづち》の如き沈むもの
三津田信三 密室《ひめむろ》の如き籠《こも》るもの
三津田信三 生霊《いきだま》の如き重《だぶ》るもの
三津田信三 幽女《ゆうじょ》の如き怨むもの

三津田信三 碆霊《はえだま》の如き祀るもの
三津田信三 魔偶《まぐう》の如き齎《もたら》すもの
三津田信三 シェルター 終末の殺人
三津田信三 ついてくるもの
三津田信三 誰かの家
三津田信三 忌《い》物《ぶつ》堂《どう》鬼《き》談《だん》
道尾秀介 カラスの親指〈by rule of CROW's thumb〉
道尾秀介 カエルの小指〈a murder of crows〉
道尾秀介 水の柩
深木《みき》章子《あきこ》 鬼畜の家
湊かなえ リバース
宮内悠介 彼女がエスパーだったころ
宮内悠介 偶然の聖地
宮乃崎桜子《みやのさきさくらこ》 綺《き》羅《ら》の皇女《ひめみこ》(1)
宮乃崎桜子 綺羅の皇女(2)
三國青葉 損料屋見鬼《けんき》控え 1
三國青葉 損料屋見鬼控え 2
三國青葉 損料屋見鬼控え 3
三國青葉 福猫屋〈お佐和のねこだすけ〉

三國青葉 福 猫 屋〈お佐和のねこかし〉
宮西真冬 誰かが見ている
宮西真冬 首 の 鎖
宮西真冬 友 達 未 遂
南 杏子 希望のステージ
嶺里俊介 だいたい本当の奇妙な話
嶺里俊介 ちょっと奇妙な怖い話
溝口 敦 喰うか喰われるか〈私の山口組体験〉
村上 龍 愛と幻想のファシズム(上)(下)
村上 龍 村上龍料理小説集
村上 龍 新装版限りなく透明に近いブルー
村上 龍 新装版コインロッカー・ベイビーズ
村上 龍 歌うクジラ(上)(下)
向田邦子 新装版 眠 る 盃
向田邦子 新装版 夜中の薔薇
村上春樹 風の歌を聴け
村上春樹 1973年のピンボール
村上春樹 羊をめぐる冒険(上)(下)
村上春樹 カンガルー日和
村上春樹 回転木馬のデッド・ヒート
村上春樹 ノルウェイの森(上)(下)
村上春樹 ダンス・ダンス・ダンス(上)(下)
村上春樹 遠 い 太 鼓
村上春樹 国境の南、太陽の西
村上春樹 やがて哀しき外国語
村上春樹 アンダーグラウンド
村上春樹 スプートニクの恋人
村上春樹 アフターダーク
村上春樹 佐々木マキ絵 羊男のクリスマス
村上春樹 佐々木マキ絵 ふしぎな図書館
村上春樹 糸井重里 夢で会いましょう
村上春樹・文 安西水丸・絵 ふ わ ふ わ
U・K・ル＝グウィン 村上春樹訳 空 飛 び 猫
U・K・ル＝グウィン 村上春樹訳 帰ってきた空飛び猫
U・K・ル＝グウィン 村上春樹訳 素晴らしいアレキサンダーと、空飛び猫たち
U・K・ル＝グウィン 村上春樹訳 空を駆けるジェーン
T・ファリッシュ著 B・ルート絵 村上春樹訳 ポテト・スープが大好きな猫
村山由佳 天 翔 る
睦月影郎 密 通 妻
睦月影郎 快楽アクアリウム
向井万起男 渡る世間は「数字」だらけ
村田沙耶香 授 乳
村田沙耶香 マ ウ ス
村田沙耶香 星 が 吸 う 水
村田沙耶香 殺 人 出 産
村瀬秀信 気がつけばチェーン店ばかりでメシを食べている
村瀬秀信 それでも気がつけばチェーン店ばかりでメシを食べている
村瀬秀信 地方に行っても気がつけばチェーン店ばかりでメシを食べている
虫眼鏡 東海オンエアの動画が6.4倍楽しくなる本〈虫眼鏡の概要欄 クロニクル〉
森村誠一 悪 道
森村誠一 悪道 西国謀反
森村誠一 悪道 御三家の刺客
森村誠一 悪道 五右衛門の復讐
森村誠一 悪道 最後の密命
森村誠一 ね こ の 証 明
毛利恒之 月 光 の 夏
森 博嗣 すべてがFになる〈THE PERFECT INSIDER〉

森 博嗣 冷たい密室と博士たち〈DOCTORS IN ISOLATED ROOM〉
森 博嗣 笑わない数学者〈MATHEMATICAL GOODBYE〉
森 博嗣 詩的私的ジャック〈JACK THE POETICAL PRIVATE〉
森 博嗣 封印再度〈WHO INSIDE〉
森 博嗣 幻惑の死と使途〈ILLUSION ACTS LIKE MAGIC〉
森 博嗣 夏のレプリカ〈REPLACEABLE SUMMER〉
森 博嗣 今はもうない〈SWITCH BACK〉
森 博嗣 数奇にして模型〈NUMERICAL MODELS〉
森 博嗣 有限と微小のパン〈THE PERFECT OUTSIDER〉
森 博嗣 黒猫の三角〈Delta in the Darkness〉
森 博嗣 人形式モナリザ〈Shape of Things Human〉
森 博嗣 月は幽咽のデバイス〈The Sound Walks When the Moon Talks〉
森 博嗣 夢・出逢い・魔性〈You May Die in My Show〉
森 博嗣 魔剣天翔〈Cockpit on knife Edge〉
森 博嗣 恋恋蓮歩の演習〈A Sea of Deceits〉
森 博嗣 六人の超音波科学者〈Six Supersonic Scientists〉
森 博嗣 捩れ屋敷の利鈍〈The Riddle in Torsional Nest〉
森 博嗣 朽ちる散る落ちる〈Rot off and Drop away〉
森 博嗣 赤緑黒白〈Red Green Black and White〉
森 博嗣 四季 春～冬
森 博嗣 φ《ファイ》は壊れたね〈PATH CONNECTED φ BROKE〉
森 博嗣 θ《シータ》は遊んでくれたよ〈ANOTHER PLAYMATE θ〉
森 博嗣 τ《タウ》になるまで待って〈PLEASE STAY UNTIL τ〉
森 博嗣 ε《イプシロン》に誓って〈SWEARING ON SOLEMN ε〉
森 博嗣 λ《ラムダ》に歯がない〈λ HAS NO TEETH〉
森 博嗣 η《イータ》なのに夢のよう〈DREAMILY IN SPITE OF η〉
森 博嗣 目薬α《アルファ》で殺菌します〈DISINFECTANT α FOR THE EYES〉
森 博嗣 ジグβ《ベータ》は神ですか〈JIG β KNOWS HEAVEN〉
森 博嗣 キウイγ《ガンマ》は時計仕掛け〈KIWI γ IN CLOCKWORK〉
森 博嗣 χ《カイ》の悲劇〈THE TRAGEDY OF χ〉
森 博嗣 ψ《プサイ》の悲劇〈THE TRAGEDY OF ψ〉
森 博嗣 イナイ×イナイ〈PEEKABOO〉
森 博嗣 キラレ×キラレ〈CUTTHROAT〉
森 博嗣 タカイ×タカイ〈CRUCIFIXION〉
森 博嗣 ムカシ×ムカシ〈REMINISCENCE〉
森 博嗣 サイタ×サイタ〈EXPLOSIVE〉
森 博嗣 ダマシ×ダマシ〈SWINDLER〉
森 博嗣 女王の百年密室〈GOD SAVE THE QUEEN〉
森 博嗣 迷宮百年の睡魔〈LABYRINTH IN ARM OF MORPHEUS〉
森 博嗣 赤目姫の潮解〈LADY SCARLET EYES AND HER DELIQUESCENCE〉
森 博嗣 まどろみ消去〈MISSING UNDER THE MISTLETOE〉
森 博嗣 地球儀のスライス〈A SLICE OF TERRESTRIAL GLOBE〉
森 博嗣 レタス・フライ〈Lettuce Fry〉
森 博嗣 僕は秋子に借りがある I'm in Debt to Akiko〈森博嗣自選短編集〉
森 博嗣 どちらかが魔女 Which is the Witch?〈森博嗣シリーズ短編集〉
森 博嗣 喜嶋先生の静かな世界〈The Silent World of Dr.Kishima〉
森 博嗣 そして二人だけになった〈Until Death Do Us Part〉
森 博嗣 つぶやきのクリーム〈The cream of the notes〉
森 博嗣 ツンドラモンスーン〈The cream of the notes 4〉
森 博嗣 つぼみ茸《きのこ》ムース〈The cream of the notes 5〉
森 博嗣 つぶさにミルフィーユ〈The cream of the notes 6〉
森 博嗣 月夜のサラサーテ〈The cream of the notes 7〉
森 博嗣 つんつんブラザーズ〈The cream of the notes 8〉
森 博嗣 ツベルクリンムーチョ〈The cream of the notes 9〉
森 博嗣 追懐のコヨーテ〈The cream of the notes 10〉
森 博嗣 積み木シンドローム〈The cream of the notes 11〉
森 博嗣 カクレカラクリ〈An Automaton in Long Sleep〉

2023年6